돌장승이
허허롭게 웃누나

고승열전 20 경봉큰스님

돌장승이
허허롭게 웃누나

윤청광 지음

우리출판사

윤청광

전남 영암 출생으로 동국대학교에서 영문학을 전공했고, MBC-TV 개국기념작품 공모에 소설 〈末鳥〉가 당선되었으며, MBC에서 〈오발탄〉〈신문고〉〈세계 속의 한국인〉 등을 집필했다. 그 동안 대한출판문화협회 상무이사 · 부회장 · 저작권대책위원장 · 한국방송작가협회 이사 · 감사 · 방송위원회 심의위원을 역임했고, 〈불교신문〉 논설위원을 거쳐 현재 〈법보신문〉 논설위원, 법정스님이 제창한 〈맑고 향기롭게 살아가기 운동〉 본부장, 출판연구소 이사장을 맡아 활동하고 있다. BBS 불교방송을 통해 〈고승열전〉을 장기간 집필했고, 《불교를 알면 평생이 즐겁다》《불경과 성경 왜 이렇게 같을까》《회색 고무신》 등의 저서가 있으며, 기업체 · 단체 연수회에 초빙되어 특강을 통해 '더불어 사는 세상'을 가꾸고 있다.

BBS 인기방송프로
고승열전 20 경봉큰스님
돌장승이 허허롭게 웃누나

2002년 10월 29일 개정판 1쇄 발행
2010년 2월 11일 개정판 2쇄 발행

지은이/윤청광
펴낸이/김동금
펴낸곳/우리출판사
등록/1988년 1월 21일 제9-139호
주소/120-013 서울특별시 서대문구 충정로 3가 1-38
전화/(02)313-5047, 5056
팩스/(02)393-9696
E-mail/woribook@chollian.net
홈페이지/www.wooribooks.co.kr

ISBN 89-7561-191-4   03810

책값은 뒷표지에 있습니다.

· 지은이와 협의하여 인지를 붙이지 않습니다.
· 잘못된 책은 본사나 구입하신 서점에서 바꾸어 드립니다.

"스님! 어디 편찮으십니까?"
"그래, 이젠 가야할 때가 됐어."
명정은 스님의 손을 잡고 울먹이며 말했다.
"스님 가시면 보고 싶어서 어쩌란 말씀이십니까.
 어떤 것이 스님의 참모습이십니까?"
"허허허허. 내 참모습이 보고 싶으면……."
"예, 스님."
"야반 삼경에 대문 빗장을 만져보거라. 하하하하."

차례

1
동지팥죽 맛이 어떠하던고 / 15

2
뻐꾸기 우는 사연 / 29

3
극락은 어디 있나요? / 43

4
태어났으니까 죽는다 / 57

5
한용운 스님과의 만남 / 69

6
이 무엇인고? / 85

7
한날한시에 견성한 모자 / 99

8
절밥을 거저 먹을 건가? / 113

9
참말로 니 안 미쳤나! / 125

10
한 노인은 떠나고 까치는 울고 / 137

11
너 대체 머리는 뭐하러 깎았느냐? / 153

12
마음법문 / 167

13
홍련암 관음정진 / 179

14
어디서 풋감을 훔쳐와서 홍시라고 우기는고? / 191

15
돈이 바로 부처님일세 / 209

16
주지자리 하나에 지옥이 삼천 개 / 219

17
닭벼슬보다도 못한 중벼슬 / 235

18
감쪽같이 없어진 쇠북 / 249

19
해방의 종소리 / 265

20
되돌아보지 말고 똑바로들 가거라 / 279

21
물처럼 사노라면 후회없으리 / 295

스님께서 열어주신 행복에의 길

　경봉 대선사는 이조말 일제시대, 해방, 6·25를 거치는 역사적 대변혁기에 생애의 대부분을 보내면서 수행인의 길을 택해 열정적 정진과 구세의 원력을 높이 고양시킨 불세출의 대선지식입니다. 스님은 선·교를 대종장으로 50여 긴 성상을 중생교화에 바치셨으며 전국의 선객을 제접하여 선풍을 진작시켰으니 근세 한국불교의 일대 종장이라 일컬어 부족함이 없는 분입니다.
　특히 대선사께서는 온화하고 자상하신 성품으로 불자들을 제도하심에 통도사 극락 호국선원은 항상 불자들의 발길이 끊이지 않았습니다. 때로는 꾸밈없는 언행과 활달한 경지에서 소요자재하시는 모습으로, 때로는 자애로운 어버이의 모습으로 불자들의 근기 따라 적절한 법문을 베푸시니 친견한 불자마다 환희심으로 편만했습니다.
　대선사께서는 82세의 고령으로 매월 1회씩 정기 법회를 열어 중생을 제도하셨으며, 90 노령에도 이를 그친 바 없으시니 중생을 연민히 여기시고 구제의 자비행을 시현하심이 거룩하고도 거룩하셨습니다. 또한 18세부터 85세에 이르는 67년 생애를 소상히 담은 일지를 남겨 후학들에게 길을 제시하였으니 대선사의 위업은 참으로 지대하다 하겠습니다.
　방송작가 윤청광 선생이 집필, 불교방송에서 약 2개월에 걸쳐 대선사의 일대 행장을 연속 방송으로 내보내고 이를 다시 소설로 엮었으니 대선사의 도제중 한 사람으로서 그 기쁨을 표현할 길이 없습니다. 부디 많은 불자들이 구도소설을 접하여 대선사의 사상과 이념이 사회속에서 영구히 실천 궁행되기를 기원합니다.

불기 2538년 10월
극락 호국선원　명 정

1
동지팥죽 맛이 어떠하던고

　경상남도 양산군 하북면에 있는 천년고찰 통도사.
　유서 깊은 이 통도사를 끼고 흐르는 냇물을 따라 산길을 오리쯤 올라가노라면 아람드리 낙락장송들이 숲을 이룬 채 하늘을 가리고 선 울창한 송림이 있다. 영축산 동쪽 기슭을 흘러내려온 물길이 한데 합쳐 이루어진 계곡물은 통도사 아랫단을 감싸듯 굽돌면서 시원스럽게 흘러간다. 보기만 해도 가슴이 서늘한 계곡 물소리는 노송림의 솔바람 소리와 어울려 옛스런 정취를 자아낸다.
　낙락장송들을 몇 굽이 돌고 돌아 소나무숲을 벗어나면 태고의 신비한 기운이 아직 거기 머문 듯 고색창연한 암자가 하나 나온다.
　이곳이 바로 저 유명한 경봉대선사가 오십여 년 동안 머물고 계신 극락암 극락호국선원.

한 젊은 스님은 암자 안으로 선뜻 들어가지 못하고 잠시 망설이고 있었다. 입산출가한 지 수년, 진리를 향한 갈증이 한도 끝도 없이 치솟는 패기만만한 나이였다. 참선수행은 물론이요 한소식 했다는 큰스님들마다 찾아뵙고 머리를 조아리며 가르침을 구하기도 여러차례였다.

그러나 그 무엇으로도 젊은 스님의 갈증은 가시지 않았다. 삶은 무엇이고 죽음이란 무엇이냐. 전생은 무엇이고 내생은 또 무엇이며 사후의 지옥과 극락은 또 무엇이더란 말인가. 그 모두 말장난에 지나지 않는 것이 아닌가. 몹쓸 어린애 장난에 휩쓸려 터질 듯이 무르익은 이 내 젊음을 산문 안에 가두는 것 자체가 어리석은 일 아니더냐.

모든 것이 번뇌요 회의였다. 고통이었다. 견성했다는 큰스님들을 찾아뵙고 이런 자신의 마음을 솔직히 털어놓으면, 속시원한 말 한마디 없이 한 방 내치고 쫓아버리는 게 상례였다. 이런 생각이 잘못된 것이라면 왜 진리를 향해 나아가는 길을 깨닫게 해주지 않는 걸까. 견성했다는 스님네들의 할이며 방이며 게송 따위가 다 무엇인가.

산사는 적막에 쌓여 있었다. 대밭에서 일어난 바람이 솔숲으로 가고 솔바람은 대바람으로 이어지며 끊임없이 수런거리는 소리만 들려올 뿐이었다.

젊은 스님은 짊어진 걸망을 한번 추스리고는 조용한 절집 안을 다시 한번 들여다보았다. 댓돌 위에 가지런히 놓인 신발들만이 자신의 주인이 있음을 말해주고 있었다.

젊은 스님의 시선은 슬그머니 초겨울 바람을 맞아 와스스 소리를 내는 대밭으로 달리고 있었다.

"꼿꼿하기가 댓가지 같고 그렇게 청정할 수가 없는 어른이시지."

얼마전 경봉스님을 몇 번 찾아뵌 적이 있는 한 도반이 번뇌에 쌓여 있던 그에게 넌즈시 일러준 말이었다.

"한번 찾아뵌 연후에 다시 나하고 말함세. 후회하지 않을걸세."

도반의 말을 완전히 믿는 것은 아니었으나 혹시나 하는 생각으로 서울에서 예까지 단숨에 내려왔던 것이다.

'그간의 수행으로도 뚫리지 않던 화두가 여기서라고 별 수 있겠는가. 하지만 이 멀리까지 왔는데 그냥 돌아갈 수기 있는가. 큰스님께 큰절 한번은 올리고 가야 후학된 도리지. 그래! 평소 고민했던 의문들이나 속시원하게 여쭙고 가는 거다!'

그는 절마당 안으로 성큼 발을 내딛었다. 풍경이 바람에 흔들리며 맑고 투명한 소리를 냈다.

"그래, 무슨 일로 날 찾아왔다고 그랬느냐?"

경봉스님은 자신을 찾아온 젊은 스님이 찻잔을 물리자 비로소 그렇게 물었다. 큰스님의 위엄과 기품에 눌려 말없이 차를 마시던 젊은 스님은 뜻밖에 소탈한 음성이 방안에 울려퍼지자 조금 놀랐다. 극락암을 둘러싼 키큰 대나무처럼 메마르고 건조한 목소리를 예상했던 것이다.

경봉 큰스님은 팔십 노령에도 불구하고 훌쩍 큰 키에 마른 몸을 꼿꼿하게 세우고 앉은 품이 첫눈에도 접근하기 어려울 만큼 고고한 인상을 주었다. 학 같은 기품이 있다고나 할까.

젊은 스님은 첫새벽 우물물을 마실 때처럼 새로운 기운이 솟구쳐서 시원스레 대답했다.

"예. 노스님께 몇 가지 여쭐 게 있어서 찾아뵈었습니다."

"나한테 물어볼 것이 있다고?"

"예. 좀 엉뚱한 말씀을 묻고자 하오니 할을 하시거나 방을 쓰시거나 어려운 한문 게송으로 답하시지 마시옵고 쉬운 말씀으로 답해 주십시오."

말을 마친 젊은 스님은 고개를 약간 들어 큰스님의 표정을 살폈다. 너무 시건방지게 여쭌 것은 아닌지 걱정이 되었다. 그러나 경봉스님의 주름진 노안에 언뜻 웃음이 어리는 듯도 했다.

경봉스님은 '거 맹랑한 녀석 보게' 하는 표정으로 앞에 앉은 젊은 승려를 바라보았다. 맑은 눈에 열기가 있었다. 이것 저것 토를 달면서 달려드는 품이 제법 자신만만해 보였다.

　방황하다 속퇴하거나, 세상일에 도가 통한 듯 쉽사리 애늙은이가 되버리기 쉬운 나이에 저렇듯 불을 향해 뛰어드는 불나방처럼 몸 사리지 않고 자기 자신을 던지는 젊은이는 흔치 않았다.
　그러나 이런 젊은이일수록 더 엄하게 수행의 기틀을 잡아줘야 한다고 경봉스님은 생각했다. 경봉스님은 미소가 새어나오려던 입술을 굳게 닫고 젊은 승려를 날카롭게 쳐다보며 입을 열었다.
　"할도 쓰지 말고 몽둥이도 쓰지 말고 한문 게송도 쓰지 말고 쉬운 말로 대답을 해달라?"
　"예. 저는 본시 어리석고 둔한 놈이오니 스님께서 이 기회에 눈을 뜨게 해주셨으면 그 기쁨, 산덩이 같겠습니다."
　"눈뜬 녀석이 또 눈을 뜨게 해달라? 그 녀석 참 조건도 많구나. 그래, 동지팥죽은 먹었느냐?"
　난데없는 동지팥죽 소리에 젊은 젊은 승려는 뒤통수를 한 대 얻어맞은 듯 얼떨떨하였다. 무어라고 대뜸 받이처도 부족할 것을, 젊은 승려는 멍한 표정을 미처 추스리지 못하고 겨우 이렇게 반문할 뿐이었다.
　"예?"
　큰스님의 목소리가 더욱 날카로워졌다.
　"동지팥죽은 먹었느냔 말이다!"
　"아, 예. 먹었습니다."

"그래. 동지팥죽 맛이 어떠하던고?"
"어. 예, 저……."
"이 촌놈아! 열린 눈 멀어가거라!"
"예에?"
숨돌릴 새도 없이 질문을 해대던 경봉 큰스님은 젊은 승려를 보면서 느닷없이 큰 소리로 웃었다.
"허허허허허."
태어나서 처음 들어보는 거리낌없는 웃음소리였다. 젊은 승려는 가슴속에 맺힌 것을 누가 와서 살살 풀어주는 듯한 시원함을 느꼈다.
경봉스님은 어느새 웃음을 멈추고 그의 눈속을 들여다보고 있다가 이윽고 입을 열었다.
"그래, 나한테 묻고 싶은 게 대체 무엇이란 말이드냐?"
"예. 저, 제가 군에 있을 때 또렷이 한 경계를 얻었습니다."
"군대에 있을 적에 한 경계를 얻었다?"
경봉스님은 마치 활판에서 활자를 뽑아내듯 또박또박 발음하면서 젊은 승려의 말을 받았다.
"예, 스님. 전 전생도 없고 내생도 있을 수 없으며, 사후의 지옥과 극락을 운운함은 물론 육도윤회설마저도 우는 아이 달래기 위한 초콜릿과 같은 방편법문이 아니냐 그렇게 받아들이고 있는데요. 스님께서는 과연 어찌 여기시는지요."

 젊은 승려의 질문이 미처 끝나기도 전에 큰스님의 입이 열렸다.
 "또렷한 경계 두 번만 얻었으면 큰일낼 녀석일세."
 경봉스님은 손가락을 까딱까딱하면서 말했다.
 "요녀석! 너 이리 좀 가까이 와봐!"
 "예, 스님."
 젊은 승려는 두려운 표정으로 조심스럽게 몸을 움직여 큰스님 앞으로 다가앉았다.
 "니 손바닥을 내 앞에 한번 펴봐!"
 이건 또 무슨 기상천외한 법문일까. 젊은 승려는 고개를 갸웃하면서도 큰스님이 시키는 대로 손바닥을 펴 보였다.
 "스님. 저, 이렇게……."
 "딱!"
 말이 끝나기도 전에 매가 날아왔다. 젊은 승려는 아얏 소리도 못하고 맞은 두 손바닥을 맞비비며 아픔을 참았다. 경봉스님은 수치심 때문에 시뻘겋게 달아오른 젊은 승려의 얼굴을 보는 둥 마는 둥, 또다시 묘한 질문을 하기 시작했다.
 "방금, 무슨 소리가 났지?"
 "네에?"
 "방금 소리난 그놈을 잡아와봐라. 한 경계 얻은 생짜배기 촌놈아!"

"하오나 스님! 큰스님께서 손바닥 치신 뜻을 알지 못하겠으니 시원통쾌하게 말씀해 주십시요. 사후의 세계가 있습니까, 없습니까?"

"있다고 해도 옳지 않고 없다고 해도 옳지 않다. 종사한테는 그런 걸 묻는 게 아니야."

"하오면 어떤 분이 종사이십니까?"

"도를 아는 사람이 종사니라."

"그러면 어떤 것이 도입니까?"

"밥먹고 잠자고 변소가는 것이 도니라."

밥먹고 잠자고 변소가는 것이 도니라!

수많은 선지식을 찾아다녔으나 이와 같은 법문을 듣기는 처음이었다. 젊은 승려는 침을 꿀꺽 삼키고 역으로 물었다.

"하면 스님! 저도 밥 잘먹고 잠 잘자니 종사입니까?"

그러나 경봉스님은 능히 그런 질문을 짐작했다는 듯이 빙긋이 웃으며 대답하는 것이었다.

"밥먹고 잠자되 먹고 자는 그놈을 알아야 한다. 여길 보아라. 이게 손가락이지?"

젊은 승려는 큰스님이 내민 손가락을 바라보며 고개를 끄덕였다.

"예, 스님."

"그래. 방금 예 하고 대답한 그놈이 무엇인줄 아느냐 모르느냐?"

"……."

또다시 단단한 벽에 부딪친 젊은 승려는 눈만 꿈뻑꿈뻑하며 큰스님의 손가락만 바라보고 있을 뿐이었다.

"그것도 모르는 녀석이 내생이 있느니 없느니 하지 마라. 스님옷을 입고 그런 소리를 하면 되겠느냐?"

젊은 승녀는 거기서 그만 말문이 턱 막히고 말았다. 그러나 기왕에 내친김이었다. 두 눈 딱 감고 다시 한번 엉뚱한 질문을 노스님께 여쭈었다.

"스님께서는 편찮으실 때와 건강할 때 그 경계가 하나이십니까, 둘이십니까?"

"여시 여시. 이와 같느니라."

"하오면 스님께서는 열반에 드실 때 우시겠습니까, 웃으시겠습니까?"

"내가 세상 떠날 적에 울겠느냐, 웃겠느냐?"

경봉스님은 젊은 승려의 맹랑한 질문에 실소를 금치 못했다. 그러나 젊은 승려는 한방 맞고 내쫓길 각오라도 한 것처럼 진지하게 되묻는 것이었다.

"예. 이 세상에서 마지막으로 그림자 거두어 가시면서 남기실 스님의 모습을 미리 저에게만 말씀해 주십시오."

"어허! 요녀석 보게! 내 죽을 때 너에게 전보를 칠 터이니 그때 니가 와서 지켜보려무나, 어이!"

서울에서 내려온 젊은 스님은 경봉 노스님께 바짝 다가앉아서 연거푸 당돌한 질문을 여쭈었다. 경봉스님은 귀찮은 내색 하나 없이 이 젊은 스님의 질문을 선선히 받아주었다.

산사에 어둠이 깔리면서 차가운 빛이 감도는 검푸른 하늘에는 초저녁 달이 둥실 떠올랐다. 영축산을 넘어온 바람이 문풍지를 흔들며 우우 울어대다가 처마끝의 풍경을 살짝 흔들고는 절 아래로 사라져갔다.

처음부터 주욱 두 사람의 대화를 들으며 곁에 앉아 있던 시자 명정스님은 시간이 갈수록 차차 노스님의 건강이 염려되기 시작했다. 명정스님은 큰스님의 빈 찻잔에 차를 따르면서 조심스럽게 끼어들었다.

"저 스님, 그만 자리에 누우시도록 하시지요."

그러나 경봉스님은 고개를 저으며 말했다.

"아, 아니다. 이 녀석이 이거, 서울서 여기까지 왔다는데 본전을 뽑아가지고 가도록 해주어야지. 그래, 너 나한테 물을 게 또 남아 있느냐?"

젊은 승려는 기다렸다는 듯이 입을 열었다.

"예. 저, 제가 듣기에 큰스님께선 타심통하신 도인스님이라고 소문이 나셨던데요. 정말 타심통을 하셨으면 저의 이 성질 급하고 고약한 마음을 좀 고쳐주십시요, 스님."

경봉 큰스님은 빙그레 미소지으며 고개를 끄덕였다.

"그래, 그래. 아, 고쳐주고말고! 내 다아 고쳐줄테니 그 고약하다는 니 마음, 어디 한번 구경이나 해보자꾸나. 어서 꺼내놔 봐! 아, 그래야 내가 고쳐줄 게 아니냐."

고약한 마음을 고쳐줄테니 한번 꺼내놓아 보라는 경봉스님의 말에 젊은 승려는 당황해서 어쩔 줄을 몰랐다.

"하, 그건 저……."

경봉스님은 쩔쩔매며 말까지 더듬는 젊은 승려를 바라보며 큰소리로 껄껄 웃는 것이었다.

"이 녀석이 이거! 타심통은 내가 한 게 아니라 니가 한 모양이로구만 그래? 허허허허."

큰스님의 호탕한 웃음소리에 귓부리까지 새빨갛게 달아오른 젊은 승려는 간신히 마음을 가라앉히고는 준비해온 마지막 질문을 던졌다.

"하오면 스님……."

"그래. 또 무엇을 묻고 싶으냐?"

"스님께서 열반하시면 스님의 법신에서 사리가 나올까요?"

"내 육신에서 사리가 나오겠느냐, 안나오겠느냐?"
"예, 스님."
"봐라, 이 녀석아. 삼라만상 일월성신이 사리 아닌 것이 있느냐? 우주 전체가 모두 다 커다란 사리함임을 아느냐 모르느냐?"

말문이 막힌 젊은 승려는 잠시 침묵을 지켰다. 경봉스님은 어떤 짓궂은 질문에도 막힘이 없었을 뿐만 아니라 이러한 문답을 통해서 상대방이 더 깊은 인식으로 나아갈 수 있도록 배려하는 것이었다. 그리하여 젊은 승려는 저도 모르는 사이에 경봉스님만이 지닌 독특하고 오묘한 불법의 세계로 이끌려 갔다.

젊은 스님은 큰스님의 도인스님다운 성품에 매료되고 감격하였다. 경봉 큰스님에게라면 마음속에 끓어넘치는 온갖 번뇌와 망상을 솔직히 털어놔도 모든 것을 이해하고 바른 길로 인도해줄 것 같았다.

젊은 승려는 무의식중에 자세를 바로하고 노스님께 여쭈었다.
"사, 사실은요, 스님. 때때로 저는 여자도 만나고 싶고, 술생각도 없지 않은데요, 스님! 저 같은 젊은 수행자들을 위해서 경책의 말씀 한마디 주셨으면 하는데요."

이제야 수행자다운 진솔한 태도로 자신의 번뇌를 털어놓기 시작하는 젊은 승려를 바라보며 큰스님은 조용히 고개를 끄덕거렸다. 저 시퍼렇게 젊은 나이에 어찌 번뇌가 없으리오. 진리는 멀고, 가

습은 번뇌와 욕망으로 용광로처럼 지글지글 타오르고, 면벽의 시간은 길기만 한 그런 나이 아니던가.

경봉스님은 착 가라앉은 음성으로 말했다.

"문단속 허술한 집에 도둑이 들고 거울에 때가 끼어 있으면 사물이 뚜렷지가 않은 게야. 마치 빈집 뜰에 잡초가 무성하게 돋는 것처럼 모든 방황과 고통은 주인공을 잃고 남의 정신에 살게 되는 것이다."

"하오면 스님, 이 생명은 오직 하나, 결코 내생으로 이어져 연장될 수 없다는 생각이 깊은데요. 제발 스님께서 확신을 좀 주십시요. 영혼이나 귀신 따위는 없는 것이지요, 스님?"

"물을 마셔본 자만이 그 물이 차고 더운 줄을 아는 법! 허나 설령 물을 마신 자라도 차다 덥다 입을 열면 물맛과는 십만팔천리. 알겠느냐? 부처님 말씀을 믿도록 해라. 그런 소리 또 하면 안되느니라."

경봉스님은 마치 자식을 달래는 어버이처럼 자애로운 눈길로 젊은 승려를 굽어보며 말했다. 젊은 승려는 깊이 고개를 숙이며 떨리는 목소리로 대답했다.

"에, 스님. 명심하겠습니다."

젊은 스님은 경봉 노스님께 큰절을 세 번 올렸다. 경봉 큰스님은 잔잔한 미소로 답하고는 시자 명정에게 젊은 승려가 쉴 방을 안내

해주라고 일렀다.
 그런데 시자를 따라 방을 나오던 젊은 승려가 갑자기 돌아섰다.
"저 스님!"
"그래 또 무엇이 더 남았는고?"
"스님의 춘추는 올해 몇이십니까?"
"내 나이 말이더냐?"
"예, 스님."
"전삼삼 후삼삼이니라, 어이! 허허허."
 경봉큰스님의 웃음소리가 고요한 경내에 오래도록 울려퍼졌다.

2
뻐꾸기 우는 사연

　하루는 한 신문사 기자가 경봉스님을 찾아왔다. 영축산 도인스님으로 세속에까지 널리 알려진 경봉스님의 일대기를 취재하기 위해 극락암까지 찾아온 것이었다. 신문사 기자는 불가의 예법대로 큰스님께 큰절을 올리고 단정히 앉았다. 경봉스님은 시자 명정스님에게 차를 준비하라 이르고 비로소 기자에게 물었다.
　"그래. 무슨 일로 나를 찾아왔다고 하셨는가?"
　"아, 예. 저……노스님의 출가사연에 대해 좀 여쭙고자 해서 이렇게 찾아뵈었습니다."
　"출가사연이라면? 내가 어디서 태어나서 어떻게 자라다가 어떤 사연이 있어서 삭발출가했느냐 아, 그것이 알고 싶더라 그런 말이시던가?"

"예, 그렇습니다, 스님."
"허어."
경봉스님의 입가에 가벼운 웃음이 스쳤다. 부처님께 귀의한 지 어언 수십 년. 출가 전의 세속인연 따위야 전생에 지은 인연보다도 더 멀고 아득하게 느껴지는 자신에게 출가사연을 묻다니!
잠자코 침묵을 지키고 앉아 있던 경봉스님이 가라앉은 목소리로 말했다.
"이보시게."
"예, 스님."
"저기 저 뻐꾸기 소리를 들으시는가?"
"예, 스님. 듣고 있습니다."
"뻐꾸기 소리를 들었으면 됐지. 저 뻐꾸기가 어느 산 어느 둥지에서 어떻게 자랐는지를 알아서 어디다 쓰려고?"
한참만에 큰스님의 말뜻을 이해한 신문사 기자는 귓부리까지 새빨갛게 달아올랐다. 기자는 황황히 변명을 하기 시작했다.
"아! 아, 예. 허지만 스님께서 워낙 도인스님으로 널리 알려져서 모두들 궁금해 하거든요. 그래서 저희 신문사에서는……."
"오늘은 이미 늦었으니 저기 저 객실에 가서 쉬도록 하시게."
경봉스님은 이 한마디로 기자의 말을 끊고 휘익 돌아앉았다.
"아니 스님. 저……그게 아니라, 스님!"

 벽을 향해 돌아앉은 경봉스님은 마치 바윗덩어리 같았다. 아무리 불러도 꿈쩍도 하지 않았고, 지그시 눈을 감은 얼굴에서는 아무런 표정도 찾아볼 수가 없었다.
 바로 이 스님, 경봉 대선사.
 통도사 군자로 존경받고 영축산 도인으로 추앙받던 경봉스님은 자신이 거처하는 방문 앞에 삼소굴(三笑窟)이라는 현판을 붙여놓고 있었다. 석 삼 자, 웃을 소 자, 굴 굴 자 삼소굴.
 글자 그대로 얼른 새겨보자면 세 번 웃는 굴.
 경봉 큰스님의 출가사연을 듣기 위해 이 삼소굴에 찾아온 신문사 기자는 비록 첫날부터 뜻을 이루지 못했지만 '열번 찍어 안넘어가는 나무 있으랴' 하는 오기로 아예 극락암에서 며칠 눌러지내고 있었다.
 그렇게 며칠이 흘러갔지만 서울에서 내려온 신문사 기자는 큰스님의 출가사연에 대해서는 단 한마디도 얻어들을 수가 없었다. 그런데 묘하게도 큰스님과 같이 하는 시간이 흐르면 흐를수록 이 신문사 기자는 경봉스님의 독특한 성품에 매력을 느끼게 되었다.
 서슬 푸르고 꼿꼿하기가 대쪽 같은가 하면, 자애롭고 따스하기가 또 사오월 봄바람 같기도 했다. 경봉스님은 자신의 출가인연에 대한 것만 아니라면, 기자의 질문이 어떤 것이든 친절하게 대답해 주었다.

어느 날 큰스님이 한가한 틈을 타서 봄빛이 무르익은 뜨락을 함께 거닐다가 기자는 문득 스님이 거처하시는 방의 '삼소굴'이라는 현판이 생각났다.

"스님."

"음. 왜 그러시는가?"

"저. 무식한 제 소견으로 삼소굴의 의미를 새기자면 세 번 웃는 굴이라는 그런 뜻 같습니다만 과연 스님께서는 그런 뜻에서 삼소굴이라고 하셨는지요?"

"허허허. 꿈보다 해몽이 더 좋다고 그러더니만, 자네 새김이 더 그럴 듯하구만, 으응! 허허허."

"아니 그럼! 혹시 다른 뜻이라도 있습니까, 스님?"

"어어, 아니야! 석 삼 자는 우주의 극수이니 그래서 쓴 것이고 웃음 소 자는 글자 그대로 웃음인데, 우리는 가끔 염주를 목에 걸어놓고 염주를 찾다가 나중에야 염주가 목에 있는 것을 깨닫고 허허 웃을 때가 있거든. 그렇지 않든가? 허허허."

큰스님의 거칠 것 없이 소탈한 웃음소리는 듣는 사람의 마음까지 편안하게 만들었다. 기자는 유쾌한 기분으로 따라 웃으며 맞장구쳤다.

"예. 그런 일이 가끔 있습지요. 저 우리 속담에도 '업은 아이 삼 년 찾는다'는 말도 있지 않습니까?"

"허허허. 그래, 그래. 바로 그와 마찬가지로 우리는 자기 본성품이 무엇인지도 모르고 또 어디 있는지도 모르고 엉뚱한 곳을 헤매어 찾는단 말이야. 그러다가 결국은 자기 자신 속에 들어 있는 자기의 본성품을 깨닫고 나면 '허허! 내가 바로 여기 있었는데 엉뚱한 곳에서 헤매었구나' 하고 허허 하고 웃는 게야. 허허허."

기자는 경봉큰스님의 설명에 고개를 끄덕이면서도 속으로는 감탄을 금치 못했다. '삼소'라는 말에서 이렇게 심오한 진리를 이끌어 낼 수 있는 이 노스님의 혜안과 도의 경지란 도저히 자기 같은 세속의 흙탕물에서 뒹굴어 온 위인이 측량할 바가 아니겠거니 하는 생각마저 들었다.

"스님. 그렇다면 왜 하필 삼소대라고 하시지 않고 초라한 굴이라고 하셨는지요."

"이 사람아. 젊은 사람이 눈을 좀 크게 뜨고 바라봐. 저 광대무변한 우주에서 내려다보면 사람이 살고 있는 이 지구 자체가 좁쌀알보다도 더 작은 굴밖에 더 되겠는가."

부지불식간에 경봉 큰스님의 법문에 감화된 기자는 자신이 내려온 본래 목적도 잊어가고 있었다. 몇 번인가는 법회에 참여하여 직접 경봉스님의 법문을 경청하기도 했다.

법상에 올라 주장자를 치켜든 경봉스님의 모습은 사사로이 만났을 때와는 또 다른 느낌이었다. 엄격하고 꼬장꼬장한 분위기는 사라지고, 대중들 대하기를 마치 친할아버지나 된 듯이 하였다.

경봉스님의 법문은 늘 시원시원하고 재미가 있었다. 또한 경봉스님의 법문은 학교공부를 많이 배우지 못한 사람도 금방 알아듣기가 쉬웠다. 때로는 옛날 옛적 얘기를 구수하게 들려주기도 하고 때로는 칼날 같은 질문 한마디로 듣는 사람을 깨우쳐주기도 하였다.

다음날 대중법회에서였다.

법상에 오른 경봉스님은 좌중을 한번 둘러보았다. 커다란 키에 번쩍번쩍 안광을 발하는 스님의 두 눈은 침묵으로도 그 자리에 모인 전대중을 압도하고도 남았다. 스님은 주장자를 세 번 내리친 뒤 법문을 시작하였다.

"내가 오늘 이 법상에 올라와 내려다보니 여기 앉아 있는 여러 대중들, 참으로 가슴이 답답하고 머리가 지끈지끈 쑤시고 아픈 사람들이 많구나. 어찌 해서 가슴이 답답하고 머리가 아프냐. 근심걱정으로 꽉 차서 그렇지. 해서 내가 뭐라고 일렀던가. 기왕에 우리가 이 세상에 나왔으면 이 사바세계를 무대로 삼고 연극 한바탕 멋들어지게 하고 가자고 그러지 않았던가. 앉아도 근심걱정, 누워도 근심걱정 그렇게 허구헌날 늘 근심걱정만 하고 살 바에야 대체 무엇 때문에 어머니 뱃속에서 나오냐 말이다. 아, 차라리 나오지 말았어야제!"

처음엔 약간씩들 긴장하여 이야기를 듣고 있던 대중들이 경봉스

님의 구수한 입담에 법당이 떠나갈 듯 박장대소를 했다. 경봉 큰스님은 주장자로 법상을 두들기며 짐짓 험상궂은 표정으로 걷잡을 수 없이 퍼져나가는 웃음소리를 제지하였다.

"어허! 웃을 일이 아냐! 세상살이 좀 근심스럽고 걱정되는 일이 설사 있더라도 훌훌 다 털어버리고 살아! 아 사람이 기껏 살아야 백 년을 더 살아? 이것 저것 훌훌 다 털어버리고 쾌활하고 재미있게 한바탕 살아야지. 그러면, 어떻게 하면 사람이 근심걱정 다 훌훌 털어버리고 신나고 멋지게 한바탕 잘 살다 갈 수 있느냐? 앞으로 내 법문 잘들으면 다 알게 될 것이야. 정신 차리고 들어. 빼먹지 말고!"

경봉스님은 자신의 입만을 뚫어지게 쳐다보고 있는 수백의 초롱초롱한 눈동자를 한번 주욱 둘러보고서 다시 입을 열었다.

"여기 오늘 이 법회에 선남선녀들이 참 많이 동참했는데 여기 앉아 있는 여러 대중들 가운데서 근심걱정 한 가지도 없는 사람 어니 손 한번 들어봐! 손들어 보라니까! 어허! 없구만! 한 사람도 없어. 여기 모인 이 대중들, 얼굴도 잘 생기고 옷도 잘 입고 겉으로 보기에는 모두다 멀쩡하고 그럴 듯해 보이는데 근심걱정 없는 사람은 한 사람도 없어. 모두 근심병, 걱정병에 걸려 있구만."

경봉스님은 다시 주장자를 내리치며 말을 이었다.

"정신들 차려서 잘들 들어. 그놈의 근심걱정이 무엇 때문에 생겼는가. 우선 그 까닭을 알아야 그 빌어먹을 근심병, 걱정병을 고치는 거야. 왜 생겼어? 왜 생겼냐고! 그놈의 근심걱정은 왜 생겼느냔 말야? 바로 그 근심걱정은 물질 때문에 생겼어. 근심걱정은 사람 때문에 생겼어. 물질하고 사람하고 이 두 가지 때문에 생겨. 물질하고 사람, 이 두 가지 빼버리고 나면 근심걱정 별로 생길 일 없어. 우리 불교를 신봉하는 사람은 이것을 알아야 해! 원인을 알아야 병을 고친단 말야. 그러면 내 한 가지 물어보겠는데, 어머니 뱃속에서 나올 때 돈이나 집문서 손에 들고 나온 사람 있어? 사업체 짊어지고 나온 사람 있어? 면장, 군수, 도지사 감투를 짊어지고 나온 사람 있어? 아, 어머니 뱃속에서 나올 때 마누라 손잡고 나온 사람 있어? 영감 끌어안고 나온 사람 있어? 자식을 품에 안고 나온 사람 있어? 저기 저 보살님은 영감님 끌어안고 나오셨나?"

"와하하하."

또다시 법당 안에는 폭포수 같은 웃음소리가 한바탕 쏟아져 나왔다.

"이것들봐! 웃을 일이 아닌 게야. 웃을 일이 아니라고! 우리 모두 다 빈손으로 나왔어. 아, 빈손으로만 나왔는가? 실오라기 하나도 걸치지 않고 홀딱 벗고 나왔지. 아, 나라고 하는 이 물건도 본래는 없던 것! 빈몸, 빈손으로 나오는데 세상밥 먹고 크면서 어느 사이에 여섯 도둑놈을 키워가지고 그 여섯 도둑놈이 시키는 대로 흥

악한 생각들을 지어 가지고 허구헌날 자고 나면 근심걱정이구만. 그러면 근심걱정을 하도록 만드는 여섯 도둑놈이 대체 무엇무엇이냐! 어디 저기! 그래, 저기 앉아계신 거사님! 어디 한번 말씀해 보실까?"

경봉스님은 대뜸 앞쪽에 앉아 있던 한 중년의 신도를 가리키며 그렇게 물었다. 그 신도는 부끄러움에 얼굴이 벌개지면서 고개를 숙이고 조그마한 목소리로 대답했다.

"저는 잘 모르겠습니다, 스님."

"음. 그럼, 누구 아시는 분 손 한번 들어보시지."

"……."

대중들 가운데서 손을 올리는 사람은 아무도 없었다. 그러나 사람마다 근심걱정을 하게 만드는 여섯 도둑놈을 키우고 있다는 경봉 큰스님의 얘기에 모두들 적이 호기심을 느끼는 모양이었다.

"흠! 여섯 도둑놈이 무엇무엇이냐? 여러 대중들이 다 가지고 있어. 눈 귀 코 혀 몸뚱이 그리고 뜻! 바로 이 여섯가지가 도둑놈들이지. 이 여섯가지 도둑놈들이 자꾸 저 좋아하는 거 제것을 만들려고 발버둥을 치고, 저 싫어하는 거 미워하느라고 발버둥을 치고 그래서 근심걱정이 그칠 날이 없더라, 이런 말이지. 허나 이 여섯가지를 부처님 말씀 잘듣고 잘 교화를 시키면 눈도둑은 일월광명 세존이 되고, 귀도둑은 성문여래 부처님이 되고, 코도둑은 향적여래 부처님이 되고, 입도둑은 법희여래 부처님이 되고, 몸도둑은 비로자나 부처님이 되고, 뜻도둑은 부동광명 여래가 되는 것이야. 그러니 이 여섯가지는 잘못 다스리면 여섯도둑이요, 잘 다스리면 여섯 부처님이 되는 것! 대체 여러 대중들은 어찌 하겠는가?"

　말을 마친 경봉큰스님은 대중들 한 사람 한 사람의 얼굴을 마치 머릿속에 새기기라도 하려는 듯 찬찬히 둘러보신 후에 주장자를 치켜들었다.

　"딱! 딱! 딱!"

　법당 한구석에서 대중들 사이에 몸을 숨기고 법문을 듣고 있던 기자는 법상에서 내려오는 큰스님의 모습을 말없이 지켜보고 있었다. 큰스님은 대중들의 마음자리를 훤히 들여다보는 것처럼 사람들의 가려운 곳을 긁어주고, 꾸짖듯이 호령을 하기도 하였다.

　스님의 법문을 듣고 있노라면 사람들은 저도 모르게 타산적인 사람관계와 때문은 일상에 안일하게 젖어있는 자기 자신을 발견하고, 문득 말할 수 없는 부끄러움과 회오에 잠기게 되는 것이었다.

　근세의 선지식들은 모두 풍운의 시대에 태어나 풍운의 세월을 살다간 스님들이다. 그들은 조선조말, 일제시대, 해방정국, 동족상잔의 6. 25를 거치는 역사적 대변혁기에 생애의 대부분을 보낸 분들이다. 민족의 생명을 위협하는 역사적 질곡 속에서도 모든 사람들의 정신적 지주로서 조금도 동요치 않고 오로지 수행자로서의 본

분을 다해온 이 스님들.

경봉스님은 그런 스님들 중에서도 가장 대표적인 선지식으로 불리운다. 스님은 그 불운의 시대에 수행인의 길을 택해 열정적 정진과 구세의 원력을 높이 고양시킨 불세출의 대선지식이었다. 50여 긴 성상을 중생교화에 바쳤으며 전국의 선객을 제접하여 선풍을 진작시켰으니 근세 한국불교의 일대 종장이라 일컬어 아무런 부족함이 없는 분이었다.

기자는 그날밤 저녁 공양을 마친 후 홀로 뜰을 거닐었다.

본래 이루려던 목적은 달성하지 못하였지만 요 며칠 극락암에 머물면서 경봉스님의 선지식다운 풍모를 가까이서 접한 것 자체가 하나의 큰 깨달음이었고, 인생에 있어 다시 없는 소득이었다.

경봉스님이 과연 어떠한 인연으로 세상에 오셨다가 어떤 인연으로 삭발출가해서 중생제도에 나서시게 되었는지 그 사연을 알아보려 했던 자신의 적지 않은 노력은 결코 헛수고만은 아니었다.

기자는 가슴에 차오는 뿌듯함에 늦도록 뜰을 거닐다가 객실로 돌아와 짐을 싸기 시작했다. 극락암에 올라오기 전에 챙겨가지고 왔던 경봉큰스님에 대한 몇 가지 자료도 미련없이 가방 속에 집어넣었다.

이때 문 밖에서 자신을 찾는 목소리가 들려왔다.

"거사님! 거사님, 주무십니까요?"

경봉스님의 시자 명정스님이었다.
"저, 큰스님께서 찾으십니다."
"무슨 일이신지."
"그건 저도 잘 모르겠습니다만, 잠시 듭시라는데요."
기자는 고개를 갸웃하다가 시자를 따라 삼소굴로 향했다.
경봉스님은 환한 미소로 기자를 맞이했다.
"아니 절은 무슨. 아침 저녁으로 보는 게 인사지. 자, 이리 와 앉으시게."
"예, 스님."
"자네, 여기 와 있은 지 얼마나 됐지?"
"이제 일주일이 지났습니다, 스님."
"그래, 절밥은 먹을 만하시던가?"
"아주 눌러앉아 있고 싶도록 맛이 있었습니다, 스님."
"허허. 자네 더 오래 있다간 아주 중 노릇하며 살겠다고 하시겠구만 그래, 어이? 허허허허."
기자는 따라 웃으며 말했다.
"아무래도 그렇게 될 것 같아 내일쯤 떠날까 합니다, 스님."
"그래 이제 궁금증은 풀리셨는가?"
"궁금증이라니요."
기자는 경봉스님의 주름진 얼굴을 의문스럽게 올려다보았다.

"이 사람! 아, 뻐꾸기 우는 사연 말일세."

경봉스님은 그렇게 말하면서 기자의 얼굴을 뚫어지게 바라보았다. 기자는 조용히 입을 열었다.

"그야 뻐꾸기 소리를 들었으면 됐지, 그 우는 내력을 알아 무엇하겠느냐 말씀하시지 않았습니까요, 스님."

"허허허. 내 그랬지. 허나 요며칠 내 곰곰히 생각을 해보니 이런 생각이 들더구먼."

"어떤?"

기자는 침을 꿀꺽 삼키고는 재빠르게 물었다. 가슴속에서 새로운 희망이 맹렬히 부풀어오르는 걸 그는 느끼고 있었다.

"저 뻐꾸기가 어느 산 어느 둥지에서 어떻게 자랐는지를 안다면, 사람들은 언제고 저 뻐꾸기 소리를 그냥 무심코 지나치지는 않을 게라고 말이야."

"스, 스님!"

"달리 듣지는 마시게. 그냥, 저 뻐꾸기 우는 사연이라 생각하게. 이 늙은 중 경봉의 출가사연이라고 해서 뭐 남다를 게 있었겠는가. 그저 어려운 시절에 태어나서 이 고달픈 인생의 해답을 찾아 먼길을 떠났던세시."

그러나 지그시 눈을 감고 지나간 날들을 회상하는 경봉스님의 얼굴에는 남다른 감회가 어리고 있었다. 기자는 스님 곁으로 바짝

다가앉았다. 천천히 열리기 시작하는 경봉스님의 입술을 바라보며 기자는 단 한마디도 놓치지 않기 위해 온 정신을 집중하였다.

3
극락은 어디 있나요?

　경봉스님은 1892년 4월 9일 경남 밀양군 부내면 계수동에서 태어났다. 아버지는 김영규(金榮奎)씨, 어머니는 안동 권(權)씨. 어릴 적 이름은 용국(鏞國)이었다.
　어려서부터 매우 총명했던 용국은 누가 가르쳐주지 않았는데도 혼자서 언문을 깨쳤고, 서당에 다니는 동네 아이들 어깨 너머로 천자문을 익혔다. 이런 어린 자식을 기특하게 생각한 부모님은 용국이 일곱살 되던 무렵에 밀양 읍내에 있는 한문사숙에 보내었다.
　그때 용국을 가르친 스승은 밀양에서 유명한 한학자 강달수 선생이었다. 그는 용국에게 사서삼경 등을 가르치면서 글자만 익히게 하는 것이 아니라 그 속에 숨은 깊은 뜻을 새기게 하였다. 이러한 교육방식은 용국에게 매우 바람직한 것이었다. 단지 외우고 배워

익히는 정도의 공부라면 그 누구의 가르침 없이 혼자서라도 능히 해낼 수 있는 용국이었다.

이렇게 비상한 용국의 공부는 한문사숙에 들어간 다음부터 더욱 일취월장하여 얼마 되지 않아 저보다 서너 해 먼저 배운 아이들의 수준을 간단히 뛰어넘게 되었다. 강달수 선생은 혀를 내두르며 칭찬을 아끼지 않았다. 또한 용국이 비록 어리나 그 재주가 이 밀양 바닥에서 썩기는 아깝다는 생각을 하게 되었다.

그러던 어느 날의 일이었다.

"이것봐라, 용국아!"

아침 일찍 읍내에 다녀온 아버지가 방에서 공부를 하고 있던 용국을 불러 앉혔다.

"예, 아버지. 부르셨습니까."

아버지 김씨는 다소곳이 앉아 자신을 쳐다보는 아들의 얼굴을 바라보며 입을 열었다.

"내 오늘 읍내에 나갔던 길에 네 훈장님을 뵙고 오는 길이다."

"예에."

"훈장님 말씀이 용국이 너는 이제 더 가르칠 것이 없다고 그러시더구나."

유난히 배움에 대한 열의가 강한 용국은 이 말을 전해 듣고 화들짝 놀라 두 손을 저으며 말했다.

"아이, 아니옵니다, 아버지. 더 배워야 하옵니다."

"더 배우기는! 아, 사서삼경까지 다 배워마치고 눈을 감고도 줄줄 외울 정도라고 하던데 아, 뭘 또 더 배우겠다는 말이더냐?"

"글자는 다 배워마쳤사옵니다만 그 글에 담겨 있는 오묘한 도리와 이치는 아직 깨우치지 못했사오니 더 배우고 싶사옵니다."

"무엇이! 하! 이 녀석 보게나. 허허허."

용국의 아버지는 아들의 어른스런 말에 도리어 놀라 할말을 잃고 껄껄 웃었다. 요즘들어 아들의 모습을 볼 때마다 깜짝 깜짝 놀랄 때가 많았다. 찬찬하고 예의바른 행동거지는 물론이거니와 생각하는 거 하나하나가 어른 뺨치게 사려깊었다. 때로는 아이로서는 너무 지나치게 생각이 많아 그 나이에 걸맞는 어린애다움을 잃어가는 게 아닌가 하여 걱정될 때도 있었다.

"아, 그만큼 글을 배우고도 더 배우겠다니! 그러면 너는 장차 어떤 일을 도모하려고 그러느냐? 벼슬을 하겠다는 게냐, 아니면 선비가 되겠다는 게냐?"

용국은 아버지의 질문에 주저없이 단호하게 대답했다.

"옛글에 이르시기를 '화무십일홍이요 권불십년'이라 했으니 벼슬 같은 건 하고 싶지 않사옵니다, 아버지."

화무십일홍이요 권불십년이라.

열흘 붉은 꽃 없고, 십 년을 넘기는 권세가 없느니.

용국의 아버지 김씨는 아들의 말에 내심 감탄을 금치 못했다.
"허허허. 아, 이 녀석 이거, 애비 앞에서 못할 소리가 없구나. 아니 그러면."
"소자는 사람사는 이치와 도리를 밝히는 선비가 되었으면 하옵니다, 아버지."
말을 마친 용국은 조용히 입을 다물었다. 아직 어린 나이임에도 그 얼굴에는 어느 누구도 건드리지 못할 위엄과 기상이 있었다.
용국은 계속해서 글공부를 열심히 해 나갔다. 아버지도 더 이상은 용국의 뜻을 억지로 꺾으려 하지 않았다. 어머니 역시 누구보다도 아들의 남다른 생각을 잘 이해해 주었다. 어머니는 그 특유의 직감과 본능으로 자식의 영특함을 간파하였고 또 그걸 자랑으로 생각했다. 언제나 농삿일과 집안일에 시달려 파김치가 되면서도 아들만 생각하면 벙싯 웃음이 나왔다.
그런데 용국의 나이 열 다섯 살이 되던 1906년 팔월 초나흗날이었다.
용국이 밀양 읍내에 나가 공부를 하고 돌아오는데 난데없이 온 집안이 온통 울음바다가 되어버린 게 아닌가. 동네 아낙들이 모여 눈물을 흘리다가 용국이 들어서자 이상스레 외면을 하는 것이었다.
용국은 불길한 기분에 휩싸여 자기도 모르게 몸을 부르르 떨었다. 아무래도 집안에 무슨 일이 일어난 것만 같았다. 억지로 용기

를 내어 마루를 올라서는데 마침 아버지가 방에서 나왔다.
 아버지는 용국을 보고서도 아무런 말이 없었다. 뭔가 큰 충격을 받은 사람처럼 멍한 표정으로 마루에 털썩 앉더니 허리춤에서 담배 쌈지를 꺼냈다. 용국은 무섭게 뛰는 가슴을 진정시키며 아버지에게 다가갔다.
 "아버지! 우리집에, 이게 대체 무슨 일이옵니까요, 예?"
 아버지는 담배를 붙여문 다음에도 한참이나 침묵을 지키다가 마침내 한숨을 쉬며 입을 열었다. 아버지의 입에서 한숨과 함께 뿌연 담배연기가 새어나왔다.
 "용국아, 놀라지 말거라. 니 어미가, 니 어미가 세상을 떴다."
 "예에? 어, 어머니가 어, 어쩌셨다구요!"
 용국은 파랗게 질린 얼굴로 아버지를 바라보았다. 아버지는 경악하는 아들의 크게 열려진 눈동자를 보자 더 이상 참을 수가 없었는지 꾹꾹 참아왔던 울음을 토해내기 시작했다.
 "니 어미가 죽었단 말이다! 니 어미가 죽었어! 크흐흑!"
 "엣! 어머니가요!"
 용국은 마룻바닥을 치며 통곡하는 아버지를 망연자실 바라보고 있었디. 하늘처럼 믿고 의지하며 살아온 어머니가 세상을 뜨다니! 도저히 믿을 수 없는 일이었다.
 용국의 나이 겨우 열 다섯. 명심보감도 보고 사서삼경도 배웠지만 죽고 사는 게 뭔지 알기엔 너무도 어린 나이였다.

어머니 장례를 치르고 나니 집안은 더욱 적막하고 교교해서 빈 집만 같았다. 혹시나 하는 생각에 느닷없이 부엌을 들여다보기도 하고 안방문을 와락 열어보기도 했다. 그러나 그 어디에도 어머니는 없었다. 허망하고 서러웠다.

용국은 복받쳐오는 설움을 가누지 못하고 그만 어머니 묘소로 달려나갔다.

"어머니. 어머니! 어머닌 왜 이렇게 땅속에만 누워계십니까? 이제 그만 일어나셔서 우리집으로 가요. 네, 어머니?"

남보다 일찍 철이 들어 어머니 앞에서 늘 어른스럽게 행동했던 용국이었다. 그러나 용국의 지금 심정은 대여섯 살짜리 어린 아이처럼 떼를 써서라도 저 깊고 어두운 무덤 속에서 어머니를 끌어내오고 싶었다.

"어머니! 내일 모레가 추석인데 어머니가 이렇게 땅속에만 누워 있으면 송편은 누가 만들고 내 옷은 누가 해줘요? 그만 좀 일어나세요. 네, 어머니! 그만 좀 일어나시란 말예요, 어머니! 흐흐흑!"

허구헌날 그렇게 어머니 묘소에 가서 울고 있으니 아버지한테 들켜 꾸중을 듣기도 여러차례였다.

"너, 이녀석! 용국아. 너 어쩌자구 서당에도 안가고 이렇게 니 어미 무덤에서 울고만 있느냐?"

"어, 어머니가 보고 싶어서요."

"원! 이런 못난 녀석! 아니 그래, 아무리 어미가 보고 싶기루 무덤에 와서 이러구만 있단 말이냐?"

"부엌에도 없구 안방에도 없구 어머넌 지금 이 땅속에 누워 계시잖아요."

아버지는 처연한 아들의 목소리에 목이 메어왔다. 요 며칠새 아들의 얼굴은 완전히 반쪽이 되었다. 어린것이 얼마나 에미가 보고 싶었으면 이렇게 먹지도 자지도 않고! 아버지는 눈물을 보이지 않으려고 하늘을 쳐다보며 입을 열었다.

"흐음. 니 에미는 이미 죽어 땅속에 묻힌 사람! 무덤에 와서 이런다고 다시 볼 수 있는 것이 아니다."

"그럼 어딜 가야 어머니를 만나볼 수 있는 거예요, 네?"

"이미 죽은 사람을 어떻게 만날 수 있다고 이러는 게냐?"

"몸은 비록 여기 땅속에 묻혔지만 그래도 혼백은 살아 있다고 그러셨잖아요, 네에?"

"그래. 사람은 죽어도 혼백은 오래오래 살아 있는 법이다."

"그럼, 아버지! 우리 어머니 혼백은 지금 어디 계십니까, 네? 우리 어머니 혼백은 어디 계시냐구요?"

"니 에미 혼백은 극락에 가 있을게다. 저기 저 극락에!"

"그 극락이 어디 있는데요, 아버지?"

"아 그야 저기 저 저승에 있지. 이 세상에 있는 게 아니구 말이다."

"그럼 그 저승은 어디 있는데요, 아버지?"

"아니 그걸 낸들 어떻게 알겠느냐? 그저 저승에 있다니까 그런 줄만 알지."

"그럼 어머니는 왜 거기 가셨어요?"

"그거야 갑자기 병이 들어서 그랬다."

"어머니는 늙지도 않으셨는데 왜 병이 들고, 왜 돌아가셨어요?"

"아, 그거야! 병은 젊은 사람도 걸리고 아이도 걸리고 노인도 걸리고 그러는 것이다."

"다른 사람들은 다 살아 있는데 왜 우리 어머니만 죽었냔 말예요, 네에?"

"아 그야 이 녀석아! 지금 살아있는 사람들도 결국은 다 늙고 병들면 죽게 되는게야."

"그, 그럼! 아, 아버님도 돌아가신다구요?"

"흠. 이 아비라고 해서 별 수 있겠느냐? 자고로 인생 칠십고래희라고 했으니 사람은 누구나 일흔 살 넘기기가 어려운 법이야."

이건 또 새로운 의문이었다. 어머니를 잃은 슬픔만으로도 용국의 작은 가슴이 파랗게 응어리가 맺히고 말았는데, 아버지와 또 용국이 아는 모든 사람들도 언젠가는 죽어야 한다니!

용국은 죽음에 대한 두려움으로 숨이 꽉 막히는 것만 같았다. 죽음! 그것은 호랑이나 사자 같은 그런 짐승들보다도 훨씬 더 무서운 것이었다. 이 죽음에는 누구도, 어떤 사람도 피해갈 수가 없다.
"대체 사람은 왜 죽어야 하는가요. 예, 아버님?"
"그, 글쎄다. 이 아비가 그걸 어찌 알겠느냐? 저기 저 산속에서 도를 닦는 스님들이나 아실까, 원!"
"산속에서 도를 닦는 스님들은 그런 걸 다 아신단 말씀입니까?"
"듣자하니 산속에서 도를 닦는 도인스님들은 세상만사를 손바닥 들여다보듯 훤히 다 아신다고 그러더구나."
"산속에서 도를 닦는 스님들은 세상만사를 훤히 다 아신다구요?"
사람은 왜 병들고 죽는가. 그리고 사람이 죽으면 육신은 땅에 묻히는데 혼백은 대체 어디로 가는가. 혼백이 들어가는 저승세계는 어디 있으며 어떻게 생겼는가. 그게 그렇게 궁금해서 용국은 견딜 수가 없었다.
용국은 어머니가 돌아가신 뒤 끝없이 일어나는 이 의문에 대해서 속시원한 대답을 듣고 싶었다. 그러나 아버지도 한문사숙의 스승도 시원한 대답을 해주지는 못했다. 이러할 때 아버지가 무심코 던진 한마디 말은 어린 용국의 뇌리 속에 깊이 자리잡았다. 그 말은 언제까지나 용국을 떠나지 않고 주위를 맴돌았다.

'산속에서 도를 닦은 도인스님들은 세상만사를 손바닥 들여다보듯 훤히 다 아신다고 그러더라.'
한동안 집안에 틀어박혀 깊은 생각에 잠겨 있던 용국은 마침내 무언가를 결심한 듯 작은 주먹을 그러쥐고 낮게 부르짖었다.
"그래! 산속에서 도를 닦은 도인스님들은 세상만사를 손바닥 들여다보듯 훤히 다 아신다고 그랬으니까 도인스님들은 뭐든 다 알고 계실거야. 그래. 그렇다면 이렇게 집에만 앉아서 끙끙거릴 게 아니라 내가 산속으로 들어가서 그 도인스님들을 한번 만나봐야지."
용국은 아버지께 온다간다 말도 없이 한밤중에 집을 빠져나왔다. 돌부리에 발이 채이고 옷이 찢기는 줄도 모르고 정신없이 밤길을 걸어 동네를 빠져나왔다.
무작정 묻고 물어서 찾아간 곳은 통도사였다. 도인스님은 큰절에 계신다는 어른들 얘기에 무턱대고 근방에서 제일 크다는 통도사를 찾았던 것이다.
단숨을 헉헉 뿜어대며 산길을 올라가는 용국의 코끝에는 땀방울이 송송 맺혀 있었다. 큰 체구에 눈알이 금방이라도 튀어나올 것만 같은 목상이 고함이라도 지를 것처럼 무서운 표정으로 용국을 굽어보고 있었다. 죄가 많은 사람을 벌준다고 하는 사천왕 장승이었다. 아무 죄도 지은 것이 없지만 괜히 다리가 후들거리고 온몸이 와들와들 떨려왔다.

사천왕문의 옆을 지나 조금 올라가니 죽림에 가려진 암자 하나가 나왔다. 용국은 마치 남의 집 동정을 살피는 도둑 모양 이곳 저곳을 기웃거리기 시작했다.

종각이 있는 곳으로 가고 있는데 마침 큰 광주리에 채소를 잔뜩 담아 끙끙거리며 들고 가는 스님들을 만나게 되었다. 스님들은 연기가 거칠게 나는 부엌으로 들어가면서 절간 안에서 서성거리는 용국을 흘낏 바라보았다.

용국은 무어라고 말을 붙여오겠거니 하고 내심 기다리고 있다가 스님들이 본체만체 그냥 지나가버리자 은근히 화가 치밀어오는 것이었다.

어둠이 깔릴 무렵 나이가 지수굿한 노스님 한 분이 암자에 들어서며 이마의 땀방울을 닦았다.

노스님은 허리를 펴고 습관처럼 절 안을 둘러보다가 절마당 한 컨에 우뚝 선 용고이와 시신이 마주쳤다. 깡마른 얼굴에 세우 걸쳐 있는 안경 너머로 용국을 빠르게 훑어보며 고개를 갸우뚱거리던 스님이 잠시 후에 입을 열었다.

"아니, 거기 누구신고?"

"아, 저. 말씀 좀 여쭤보겠습니다."

"그래. 물어보거라. 무엇을 알고 싶은고?"

"예에. 저 이 절간이 통도사라는 절간이옵니까요, 스님?"

"그래. 바로 이 절이 네가 찾는 통도사니라. 대체 무슨 일로 왔는고?"
"아, 예. 만날 사람이 있어서요."
처음 보는 소년이 대뜸 만날 사람이 있다고 하자 노스님은 고개를 갸웃하였다.
"만날 사람이라니. 누구 말이더냐?"
"저, 허연 머리칼에 허연 수염을 이렇게 기르고 계신 도인스님을 만나려구요."
"하얀 머리칼에 하얀 수염을 기른 도인스님을 만나러 왔다구?"
"예, 스님."
"예끼, 이 녀석!"
"왜, 왜요, 스님?"
"인석아! 허연 머리칼에 허연 수염을 기른 노인은 옛날 얘기에나 나오는 산신령으로 그런 도인스님은 이 산에는 없다."
"예에? 아, 아, 아니 그럼 이 절간 통도사에는 그런 도인스님이 안 계신단 말씀이십니까요?"
노스님은 실소를 금치 못하고 어이가 없다는 표정으로 말했다.
"인석아! 이 영축산 통도사 여러 암자에 도닦는 스님이야 여러분 계신다마는 니가 말한 것처럼 허연 머리칼에 허연 수염을 기른 분은 한 분도 없어."

"어, 어휴 그, 그럼 이거 야단났네!"

소년의 두 눈이 똥그래지며 낙심하는 표정이 역력했다. 소년의 하는 양으로 보아 장난하는 것 같지는 않고 아무래도 무슨 사연이 있겠다 싶었다.

"너 대체 무슨 일로 머리 허연 도인스님을 찾느냐?"

"예. 저, 다름이 아니라 몇 가지 꼭 여쭈어볼 게 있어서요."

"어디 무엇을 물어보려고 그러는지 나한테 한번 말을 해봐라."

노스님의 생김새를 유심히 살피던 용국은 얼굴에 갑자기 화색이 돌면서 반갑게 외쳤다.

"그럼 혹시? 스님도 도닦는 스님이십니까요?"

"허허허! 이런 녀석을 봤나? 아, 인석아. 절간에 있는 수행자는 다 도닦는 스님이지 도 안 닦는 스님도 다 있다더냐? 나도 분명히 도를 닦는 스님이니 어디 한번 물어보아라. 그래 대체 무엇을 물어 보려고 그러는고?"

"아 저 그럼, 한 가지 여쭙겠습니다요."

"그래. 어디 물어보아라."

용국은 침을 한번 꿀꺽 삼키고서 입을 열었다.

"사람은 왜 죽습니까요, 스님?"

"뭣이라고? 사람은 왜 죽느냐?"

"예, 스님."

"어허! 이런 녀석을 보았는가. 아니 인석아! 나이도 어린 녀석이 어째 하필이면 세상만사 좋은 일 다 놓아두고 죽는 것부터 알고 싶단 말이더냐 그래! 으음?"

"전 그것을 꼭 알아야겠습니다요, 스님! 어서 대답해주십시오!"

"흐흠! 그러고 보니 너 무릎이 깨졌구나. 대체 무릎은 어째서 깨졌는고?"

"그거야 넘어졌으니까 깨졌죠!"

"허허허. 그래 그래. 이 녀석 이거 아주 보통 녀석이 아니로구만 그래! 응? 허허허."

"스님! 다른 말씀 그만하시고 속히 대답해주십시오. 사람은 대체 왜 죽습니까요, 예에?"

노스님은 이 한 가지 의문에 생사가 달린 듯이 허겁지겁 덤비는 소년을 지그시 바라보고 섰다가 천천히 고개를 끄덕거렸다.

"그래. 너한테는 꼭 알려 주어야겠구나. 나를 따라오너라."

4
태어났으니까 죽는다

　용국이 통도사를 찾아간 것은 열 여섯 살이던 1907년 음력 유월 초아흐렛날이었다. 이때 용국을 처음 만난 노스님은 성인 성 자, 바다 해 자 성해선사. 성해스님은 용국의 어린 소년이라 하기에는 너무도 진지한 눈빛과 거침없는 질문에 은근히 감탄을 했다.
　성해스님은 용국을 비어 있는 방으로 데리고 갔다. 스님은 비로소 용국의 행색을 찬찬히 훑어보았다. 말하는 태도의 진지함으로 봐서 부모 없이 막자란 아이 같지는 않았다. 그렇다면 무엇 때문에 그렇게 인간의 생사고에 집착하고 해답을 갈구하는 것일까. 저 푸르니 푸른 나이에······.
　노스님은 용국의 눈을 찌르듯 바라보았다. 용국의 눈빛 역시 팽팽하게 스님의 시선을 맞받아내고 있었다. 소년의 눈은 자기 마음속에 자리한 한 가지 커다란 의문으로 지글지글 타오르는 용광로처럼 보였다. 저 어린 나이에 얼마나 극심한 마음의 충격을 받았길래 제발로 이 절간을 찾아왔단 말인가. 스님은 눈을 지그시 감고 저려오는 마음 한끝을 가다듬었다.
"너 대체 어디서 온 아이더냐?"
"예. 저는 밀양에서 왔사옵니다."
"이름은 뭣이라고 부르던고?"
"김용국이라 하옵니다."
"으음. 김용국이라. 나이는 올해 몇이나 되었느냐?"
"열 여섯이옵니다."
"양친부모는 다 계시더냐?"
"어머님은 작년에 돌아가셨습니다."
"흐음. 그래서 사람이 왜 죽는지 그걸 알고 싶단 말이더냐?"
"예."
"그러면 내 알려주마. 조금전 저기 저 절마당에서 니 무릎이 왜 깨졌느냐고 내 물었다. 그렇지?"
"예."
"그때 니가 나한테 무엇이라고 대답을 했던고?"
"예. 넘어졌으니까 깨졌다고 대답을 해올렸습니다."
"그래 그래. 그럼 이번에는 내가 너에게 대답을 해줄 차례로구

나. 그럼 어디 나한테 다시 한번 물어보아라."

"예. 사람은 대체 왜 죽는 것이옵니까요?"

"태어났으니까 죽는 것이니라."

노스님의 입에서 전혀 의외의 대답이 흘러나오자 용국은 낮게 신음을 토했다.

"태, 태어났으니까 죽는 것이라구요!"

"넘어졌으니까 무릎이 깨졌듯이, 태어났으니까 죽는 것이니라."

말을 마친 성해스님의 눈가에 잔잔한 미소가 번졌다. 노스님의 온화한 얼굴에 골골이 패인 잔주름이 파문처럼 일렁였다. 용국은 스님의 따뜻한 미소에 빨려들어가면서 어쩐지 마음이 편안해지는 것을 느꼈다. 어머니가 돌아가신 후로 단 한번도 느껴보지 못했던 마음의 평화였다.

'태어났으니까 죽는 것'이라는 스님의 말을 모두 이해하는 것은 아니지만, 이 노스님이야말로 지금 자신을 휘어잡고 있는 이 인생의 의문을 풀어줄 유일한 사람이 아닐까 하는 생각이 들었다.

"니 이름이 용국이라고 그랬더냐?"

"예, 스님. 쇠북 용 자 나라 국 자 용국이옵니다."

"나라의 큰 종이라. 거, 이름 한번 거룩하게 잘 지어주셨군."

"하온데 스님?"

용국은 채 가시지 않은 궁금증을 그 자리에서 모두 풀어버릴 생각으로 스님을 불렀다. 그러나 스님은 고개를 흔들었다.
 "이제 그만 일어나 가거라. 여기서 밀양은 먼 길이니라."
 "아, 아니옵니다. 스님."
 "아니 왜 죽는지 그 까닭을 알았으면 그만 돌아가야 할 것이 아니겠느냐?"
 용국은 자리에서 일어나는 스님의 팔을 다급하게 붙잡았다.
 "스, 스님! 저는 집에 돌아가기 싫습니다요!"
 "아니 어째서 집에 돌아가기 싫다고 그러는고?"
 "스님. 집에 돌아가 봐야 부엌에 가도 안방문을 열어도 어머니가 안 계시니 집이 온통 텅텅 빈 것만 같아서 돌아가기 싫습니다, 스님!"
 "그러면 대체 어디로 가겠단 말이더냐?"
 "저 스님. 저도 이 절에서 머리 깎고 도닦는 공부를 하고 싶사오니 허락해 주십시오."
 스님은 자신의 팔에 매달려 애원하는 소년 용국의 눈에 이슬이 맺히는 것을 보았다. 가슴이 아파왔다. 그러나 스님은 몹시 화가 난 목소리로 호령을 했다.
 "너 이녀석!"
 "예?"
 "머리를 깎고 출가하는 것이 장난인 줄 아느냐?"

"아, 아니옵니다요, 스님! 정녕 장난으로 말씀드린 게 아닙니다요, 스님!"

용국의 눈가에 맺힌 눈물이 한방울 툭 떨어졌다. 스님은 말없이 용국의 얼굴을 바라보다가 이윽고 한숨을 쉬며 말했다.

"허면 참으로 삭발출가하여 평생토록 도닦는 공부를 하고 싶단 말이더냐?"

"예, 스님."

"한번 삭발출가했다가 중도에 일을 그르치고 속퇴하게 되면 이는 부처님께 죄를 짓는 것이니라."

"절대로 중도에 물러나는 일은 없을 것이옵니다, 스님."

"니 생각이 정 그러하다면 어디 이 절에 며칠 있어 보아라."

"예, 스님. 고맙습니다, 스님. 정말 고맙습니다!"

용국은 그렇게 산사의 첫날밤을 맞게 되었다.

가뭄거리던 촛불마저 꺼져버리고 이따금 들리는 풍경소리며 계곡에 흐르는 물소리가 불안스런 마음을 다정하게 어루만졌다. 자리에 누우니 오히려 앞날에 대한 불안한 생각 때문인지 그렇게 퍼붓던 잠이 온데 간데 없이 사라졌다.

돌아가신 어머니 얼굴이 둥근 달처럼 떠올랐다. 그리고 애타게 아들을 찾고 있을 아버지의 얼굴도 떠올랐다. 또 밀양의 마을사람들, 친척들의 얼굴, 태어나서 16년을 살아오면서 알아온 모든 사람들의 얼굴이 거미줄처럼 머릿속에 얽히면서 산사의 밤은 깊어만 갔다.

그러다 새벽녘에야 설핏 잠이 들었다. 얼마나 지났을까. 오만가지 꿈속에서 헤매고 있던 용국의 귓전에 아련히 들리는 종소리, 목탁소리, 그리고 웅성거리는 사람들의 소리가 들리기 시작했다.

용국은 긴장하면서 벌떡 일어났다. 그러나 무얼 어떻게 해야 하는 것인지 알 수가 없었다. 용국에게 해야 할 일을 가르쳐주는 사람도 없었다. 그러는 가운데 어느새 동녘 하늘이 밝기 시작했다. 밖으로 나갔으나 아무도 일을 시키지 않았다. 말을 걸어오지도 않았다. 용국은 사람들의 눈치만 살피다가 이래서는 안되겠다 싶어 적당히 불도 때고 물도 길어날랐다.

며칠이 지나자 용국에게 정식 소임이 주어졌다. 그것은 간상(看床)이란 것이었다. 간상이 하는 일은 글자 그대로 상을 차리는 일이었다. 독상일 때와 겸상일 경우 간장은 어디에, 김치는 어디에 어떻게 놓아야 하고, 다른 찬은 어떠어떠하게 차려야 한다는 것을 하나씩 배우게 되었다.

생각처럼 쉬운 일은 아니었다. 첫째는 행동이 공손하고 얌전해야 했으며, 둘째는 그릇 다루는 소리가 나지 않아야 했고, 다음은 간장이나 김치국물 같은 것을 쏟지 않아야 했다. 혹시 순서를 잊어버리고 잘못 놓는다든지 그릇을 다루다가 깬다든지 할 때에는 불

같은 호령이 내렸다.
"그따위 정신상태로 무슨 중질을 어떻게 배운다는거냐? 정신이 썩어빠졌다!"

이런 호통을 들을 때는 얼굴이 빨개지다 못해 눈물까지 쏟아졌다. 말이 3시 기상이지 사실은 2시 40분에 일어나 아침 예불에는 무슨 일이 있어도 참석해야 했다. 온종일 시달린 몸으로 새벽 일찍 일어나야 한다는 것이 가장 큰 고통이었다.

무엇보다도 부족한 잠 때문에 가장 괴로웠다. 아침에 일찍 일어나야 한다는 부담 때문에 불안하여 잠조차 깊이 들 수가 없었다. 아직 어린 사람이니 좀 깨워주면 좋으련만 그렇지 않은 절집인심이 야속하기까지 했다.

그렇게 선잠을 자다 기상시간이 되면 아직도 잠이 덜깨인 상태에서 몸을 기계적으로 움직였고, 옆사람들의 행동에 맞추었다. 먼저 입산한 행자들은 제법 고참티를 냈고 익숙하게 행동하였다. 불벼락을 맞지 않으려면 항상 신경을 곤두세워야 했다.

용국이 통도사에 처음 들어온 게 유월 초아흐렛날이었는데 고달픈 행자 노릇을 하다보니 어느새 여름 한철도 끝나가고 있었다. 부엌에서 불지피고, 밥짓고, 반찬 만들고, 설거지하고, 청소하고, 빨래하고 종일토록 한도 끝도 없는 궂은일에 시달리다 지친 몸을 누이면 올빼미, 부엉이 소리만 처량하게 들렸다.

어느덧 자연의 섭리에 따라 산사의 모습도 새롭게 변해갔다. 아침 저녁으로 제법 싸늘한 공기가 피부로 느껴졌다. 풍성한 가을의 냄새도 달라졌다. 밤나무와 감나무 가지에는 탐스러운 열매들이 보기 좋게 달려 있고, 산에는 갖가지 버섯들이 우후죽순처럼 솟아나 있어 완연한 가을을 느끼게 했다.

하루는 노스님이 용국을 불러앉혔다.

"어떠냐? 그동안 행자생활이 너무 고되서 도망가고 싶다는 생각은 안했느냐?"

"아, 아니옵니다, 스님."

"으흠! 그래. 용국이 넌 그 고달픈 생활을 참으로 잘 이겨내었다. 이제 네가 여기에 온 지도 제법 되었구나. 이제는 이 절집사람이 다 되었다. 이제 행자생활도 한고비는 넘어갔으니 대중들한테 정식인사는 올려야지. 여긴 통도사 산내 암자 극락암이라고 하는 절이다."

용국은 이날 통도사 내의 여러 큰스님께 인사올린 후 감원스님 앞에 앉았다. 호롱불 밑에 앉아서 절집안의 규칙이라든가 생활에 필요한 기본적인 가르침을 받았다.

"첫째는 하심을 해야 할 것이며, 나라는 존재는 인정하지 않으며, 스님들의 뜻에 잘 따라야 하느니라. 둘째는 숨김없이 진실할 것이며, 타인의 허물을 비방하지 말 것이며, 셋째는 모든 물건을

절약할 것이며, 일을 하지 않으려거든 먹을 생각을 말며, 넷째는 나에게 주어진 책임은 죽는 한이 있어도 완수할 것이며, 다섯째는 내가 처한 위치를 생각하며 타인에 방해되는 일은 삼가해야 할 것이고, 스님들의 말씀은 곧 부처님의 말씀이란 것을 알아야 하느니라."

감원스님의 말씀을 듣고 있노라니 용국은 그동안의 고초가 꿈인 듯 아련하게 느껴졌다. 서러운 행자생활에 법당 뒤켠에 가서 울기도 참 많이 울었지만 머리 깎고 승복 입는 그날을 고대하며 이를 악물고 참아왔던게 무한히 다행스럽게 생각되었다. 이제 조금만 참고 이겨내면 정식으로 계를 받고 스님이 될 수 있는 것이다.

절집안에서 행자들끼리는 나이 많은 자가 인정되는 법도지만, 스님들끼리는 수계년도로 모든 자리가 결정되었다. 주어진 간상의 소임에서부터 공양주의 물심부름, 불때는 일들을 열심히 하면서 용국은 어느덧 절생활에 차츰 익숙해져 갔다. 많은 일이 끝나면 쉴 틈도 없이 부식을 전담하는 채공의 일을 도와야 했고 틈틈이 염불도 배워야 했다. 채공일은 여자 신도들이 와서 도와주기도 하지만 뽑아온 채소가 반찬이 되기까지에는 너무나 많은 손길을 필요로 했다. 어떤 때는 전 내중이 같이 해야 할 만큼 일이 많은 때도 있었다.

그해 시월 그믐께였다.

드디어 음력 시월 그믐날 용국은 성해선사를 은사로 청호화상을 계사로 사미계를 받았다. 은사스님은 법복과 발우를 내려주었다. 이러한 법도는 부처님께서 제자에게 전법하는 신의 표시로 행하던 것이 하나의 관례가 되어 이어져 내려온 것이었다.

수계식은 통도사 금강계단에서 치뤄졌다. 계단 앞의 전각은 부처님 사리를 모신 능묘라고 전해지는데 특히 흥선대원군이 썼다는 현판글씨로 유명한 곳이다. 원래 이 계단 자리는 아홉 마리의 용이 살던 구룡연(九龍淵)이었다고 한다. 그래서인지 계단의 이름 또한 '결코 부서지지 않는 계단'이란 의미의 금강계단.

통도사에서 출가하는 사람이라면 누구나 반드시 통과해야 하는 곳이 바로 이 금강계단이었다. 수계 의식을 위해 쌓은 토단 앞에 서 있던 용국은 이 긴장된 순간을 영원히 잊지 않으려는 듯 눈을 부릅뜨고 자신을 둘러싼 모든 것을 머릿속에 새겨두고 있었다.

이날 용국이 받은 법명은 고요할 정 자, 주석 석 자 정석.

계사스님의 축사가 시작되었다.

"이제 너는 부모친척 다 버리고 출가하여 부처님 제자가 되었으니 만일 중 노릇을 잘못하면 부모님께도 불효하는 것이요, 부처님께도 죄를 짓는 일이니 이를 일러 양가득죄라. 아무쪼록 공부 잘해서 두 집안 모두에게 효도해야 할 것이니라."

"예, 스님. 명심하겠습니다."

계사스님은 정갈한 그릇에 담긴 물에 솔잎가지를 적셔 용국의 머리에 툭툭 쳤다. 이어 삭발식이 거행되었다.

"지금부터 불자되기를 원하는 어린 너에게 무명초(無明草)를 제거한다……."

태어나서 한번도 자르지 않았던 용국의 긴 머리채가 단숨에 잘려나갔다. 용국은 열 여섯 해 동안 자신과 희노애락을 같이 했던 머리가 잘려지는 것을 보면서 스르르 눈을 감았다. 그동안의 일들이 활동사진처럼 머릿속을 스쳐 지나갔다.

이제나 머리 깎아 주시려나 저제나 머리 깎아 주시려나 하고 은근히 은사스님을 원망의 눈길로 바라보던 기억, 그리고 어머니, 아아 어머니.

"우리의 스승이신 본사께서는 열반에 드실 적에 모든 제자들에게 말씀하시길 '나는 세연(世緣)이 다해 이제 가야 하니 내가 없을 때에 생겨날 모든 것에 대비하여 지금 문의하라'고 제자들에게 말씀하셨다. 그때 많은 제자들 가운데 아란 존자가 묻기를 '부처님이 안계시면 누굴 의지하며 스승을 삼아 수행을 해 나가겠습니까?' 하고 물었다. 이때 석가모니께서는 '계율로 스승을 삼아라'고 하셨다. 석가모니의 이 유시(諭示)에 따라 지금도 사미(沙彌)가 되는 불자는 마땅히 지켜야 하는 도리가 지금 받아 가지게 되는 이 계율이다. 너는 앞으로 이 계율을 제2의 생명으로 삼아 중생제도에 게을

리함이 없어야 할 것이다. 알겠느냐?"
"예, 스님. 명심하겠습니다."
"수행승은 첫째 참는 것이 가장 큰 약이며, 삶의 욕구를 충족시키기 위해 몸부림치는 놈을 잡아내는 게 공부의 근본이다. 성내며 욕심부리며 살아가는 도중 인생은 늙고 병들어가며 그런 가운데도 무수히 지속되는 고통과 동물적인 육신의 마찰 속에서 낙을 즐기다보면 어느새 죽음의 문턱에서 신음하며 죽음에 대한 공포에 사로잡혀 통곡할 때는 이미 늦은 것이니, 이 최후의 순간을 위해서 게을리 하지 않는 생활을 해야 한다. 너도 그와 같은 도인이 되어야 하니 자각하길 바란다."
"예, 스님. 명심하겠습니다."
영축산 위에서 내리쬐는 햇빛 아래 고개를 숙이는 용국의 뒷머리가 파랗게 빛나고 있었다.

5
한용운 스님과의 만남

 나이 열 여섯 살에 사미승이 된 경봉스님은 이때부터 수행자가 되기 위한 기초공부를 열심히 닦아나갔다. 사미승이 닦아나가야 할 공부는 사미율의에서부터 시작해서 조석예불, 초발심 자경문 등 실로 한두 가지가 아니었다.
 사미율의를 비롯한 그 책들은 온통 한문으로만 돼 있어서 처음 절에 온 어린 사미들이 읽어나가기란 보통 어려운 게 아니었다. 한문공부가 짧은 사람은 도무지 무슨 말인지 짐작조차 할 수가 없었다.
 그러나 정석은 밀양읍내에서 한문사숙을 다니면서 사서삼경까지 다 배워마친데다 특유의 명석함으로 누구한테 특별히 물어보지 않고도 척 한번만 보면 그 뜻을 훤히 새길 수가 있었다.

다른 스님들은 물론이요 여간해서 칭찬을 잘 안하시는 성해스님까지도 아주 혀를 내두를 정도였다. 그러다 보니 온 절간에 소문이 퍼져 나이도 어린 녀석이 글읽는 눈이 보통이 아니라고 다들 어린 정석을 귀여워해 주었다.
하루하루가 화살처럼 지나갔다. 어느덧 긴 겨울이 가고 온산야에 따뜻한 봄볕이 내리쬐었다. 겨우내 쌓였던 눈이 녹아 가파른 계곡을 타고 흘러내렸다.
하루는 성해선사가 정석을 불러들였다.
"부르셨습니까, 스님. 분부내리십시요."
"어, 그래. 너 거기 좀 앉거라."
"예, 스님."
성해스님은 정석을 뚫어지게 바라보더니 이윽고 입을 열었다.
"너 속가에 있을 적에 글공부는 누구한테 배웠는고?"
"예. 밀양읍내에 있는 한문사숙에 다녔사옵니다요."
"오, 그래! 허면 대체 글공부는 어디까지 배웠는고?"
"예. 사서삼경까지 배웠사옵니다."
"그래애? 어쩐지 글읽는 솜씨가 보통이 아니다 했더니만, 역시 그랬었구먼. 이것 보아라, 정석아!"
"예, 스님."
"너에게 불경공부만 시키기에는 니 재주가 너무 아까워서 하는

소리다마는…….”
 "아, 아니옵니다, 스님. 보잘것 없는 재주이옵니다."
 "인석아! 그런 것은 어른들이 알아보는 법이지, 나이 어린 네가 어찌 안단 말이더냐!"
 겸손하게 대답한다고 했는데 노스님의 호령이 떨어지자 정석은 어찌 할 바를 모르고 뒤통수를 긁적거렸다.
 "죄송하옵니다, 스님."
 그러나 스님은 진정으로 화를 낸 게 아닌 듯 다시 온화한 표정으로 돌아와 있었다. 사랑하는 제자가 자신의 영민한 머리만 믿고 자만심에 빠질까 저어하여 스님은 늘 정석에게 엄격한 편이었다.
 "내 그래서 얘기다만 정석이 너 신식학교에 입학하도록 해라."
 "신식학교라니요, 스님?"
 "세상이 나날이 바뀌고 있느니라. 그저 옛날식으로 불경공부만 해가지고 앞으로 어떻게 중생을 제도할 수 있다 장담하겠느냐?"
 "예에."
 "우리 통도사에서는 얼마전부터 명신학교라는 신식학교를 세워서 신학문을 가르치고 있어."
 "아, 예. 그 얘긴 좀 들었사옵니다만."
 "그래. 바로 그 명신학교에 들어가면 역사, 지리, 산술 등 여러 가지 신학문을 다 배울 수가 있다. 그러니 그 학교에 입학을 해서 신학문을 배우도록 해라."

"예. 스님. 분부대로 하겠사옵니다."

"신식학교에 입학을 한다고 해서 불교공부를 소홀히 하라는 뜻은 아니니 이 점 각별히 명심하도록 해야 할 것이니라."

정석은 은사스님의 깊은 배려에 감개무량한 마음이었다. 모쪼록 그 은혜를 갚기 위해서는 오로지 은사스님의 말씀대로 열심히 공부하는 일밖에는 없을 것 같았다.

한편 집나간 자식의 행방을 이리저리 수소문하며 애타게 찾던 속가 아버지는 나중에야 용국이가 통도사에서 삭발출가하여 사미승이 되었음을 알게 되었다. 아버지는 크게 놀라 숙모를 통도사로 보냈다.

"이봐라, 용국아. 네 아버지가 너 때문에 얼마나 마음고생이 심한 줄 아느냐. 그만 하면 사내 자식으로 세상구경도 많이 했을 터이니 이제 집으로 돌아가자, 응?"

정석은 집으로 돌아가기를 간청하는 숙모의 말을 듣고 있다가 조용히 입을 열었다.

"말씀드리기 죄송하오나 저는 이제 속가로는 돌아갈 수 없는 몸. 이미 삭발출가하여 부처님께 서약하고 사미계를 받았으니 만일 제가 여기에서 속퇴한다면 이는 부처님께 큰 죄를 짓는 것이요 가문을 욕되게 하는 짓이 될 것이옵니다. 하오니 더 이상 저를 괴롭히

지 마시옵고 자랑스런 부처님 제자가 될 수 있도록 축원이나 드려 주십시요."
　숙모는 정석의 이런 단호하고 야무진 선언에 기가막혔다. 숙모는 한숨을 쉬며 밤을 지새운 뒤 다음날 일찍 돌아가 속가의 아버지에게 그 사실을 전했다. 그러나 속가에서는 끝까지 자식을 포기하지 않았다.
　얼마후 정석이 신식학교에 들어가 신학문을 배운다는 소식에 접하자 속가에서는 또다시 숙모를 통도사로 보내었다.
　"얘야, 용국아. 나라가 어지럽고 세상이 어수선할 적에는 식자우환이다. 배운 사람이 늘 선봉장에 서게 되고 그렇게 되면 누구보다도 큰일을 당하기가 쉬운 게 아니겠느냐? 그러니 다른 건 몰라도 신식학문 배우는 것만은 제발 그만둬라."
　그러나 정석은 단호히 고개를 저으며 말했다.
　"백성들의 선봉에 서는 것은 사내대장부로서 자랑스러운 일. 신학문을 배우고 깨우쳐서 나라와 백성을 위해 선봉에 섰다가 설령 죽게 된다고 하더라도 그거야 얼마나 자랑스러운 일이겠습니까. 사람은 죽으면 한번 죽지 두번 죽는 것이 아니오니 아무 염려 마시고 돌아가십시오. 저는 이미 속가에서 살던 용국이가 아니오라 통도사 사미승 정석입니다. 제가 해야할 일은 제가 다 알아서 할 것이오, 제가 가야할 길은 제가 알아서 걸어갈 것이니 제발 더 이상 제 걱정은 말아주십시오."

말을 마친 정석은 속가 숙모에게 고개를 숙여 정중히 예를 표하고는, 뒤도 한번 돌아보지 아니한 채 곧장 법당 안으로 들어가고 말았다.

1911년 3월. 정석은 드디어 신식학교인 명신학교를 졸업하게 되었다. 나라의 인재를 양성하기 위해 통도사가 설립한 명신학교는 요즈음의 국민학교 과정과 비슷한 것이었는데 이 학교를 졸업한 학생 가운데서는 중학교에 진학하겠다는 아이들이 여러 명 있었다.

한학만 배우고 불경만 접하다가 새로운 학문을 배우고 보니 정석도 은근히 상급학교에 진학하고 싶은 욕심이 생겼다. 그래서 혼자 궁리를 거듭한 끝에 하루는 은사스님을 찾아갔다.

"스님, 스님. 정석이가 노스님께 여쭐 말이 있사옵니다."

"음, 너로구나. 들어오너라."

정석은 방으로 들어가서도 한동안 꾸물거리며 입을 열지 못하였다. 제자 정석이 하는 양을 가만히 지켜보던 은사스님이 넌즈시 물었다.

"그래, 나한테 무슨 할 말이 있다고?"

"예. 저 아뢰올 말씀은 다름이 아니오고······."

"허어. 뜸들이지 말고 무슨 얘긴지 어디 한번 말해봐라."

"예······ 저······."

정석은 선뜻 용기가 나지 않아 주저하다가 그만 눈을 질끈 감고는 오랜 시간 고심해왔던 진학문제를 스님께 털어놓았다.
"저도 상급학교에 진학을 하고 싶사옵니다, 스님."
순간 은사스님의 눈이 경악으로 크게 열렸다.
"아니! 상급학교에 진학을 하고 싶다구?"
"예, 스님. 중학교에 가고 싶습니다요, 스님."
"흐음, 이런 녀석을 보았는가! 아니 인석아! 중학교에 진학을 하려면 부산으로 나가든지 서울로 올라가든지 아니면 일본으로 건너가야 되는데 니가 어떻게 중학교에 가겠다는 게냐?"
"신학문을 더 많이 배우려면 중학교에도 가고 대학에도 가야된다구 그러던데요, 스님."
자신없이 쭈뼛거리면서도 속에 담긴 말은 다 한 셈이었다. 은사스님의 목소리가 한층 높아졌다.
"허허! 이 녀석이 이거, 길을 잘못 들어도 한참 잘못 들었구만 그래. 아, 인석아! 그렇게 중학교 대학교까지 다니게 되면 그땐 세상 때가 묻어서 중 노릇 제대로 못하게 되는게야, 인석아."
"아니옵니다요, 스님. 전 절대로 세상 때 같은 건 묻지 않을 것이옵니다."
그러나 정석이 아무리 애끓는 목소리로 사정을 해도 노스님의 생각에는 변함이 없었다. 스님은 엄한 목소리로 제자에게 말했다.

"신식교육은 명신학교 다닌 걸로 족하다. 쓸데없는 생각 말고 중 공부나 열심히 하도록 해라!"
"스님! 스, 스님!"
"그만 나가 봐라!"
　노스님은 제자를 쫓아내듯이 내보내고 나서 두번 다시 말붙일 생각을 못하도록 문을 꽝 닫아버렸다. 힘없이 돌아서는 정석의 눈에 눈물이 핑그르르 돌았다. 서운하고 야속하기 짝이 없었다.
　단지 공부를 더하고 싶었을 따름인데, 그저 다른 아이들 처럼 중학에 가고, 대학에 가고 싶었을 뿐인데 그 속을 몰라주시고 일언지하에 안된다고 거절하시다니! 은사스님을 제2의 어버이로 따르고 존경해왔던 정석은 그만 장승이라도 붙잡고 엉엉 울어버리고 싶은 심정이었다.
　억울하고 속이 상해서 죽을 지경이었다. 밤이 와도 잠이 오질 않았다. 긴밤 내내 이리저리 뒤척이며 전전반측하던 끝에 정석은 두루마리 한지에다 한발이나 되는 장문의 편지를 써서 노스님께 올렸다.
　마음속에 그득히 들어찬 억울한 심정을 조금이라도 풀려는 마음에 순한문으로 된 글월을 일필휘지로 썼다. 그 내용인즉 '어려운 불교경전을 제대로 읽고 제대로 그 뜻을 새기고 수행을 해나가자면 반드시 중학교에 진학을 해서 더 공부를 해야겠으니 아무쪼록 노스

님께서 허락하여 주십사' 하는 것이었다. 고집스럽게 입을 꾹 다물고 붓을 놀리는 정석의 이마에 구슬 같은 땀이 배었다.

정석은 동이 트자마자 밤새워 쓴 두루마리 편지를 득달같이 노스님 방에 올렸다. 이 정도까지 애원했으니 무슨 답이 오겠지 하는 마음이었다.

제자가 보낸 장문의 두루마리 편지를 받아보신 노스님은 다음날 아침 일찍 사람을 시켜 정석을 불러오게 했다. 정석은 두근거리는 가슴을 억지로 가라앉히며 스님 앞에 앉았다.

"간밤에 내 방에 놓고간 편지 잘 보았느니라."

"죄송합니다, 스님."

"한발도 넘는 그 편지, 대체 누가 써주었는고?"

"제가 직접 썼사옵니다, 스님."

"무엇이라고? 아니 이 편지를 네가 직접 붓으로 썼단 말이더냐?"

"예, 스님. 제가 썼사옵니다."

정석은 바로 대답해 올리면서도 어쩐지 스님의 질문이 자꾸 의외의 방향으로 치닫고 있다는 느낌을 받았다.

"아니, 그래! 징말로 네가 이 편지를 식섭 썼단 말이냐?"

"예. 어김없는 제 필체이옵니다, 스님."

정석이 바른 대로 대답을 했는데도 은사스님은 버럭 화까지 내시며 호통을 치기 시작했다.
"어허! 이 녀석. 내가 누군줄 알고 감히 희롱을 하려 드는고!"
"아, 아니옵니다, 스님. 정말로 제가 쓴 글이옵니다, 스님."
"정말이렷다?"
"예, 스님."
무슨 일이 일어난 게 아닐까. 노스님이 이토록 심하게 추궁을 하시다니. 정석은 불안한 마음을 가눌 길이 없었다. 그때였다. 난데없는 웃음소리가 방안을 커다랗게 울리는 것이었다.
"하하하."
"왜, 왜 그러시옵니까요, 스님?"
"하하하. 이 글을, 이 글을 참으로 네가 직접 써올렸다면, 넌 인석아! 중학이고 대학이고 갈 필요가 없지 않느냐?"
갈수록 태산이라더니, 정석은 도대체 은사스님이 무슨 말을 하는지 알 수가 없었다.
"무, 무슨 말씀이시온지요, 스님!"
"이 편지를 이렇게 순한문으로만 청산유수로 써내린 것을 보면 아, 이 정도 한문 실력이고 보면 더 이상 배우지 않아도 어떤 불교 경전이든 다 보고도 남겠다, 이 녀석아!"
"예에? 아, 아니옵니다, 스님!"
"아니긴 뭐가 아니야! 이 정도 한문 실력이면 못 볼 경전 아무

것도 없다. 쓸데없는 생각하지 말고 시키는 대로 절에서 중될 공부나 열심히 해라."

"하, 하오나 스님!"

얼굴색이 하얗게 질린 정석이 무어라고 변명을 하려는데, 갑자기 은사스님이 한손으로 탁자를 내리치며 버럭 소리를 질렀다.

"어허! 이 녀석이 어디서 말대꾸냐! 중학이고 대학이고 안된다면 안되는 줄 알아!"

중학교에 진학해서 신학문을 더 공부한 뒤에 일본에 유학가서 대학까지 갈 꿈을 간직하고 있었던 정석은 결국 은사스님의 완강한 반대로 뜻을 이루지 못했다. 풀이 죽어버린 정석은 찍 소리도 못하고 그대로 절에 눌러앉아 있었지만, 마음속 깊이 자리한 은사스님에 대한 원망은 좀처럼 사그라들지 않았다.

노스님 또한 그 사실을 짐작하고는 있었으나 시간이 해결해 줄 것을 믿고 그냥 지켜보고만 있었다. 그러던 1911년 봄이었다.

"스님, 부르셨사옵니까?"

"그래. 내가 너를 불렀느니라. 거기 좀 앉거라."

오래만에 가까이서 제자의 얼굴을 대한 은사스님은 다정한 눈길로 정석을 바라보았다. 정석이 처음 이 절에 찾아와 '사람은 왜 죽습니까' 하고 당돌하게 물어오던 것이 어제일 같은데 벌써 정석은 몸과 마음이 몰라보게 성장한 것이었다.

어린 마음에 공부가 하고 싶어 조른 것을 매몰차게 거절했지만, 그게 어디 미워서 그랬겠는가. 제자 정석에 대한 노스님의 사랑과 아낌에는 변함이 없었다. 스님은 인자한 미소를 띄운 채 정석에게 물었다.

"너는 공부를 더하고 싶다고 그랬으렷다?"

"예, 스님."

"그래, 지금도 그 생각은 변함이 없느냐?"

"예, 스님."

"그러면 내 너에게 물어볼 것이 있으니 잘 생각해서 대답을 해보아라."

"예."

"장차 농사꾼이 되려는 아이는 무엇을 배워야 옳겠는고?"

"예. 그건 저 …… 농사꾼이 되려면 우선 지게질부터 배워야 하고 쟁기질, 삽질, 괭이질부터 배워야 할 것이옵니다."

"그러면 …… 그 다음에는 또 무엇을 배워야 하겠느냐."

"예. 그 다음에는 씨뿌리고 모내고 김매고 물넣고 물 빼내는 일을 배워야 할 것이옵니다."

스님은 만족스럽게 고개를 끄덕이다가 다시 입을 열었다.

"그래. 바로 일렀느니라. 그러면 너는 대체 장차 무엇이 되려고 이 통도사에 들어왔던고?"

"예. 출가수행자가 되어 도를 닦아 사바세계의 고해바다에서 벗어나고자 산문에 들어왔사옵니다."

"그러면 너는 대체 어떤 공부를 해야 옳다고 생각하느냐?"

"예. 저……그건 참다운 수행자가 되는 공부를 해야 옳겠사옵니다."

"그래, 바로 일렀다. 수행자가 되려고 산문 안에 들어왔으면 수행자 되는 공부를 해야 옳은 일이거늘 너는 저 세속공부에 재미를 붙인 나머지 중학교, 대학교 가기를 바라고 있었으니 이는 처음에 먹은 마음과는 빗나간 것. 너는 대체 어찌 할 생각이더냐? 이제라도 속퇴를 해서 세속 공부를 계속 할 것이냐, 아니면 절에 남아 수행자다운 수행자 공부를 계속할 것이냐?"

세속 공부를 더 못하게 된 아쉬움은 오래도록 남아 정석을 괴롭혔지만, 날이 가고 해가 가면서 정석 역시 수행자로서의 자신의 본분을 깨닫지 않을 수 없었다. 오늘 은사스님의 부르심은 비로 그리한 자신을 시험하는 것이었다.

이렇게 중요한 물음에 접한 정석의 수행자로서의 마음가짐은 추호의 흔들림도 있을 수 없었다. 자신이 신식공부를 더 하고자 했던 것도 수행사로서의 길을 벗어나고자 한 것은 결코 아니었기 때문이었다.

"절에 있겠습니다, 스님."

"몸만 절에 있어서는 아무 소용이 없느니라."
"스님! 심기일전하여 수행자되는 공부를 열심히 하겠습니다."
"틀림없이 그리 하겠느냐?"
"예, 스님. 어김없이 그리하겠습니다."
"그럼 이제 되었느니라. 며칠 후면 사월 초파일, 보살계와 비구계를 받도록 해라."
정석은 은사스님 앞에 엎드려 감격에 겨운 목소리로 대답을 올렸다.
"예, 스님. 분부대로 하겠습니다."
상급학교 진학을 완전히 포기한 정석은 그해 사월 초파일, 해담화상으로부터 보살계와 비구계를 받았다. 은사스님께서 곧바로 정석을 통도사 전문강원 대교과에 넣어주었다.
정석은 은사스님의 이 배려를 '딴 생각 말고 중노릇 열심히 하라'는 무언의 격려로 생각하고, 그때부터 한눈 팔지 않고 열심히 불교경전 공부에 몰입했다. 입산출가 후 처음으로 제대로 된 불교경전 공부에 들어간 것이었다.
능엄경을 배웠고 금강경, 원각경, 기신론을 배우고 화엄경을 배웠다. 특히 그 당시 정석을 비롯한 학인들에게 화엄경을 가르쳐주던 분은 바로 만해 한용운 스님이었다. 젊은 학인들 사이에 애국자요 반일의식이 투철한 스님으로 소문난 만해 한용운 스님과의 만남

은 정석에게 커다란 감명을 안겨주었다.

하루는 만해 한용운 스님이 학인들에게 화엄경을 가르치시다 말고 문득 월남이란 나라에 대해 말을 꺼냈다. 당시 조선인들에게 월남은 안남이라는 이름으로 더 알려져 있는 나라였다.

만해스님은, 그 월남이라는 나라가 망해가지고 서양사람들 식민지 노예국가가 됐는데, 그 처지가 어쩌면 이렇게 우리 처지와 똑같을 수가 있겠냐고 하면서 눈시울을 붉혔다. 많은 사람들의 존경을 받던 만해 한용운 스님이 나라없는 설움을 얘기하며 통분을 감추지 못하자 듣고 있던 학인들도 서로 부둥켜 안으며 어린 아이들처럼 마구 울기 시작했다.

눈물어린 그날의 기억은 정석의 뇌리에 깊이깊이 새겨졌다. 정석은 한용운 스님의 말씀을 듣고 나서 나라가 무엇이고 민족이 무엇인지 비로소 눈을 뜨게 되었다.

어릴 적부터 조선을 집어삼키기 위해 혈안이 되어 있던 일본의 횡포를 몰랐던 것은 아니었지만, 억울한 일만 당하고 사는 조선 동포들을 위해 이땅의 젊은 수행자로서 해나가야 할 일이 무엇일까에 대해서는 미처 생각해보지 않았던 정석이었다.

참으로 운명적인 한용운 스님과의 만남으로 인해 정석은 그때 단단히 결심을 하게 됐다.

'부처님의 진리를 널리널리 전해서 일본에게 일방적으로 당하고만 사는 조선 백성들이 정신을 차리게 하자! 부처님의 진리를 널리 널리 전해서 조선 백성들한테 지혜를 심어주자! 제정신을 차리고 지혜로워야 노예신세를 면할 수 있다!'

6
이 무엇인고?

정석이 통도사 불교전문강원 대교과를 졸업한 것은 1913년.

그러나 정석은 강원을 마치고도 혼자 계속 공부를 해나갔다. 경전공부를 얼마나 열심히 했던지 나중에는 경전을 덮어놓고도 능엄경, 금강경, 원각경, 화엄경을 줄줄 외울 정도였다. 은사스님도 정석이 대견한지 칭찬을 아끼지 않았다.

그러던 어느 날 노스님은 정석을 불러 이렇게 분부하시는 것이었다.

"경전공부는 그만하면 되었느니라. 강사스님 말씀을 들으니 공부가 아주 출중하다고 그러느구나. 허나, 대중살림을 제대로 잘 이끌어 나가려면 경전공부만 해 가지고는 안 될 것이야. 내일부터는 종무소에 내려가서 사무보는 소임을 익히도록 하여라."

정석의 세속 나이 스물 세 살 때였다. 그러나 노스님의 분부에 따라 통도사 종무소에 내려와서 사무를 보고는 있었지만 무의미하게 매일 반복되는 일과가 여간 답답한 노릇이 아니었다.

이 당시만 해도 통도사 소유의 농토는 꽤 많은 편이었다. 그래 통도사에서는 그 많은 농토를 소작인에게 내주어 경작케 하고 소작료를 거두어들이고 있었다. 정석이 하는 일은 바로 그와 관련된 일이었다. 그러나 하루종일 이런 저런 사무를 처리하고 장부를 정리하는 일은 정석의 성미에 도저히 맞질 않았다.

은사스님의 지엄하신 분부이니 별수없이 견디고 있을 뿐이었다. 그러다 보니 생각은 딴 데 가 있기 일쑤요, 중요한 일과만 마치고 나면 만사 제치고 경전부터 읽었다.

그러던 어느 날 그날도 정석은 번거로운 사무를 잠시 미루어놓고 경전을 보고 있었다. 사무소엔 아무도 없겠다 마음놓고 소리내어 경전을 읽는데, 문득 경전의 어느 한 구절이 정석의 눈에 크게 들어왔다.

"부처님이 이르시기를 '종일 수타보하되 자무반전푼이라' 하셨느니라. 하루종일 남의 보화만 헤아리고 있으되 자기 것은 반전푼도 없구나? 남의 보화만 하루종일 헤아려도 자기 것은 한푼도 없다. 아니! 그렇다면 이거!"

충격이었다. 안그래도 사무보는 일을 마뜩찮게 생각한 정석이

'하루종일 남의 보화를 헤아려도 자기 몫은 반푼도 이익이 없다'는 경전의 한 귀절을 대하게 되니, 막연히 자리잡았던 의문점들이 보다 확실하게 정석을 사로잡았다.

"그래! 그 말씀이 옳아! 애당초 내가 삭발출가를 할 적에는 수행자다운 수행자가 되서 위로는 부처님의 진리를 깨닫고 아래로는 고해중생을 제도하겠다고 다짐했었는데, 세상에! 내가 이렇게 종무소에 앉아서 주판알이나 퉁겨가면서 장부정리나 하고 있었다니! 내가 이런 일이나 배우려고 출가를 했단 말이던가? 이런 일 십년, 백년 해봐야 내가 과연 얻을 것이 무엇이란 말인가!"

한번 싹튼 의문은 영영 사그라들지 않고 끊임없이 정석을 괴롭혀왔다. 정석은 잠을 이루지 못하고 고민을 거듭한 끝에 마침내 은사스님을 찾아뵈었다.

"스님, 스님! 한마디 올릴 말씀이 있사옵니다, 스님."

"무슨 일이더냐?"

"스님! 저는 종무소 사무보는 소임을 벗어나고 싶사오니 살펴주십시요, 스님."

"무엇이라고? 종무소 소임을 벗어나게 해달라?"

은사스님은 정석이 느닷없이 찾아와 송무소 소임을 벗어나게 해달라고 조르자 어안이 벙벙하였다.

"대체 무슨 까닭이던고?"

"부처님께서 이르시기를 종일 수타보하되 자무반전푼이라 하셨으니 제가 종무소에서 사무나 보고 앉아 있으면 대체 어느 세월에 수행자다운 수행자가 될 수 있겠사옵니까?"

"하루종일 남의 보화만 헤아리고 있으되 얻는 것이 없다고 하셨으니 그래서 벗어나고 싶다?"

"예, 스님."

"그러면 종무소 소임을 그만두고 무엇을 하겠다는 말이던고?"

"예. 선방에 들어가서 참선수행을 하도록 허락하여 주십시오, 스님."

제자 정석이 선방에 들어가 참선수행을 하고 싶다고 간청하자 노스님은 눈을 부릅뜨고 일언지하에 거절하였다.

"안 될 소리!"

"예? 안되신다구요, 스님?"

"경전공부만 공부가 아니요, 참선공부만 공부가 아니니 종무소 사무보는 것도 다 공부니라."

"하, 하오나 스님!"

"내가 그만두라고 할 때까지 종무소 소임을 더 봐야할 것이니라!"

그러나 은사스님은 더 이상 제자의 말을 듣지 않고 문을 탁 닫아버리는 것이었다. 다른 것도 아니고 공부하게 해달라고 애원을 하

는데 그렇게 야멸차게 거절하시니, 야속하고 억울한 생각뿐이었다.
 정석은 생각다 못해 사형인 구하스님을 찾아갔다. 사형이란 속가로 치자면 형님뻘이 되는 관계였다.
 "구하 사형! 나 좀 종무소 소임에서 벗어나게 해주십시오. 종무소 그만두고 선방에 나가 공부하고 싶은 마음이 굴뚝 같은데 은사스님께선 통 허락을 안하시는구려. 내 대신 은사스님께 잘 좀 말해주세요."
 "허허! 이 사람! 아니 알 만한 사람이 어찌 그런 철딱서니 없는 소릴 하시는가. 자네도 알다시피 종무소 일이라는 게 믿을 만한 사람에게 맡겨야 하는 건데, 아니 이 절간에 정석이 자네말고 또 누구에게 안심하고 그 일을 맡길 수 있단 말인가. 그건 절대 안돼네!"
 은사스님도 구하 사형도 다 펄쩍 뛰며 안된다고만 반대하자 정석은 낙심천민이었다.
 '아! 이렇게 허구헌날 종무소에 처박혀서 사무나 보고 있다가 내가 어느 세월에 도를 닦아서 생사고해를 벗어날 수 있을까? 미칠 노릇이다!'
 정석은 가슴이 답답해서 견딜 수가 없었다. 답답한 마음은 무엇으로도 달래지지 않았다. 미친 사람처럼 앉았다 서고 또 서성이다가는 털썩 주저앉았다. 아무것도 먹히지 않았다. 아무래도 이러다

간 아주 병이 날 것만 같았다.

밤늦게 뜰에 나가 찬바람을 쏘이며 머리를 식히던 정석은 갑자기 무슨 생각이 떠올랐는지 회심의 미소를 지었다.

'맞다! 이럴 적에는 그저 삼십육계 줄행랑이 제일이다! 아, 그 옛날 중국 병법서를 보면 이런 계략 저런 계략 다 써도 안되면 마지막 서른 여섯 번째 계략은 도망치는 것이라 했거든. 그래서 삼십육계 줄행랑이라 이르지 않던가. 그래, 그 수밖에 없어!'

이렇게 마음을 먹은 정석은 당장 방으로 돌아가 은사스님과 구하스님께 장문의 글월을 써놓고 걸망을 챙겨 짊어지고 나왔다. 그 밤으로 통도사를 뜨자는 결심이었다. 정석은 부처님 사리탑 앞에 서서 비장한 얼굴로 서원을 하였다.

'사나이 일대사를 해결하겠습니다.'

이날이 1915년 3월 그믐날 밤이었다.

속가를 떠나 통도사에서 삭발한 것을 첫번째 출가라고 한다면, 이날 통도사를 떠난 것은 비록 은사스님의 허락은 얻질 못했지만, 참된 수행자의 길을 가기 위한 두번째의 발심출가였던 셈이었다.

밤새도록 걷고 걸어서 이튿날 당도한 곳은 양산의 내원사.

당시 내원사에는 당대의 선지식 혜월스님이 머물고 계셨다. 혜월스님은 경허대선사의 제자 가운데 한 분으로서 만공, 한암, 수월선사와 함께 경허대선사의 법맥을 이은 분이다.

 혜월스님은 꼿꼿이 앉아 정석의 큰절을 받고 나서야 비로소 입을 열었다.
 "그래. 니가 어디서 왔다고 그랬던고?"
 "예. 통도사에서 왔사옵니다."
 "무슨 일로 왔느냐?"
 "예. 스님 모시고 한철 공부하려고 그래서 찾아왔습니다."
 "무슨 공부를 하고 싶단 말이던고?"
 "예. 생사고해에서 벗어나는 공부를 하고 싶습니다."
 "그럼 통도사에서는 대체 무슨 공부를 하다가 왔는고?"
 "예. 강원에서 대교과를 마치고 종무소 사무를 보고 있었사옵니다."
 정석이 대교과를 마치고 종무소 사무를 보고 있었다고 고하자 스님은 대뜸 이맛살을 찌푸리며 말했다.
 "남의 보화만 헤아리고 있었구나."
 "예, 스님. 바로 그래서 이렇게 통도사를 뛰쳐나와서 스님을 찾아뵙게 되었습니다. 아무쪼록 스님 문하에서 한철 공부할 수 있도록 허락하여 주십시오, 스님."
 "으음."
 혜월스님은 가타부타 말 없이 책 한권을 꺼내들었다.
 "여기 있는 이 책이 바로 선문촬요라고 하는 것인데, 어디 그동안 절밥 먹으며 공부를 얼마나 했는지 여기 이 귀절을 한번 새겨보아라."

"예."

선뜻 대답을 하고 두 손으로 책을 받아들기는 했으나 정석은 난감하기 그지없었다. 혜월스님이 새겨보라고 내놓으신 선문촬요는 전문강사들도 새기기 힘든 어려운 내용이었다. 특히 참선수행이라고는 해본 적이 없는 정석이 얼른 그 뜻을 알아차릴 리 없었다.

"저, 죄송하옵니다, 스님. 저는 잘 모르겠사옵니다."

"그래? 무슨 말씀인지 모르겠단 말이더냐?"

"죄송하옵니다, 스님."

"이 도리는 있는 것도 아니요 없는 것도 아니니 바로 그것을 깨달아야 하는 것. 내 말 알겠느냐?"

"죄송하옵니다만 무슨 말씀이온지 짐작조차 못하겠사옵니다, 스님."

"있는 것도 아니요 없는 것도 아니니 그 오묘한 도리를 알면 바로 그것이 견성성불이니라."

참선수행을 해본 경험이 없는 정석에게 혜월스님의 법문은 그야말로 구름잡는 얘기일 뿐이었다. 도저히 짐작도 할 수 없고 가닥도 잡을 수가 없는 선문답이었다.

정석은 할수없이 다음날로 걸망을 챙겨 짊어지고 내원사를 떠

나게 되었다.
　며칠이 걸려 당도한 곳은 가야산 해인사.
　이때 해인사 퇴설당에는 제산스님이 조실로 계셨다. 제산스님 또한 경허스님 문하에서 배우셨던 분으로 후학들에게 매우 자상하게 지도해주는 분으로 정평이 나 있었다.
　정석은 이 제산스님의 지도하에 해인사 퇴설당 참선도량에서 제대로 된 참선수행을 해나가기 시작했다. 제산스님께 받은 화두는 바로 '이 무엇인고?.'
　하루종일 선방에 앉아 나라고 하는 이놈은 대체 무엇인지 그걸 의심하기 시작했다. 나라는 이놈은 대체 무엇인고? 하루 세끼 밥을 먹는 이놈은 대체 무엇인고? 이리 저리 걸어다니고 앉고 서고 눕는 바로 이놈은 대체 무엇인고? 이 몸속에 대체 어떤 놈이 들어앉아 가지고 이리 가거라 저리 가거라 명령을 내리고 밥을 먹어라 물을 마셔라 시키고 있는고? 대체 이떤 놈이 나를 웃게 하고 울게 하고 성질내게 하는고?
　"참선공부라고 하는 것은 다른 것이 아니다. 나라고 하는 이놈은 누구인지 바로 그것을 바로 알고 바로 깨달아야 생사고해에서 벗어날 수 있는 것이니라."
　제산스님이 늘 정석에게 힘주어 한 말이었다.
　그러나 퇴설당에 가부좌를 틀고 앉아 참구하고 앉아 있노라면 견디기 어려운 졸음과 망상이 쏟아지는 것이었다. 걸핏하면 꾸벅꾸벅 졸음이 오고 이놈의 졸음 때문에 공부가 안된다고 이를 악물면서 허벅지를 꼬집어서 졸음을 쫓고 나면 이번에는 또 오만가지 번뇌망상이 머릿속에 가득 차서 공부가 안되는 것이다.

돌아가신 어머니 생각, 옛날 친구들 생각, 밀양 읍내 한문사숙에서 공부하던 생각이 떠오르면서 머릿속이 온통 뒤죽박죽이 되었다. 통도사에선 한번도 떠오르지 않았던 옛기억들과 망상들이 선방에만 앉으면 여름날 모기떼처럼 달려들었다.

시간은 자꾸 가는데 막상 자신은 선방에 앉아 졸음과 번뇌에 시달리고 있으니 괴롭기 그지없었다. 사나이 일대사를 해결하겠노라 부처님 사리탑 전에 맹서하고 통도사를 도망치기까지 했는데 이렇게 선방에 앉아 망상에 빠져있다니! 그만 죽고 싶은 심정이었다.

"으흐흑! 세상에 이래 가지고 무슨 면목으로 은사님을 뵌단 말인가. 저 저잣거리에서 장사를 하는 사람도 딴생각을 하면서 물건을 팔면 돈계산이 틀리는 법인데, 하물며 참선공부 하는 놈이 졸음과 망상과 씨름하느라 헛되이 세월을 보내고 있으니 그래가지고 무슨 공부가 될 것이냐, 이래가지고 무슨 사나이 일대사를 해결한단 말인가! 죽고 싶다, 칵 죽어버리고 싶다. 크흑!"

정석은 정말 견디기 힘들 때마다 아무도 없는 산에 올라가 펑펑 울고 또 울었다.

　정녕 참선수행하는 수좌들에게 가장 무서운 적은 바로 그 졸음과 망상이었다. 그래서 이 혹독한 과정을 견디지 못하고 산을 내려가 속퇴하는 경우도 적지 않았다. 어찌보면 이 졸음과의 싸움은 안정적인 참선수행에 돌입하는 하나의 통과의례이기도 했다.
　정석의 악전고투는 보기에도 안쓰러울 지경이었다. 졸음이 찾아올 때마다 허벅지를 피가 나도록 꼬집기도 하고, 벌떡 일어나 수행을 하기도 하였다. 나중에는 차라리 이렇게 꾸벅꾸벅 졸기나 하고 오만 가지 망상에 시달릴 바에야 진짜 죽는 게 낫겠다 싶어 이마가 터지도록 기둥에다 머리를 마구 받기도 했다.
　"스님, 스님! 아이구, 이거 피가 철철 흐르네! 스님!"
　지나가던 행자 하나가 기겁을 하며 소리쳤지만 정석은 들은 체도 아니하고 계속 머리를 찧으며 울부짖었다.
　"이 빌어먹을 졸음! 원수 같은 졸음! 어디 니가 이기나 내가 이기나 해보자! 에잇!"
　"아이구 스님! 진정하세요! 이러다간 큰일 나십니다요! 스님, 스님!"
　"죽어라, 죽어! 너 같은 미련한 놈은 차라리 죽어야 돼! 죽어야 돼! 죽어야 된다구! 으흐흑! 걸핏하면 졸고 걸핏하면 딴 생각이나 하구! 너 같은 바보 천치 멍충이 잠충이는 차라리 죽어야 한단 말야, 죽어야 돼!"

정석은 울부짖으며 머리를 찧고 또 찧어 보는 사람을 애처롭게 만들었다. 깨진 이마에서는 시뻘건 피가 뚝뚝 흘렀다. 이 소식을 듣고 달려온 제산스님은 정석의 이마의 상처를 걱정스럽게 살펴보고 손수 흰 광목으로 싸매주었다.

"걱정을 끼쳐드려서 죄송합니다요, 스님."

제산스님은 한숨을 쉬면서 입을 열었다.

"예전부터 우리 수행자들은 모두 그렇게 힘들게 공부를 했다. 아, 어디 그 정도 뿐이었겠느냐. 저 유명한 경허스님은 말이다. 참선수행을 하실 적에 졸음과 망상을 쫓기 위해서 턱 앞에다가 송곳을 거꾸로 세워놓고, 시퍼런 칼을 목 양쪽에 거꾸로 세워놓고 그렇게 공부를 하셨느니라. 그러나 공부를 하는 것도 좋지만 정석이 자네처럼 그렇게 자기 몸을 상하게 해서야 무슨 이익이 있겠느냐. 몸도 망가지고 마음까지 멍드는 짓이다."

"예, 스님."

"아무리 힘들어도 이 과정을 버티고 견뎌낼 그런 각오 없이는 세상에 되는 일이 없는 법이다. 놀면서 쉬면서 그래가지고 농사인들 제대로 지을 수 있느냐. 쉬면서 놀면서 그래가지고 월급쟁이인들 제대로 할 수가 있겠느냐. 세상에 일구월심이 아니면 무슨 일이든지 되는 일이 없는 법. 하물며 견성성불 도를 이루는 일이 그렇게 쉽게 될 법이나 한 소린가. 나무관세음보살."

　다음날부터 정석은 머리에 흰 천을 둘둘 감고서 심기일전하여 정진하였다. 물론 졸음과 망상은 그후로도 시시때때로 정석의 공부를 방해했다. 진정 참선수행의 길은 그 무엇에도 비할 수 없이 가파르고 가파른 길이었다. 가도 가도 끝없는 길이었다. 견디다 견디다 이래도 저래도 안되면 해인사 장경각 뒷산에 올라가서 엉엉 소리내어 울어도 보고, 아예 미친 사람처럼 고함도 질러보았다.
　그해 겨울 어느 날에는 밀려오는 졸음과 망상을 몰아내려고 개울에 내려가서 꽁꽁 얼어붙은 얼음을 덩어리로 깨놓고 그 얼음을 입속에 물고 정진을 했다. 그렇게 얼음을 입 안에 물고 정진을 하면 이가 시린 거야 말할 수도 없었지만 그래도 정신만은 거짓말처럼 말짱해졌다.
　그래서 정석은 툭하면 얼음을 물고서 독한 수행을 해나갔는데 그렇게 겨울 한철을 지내고 났더니 그만 위아래 이빨을 다 상하고 말았다. 이때 상한 이빨 때문에 훗날까지 몹시 고생하기도 했다.
　정석이 이렇게 악전고투를 하며 용맹정진하는 모습을 지켜본 해인사의 많은 스님들은 혀를 내두르며 감탄하지 않는 사람이 없었다. 얼마나 독하게 공부하는지 엉덩이에 물집이 생기는 것은 다반사였다. 그때부터 해인사의 스님들은 정석을 '독하게 공부하는 중 경봉'이라고 반농담삼아 부르기 시작했다.
　"일찍이 효봉선사가 금강산에서 수도할 때 어찌나 참선을 무섭게 했는지 그 별명이 '절구통 수좌'였다네. 그에 못지 않은 용맹정진을 하는 수좌가 있다면 바로 저 경봉당이야."

7
한날한시에 견성한 모자

제산스님의 따뜻한 위로는 정석에게 많은 용기를 불러일으켰다.

정석이 해인사 퇴설당에서 참선수행에 몰입하는 동안 그 혹독한 겨울이 지나고 어느덧 해가 바뀌었다.

통도사 은사스님은 온데간데 없어진 제자 정석이 해인사 퇴설당 참선도량에서 수행하고 있다는 사실을 그제서야 알게 되었다.

은사스님의 편지가 득달같이 해인사로 날아왔다. 편지를 받는 즉시 통도사로 돌아오라는 엄한 분부였다. 보지 않아도 은사스님의 불같이 화를 내시는 모습이 눈에 선했다. 그러나 정석은 마음을 굳게 먹고 통도사로 돌아가시 않았다. 기어이 도를 깨달아 견성성불을 이루기 전에는 참선수행을 멈추지 않겠다는 구도열이 정석을 통도사로 돌아오지 못하게 했던 것이다.

통도사에서는 사흘에 걸쳐 한 통씩 속히 돌아오라는 은사스님의 편지가 날아왔다. 그러나 아무리 편지를 보내도 정석이 돌아오지 않자 은사스님은 마침내 강력한 경고성 내용의 편지를 마지막으로 보내왔다.

'너는 통도사로 속히 돌아와야 할 것이다. 만일 속히 돌아오지 않는다면 머지않아 크게 후회하게 될 것이니라. 다시 한번 재촉하거니와 너는 속히 통도사로 돌아와야 할 것이니라!'

정석은 편지를 와락 움켜쥐었다. 그의 눈에 고인 눈물이 넘쳐 흐르기 시작했다. 정석은 마치 눈앞에 은사스님이 계시기라도 한 듯이 울먹이며 외쳤다.

"아니되옵니다, 스님! 용서하십시요. 이제 겨우 공부의 틀이 잡혀가고 있사온데 어찌 이 공부를 중도에 포기하고 돌아간단 말입니까. 저는 이 몸을 끌고다니는 이 주인공을 찾아야겠습니다. 저는 지금 네 가지 의문으로 가득 차 있습니다. 첫째는 이 몸을 끌고다니는 주인이 대체 누구인가. 둘째는 뚜렷이 맑고 지극히 신령스러운 이 마음자리가 대체 어디에 있다가 어머니 태중으로 들어가는가. 셋째는 이 주인공이 내가 죽은 다음에는 어디로 갈 것인가. 넷째는 나는 대체 언제쯤 죽게 되는가. 그것을 알기 전에는 저는 결코 돌아갈 수가 없습니다. 스님! 사나이 대장부로 이 세상에 태어나서 내가 누구인지, 내 주인이 무엇인지, 어디서 와서 어디로 가

는지, 그것조차 모르고 죽을 수는 없는 노릇이 아니겠습니까. 이 네 가지 의문을 시원하게 풀게 될 때까지 저는 결코 통도사로 돌아갈 수 없사오니 그때까지만 스님, 용서하십시요! 스님!"

속히 돌아오라는 편지가 아무리 빗발쳐도 제자 정석이 꿈쩍도 하지 않자 통도사 은사스님은 단단히 화가 나셨던 모양이었다.

정석이 불퇴전의 각오로 해인사 퇴설당 참선도량에서 수행정진을 하고 있던 그해 여름 어느 날 저녁 무렵이었다.

누가 와서 정석을 찾고 있다는 기별이 왔다. 혹시 통도사 은사스님이 내려오셨나 하고 마음을 졸이며 나가보니 웬 순사 하나가 정석을 기다리고 있었다.

순사는 정석을 보자 대뜸 말을 걸어왔다.

"아, 바로 당신이 통도사에서 온 승려, 틀림없소이까?"

"예. 제가 바로 통도사에서 온 승려입니다만."

"나 저 양산경찰서 신평지서에서 나온 순사요."

"아, 예. 그러십니까? 그런데 무슨 일로 저를 찾아오셨는지요?"

"통도사 주지스님이 고발을 해서 당신을 잡아오라는 명령을 받고 왔으니까 나하고 함께 통도사로 갑시다."

정식은 순간 사기꾼를 의심했다. 은사스님이 자신을 고발하다니, 믿어지지 않는 일이었다.

"뭐? 아니 나를 잡아오라고 했다니 무슨 죄로 말씀입니까?"

"그것은 가보면 알 것이니 하여튼 나하고 함께 갑시다."
"이것 보시오, 순사 양반! 보시다시피 나는 출가수행자, 경찰서에 붙잡혀 갈만한 죄는 지은 적이 없습니다."
"글쎄 그건 뭐 나도 자세히는 잘 모르겠는데 당신이 통도사를 떠날 때 인수인계를 제대로 안하고 떠나서 그게 아마 문제가 좀 생긴 것 같소."
난처하기 그지 없는 일이었다. 그러나 자신이 훌쩍 떠났다고 해서 문제 생길 게 뭐가 있겠는가.
"저, 사무서류나 장부는 종무소에 다 그대로 있을 터인데요?"
그러나 순사는 여전히 미심쩍은 눈초리로 정석에게 말했다.
"당신 혹시 통도사를 떠나올 때 통도사 돈 제멋대로 가지고 떠난 것 아니요?"
"아, 아닙니다. 통도사 돈은 단돈 일원도 가지고 나오지 않았습니다."
"정말로 돈은 단 일원도 가지고 떠나지 않았단 말이요?"
"그렇다니까요?"
"그게 사실이라면 어째서 통도사로 돌아가지 못하는 거요? 가서 사실대로 밝히고 돌아와야지."
"아 그건 저 내가 뭐 잘못한 게 있어서 돌아가지 않는 게 아니라 이 참선도량에서 공부를 하기 위해 돌아가지 못하는 것입니다. 다

른 까닭이 있어서가 아니란 말입니다."

"아무튼 좋소! 뭐 죄가 있고 없고는 조사를 해보면 판가름이 날 것이니까 일단 나 하고 양산경찰서로 함께 갑시다."

조사를 해보면 판가름이 날테니 일단 경찰서로 가자는 말에는 더 이상 대답할 말이 없었다.

"꼭 가야 한다면 가도록 하겠습니다. 걸망을 챙겨가지고 나올테니 잠시 기다려 주십시오."

정석은 순사를 남겨두고 방으로 돌아오면서 고개를 갸웃거렸다. 아무리 생각해도 제자를 빨리 돌아오게 하기 위해 은사스님이 꾸미신 일 같았다.

'아무것도 이루지 못하고 또다시 통도사로 돌아가 그 지긋지긋한 종무소 사무를 볼 것인가? 아니면 이길로 도망을 가버려? 그러면 사람들은 내가 참으로 무슨 죄를 지어서 도망친 것이라고 생각할 게 아닌가.'

방으로 가는 그 짧은 시간 동안 수만 가지 생각이 정석의 머릿속에 실타래처럼 얽혔다. 어떻게 할 것인가. 이대로 돌아간다면 은사스님은 분명코 또다시 종무소 사무나 보라고 분부하실 게 뻔하지 않은가. 안된다, 안돼!

결국 정석은 방에 들어가 걸망을 챙겨들고 산을 타고 올라가 정신없이 도망쳤다. 통도사를 나온 이후 또 한번의 삼십육계 줄행랑이었다. 참으로 안타까운 심정이었다. 죄도 없이 도망쳐야 하는 자신의 신세가 한심하고 기가 막혔다. 이건 다른 사람도 아니고 은사스님으로부터 도망치는 꼴이 아닌가.

뒤도 안 돌아보고 도망쳐 가야산을 벗어나면서 정석은 마음속으로 은사스님께 진심으로 용서를 빌었다. 일이 이렇게 된 이상 지금에 와서 어쩔 수 없었다. 더욱 정진해서 훗날 이 마음빚을 갚는 수밖에 다른 도리가 없는 것이다.

이렇게 해서 본의 아니게 순사를 따돌리고 가야산 해인사 퇴설당을 떠난 정석은 무거운 마음으로 터벅터벅 발걸음을 옮겼다. 이번에는 김천 직지사 선방엘 찾아갈 요량이었다. 당시 김천 직지사에서는 만봉선사가 머물고 계시면서 후학들을 지도하고 있었다. 만봉선사는 해인사에서도 몇 번 뵌 적이 있는 아주 인자한 스님이었다.

어느덧 김천땅에 당도한 정석은 눈앞에 우뚝선 장대한 황악산을 감개무량한 마음으로 우러러보았다. 거침없이 높이 솟은 황악산은 희노애락에서 벗어나지 못하는 인간사를 비웃는 듯 말없이 속세를 굽어보고 있었다.

키가 껑충한 수목들이 하늘을 찌를 듯 우거진 계곡을 타고 올라가는데 매미소리, 갖가지 풀벌레소리가 물흐르는 소리와 어울려 멋진 화음을 이루고 있었다. 여기저기 널려 있는 돌 틈을 비집고 계

곡물이 운치있게 흘러갔다.

　계곡을 타고 흐르는 정겨운 물소리를 듣고 있노라니 정석은 문득 돌아가신 어머니 생각이 났다. 아아, 그러나! 흐르는 것이 어찌 물뿐이랴. 생전에 어머니께서 애지중지하던 아들 용국이는 이미 출가하여 속가와는 아무런 관계가 없는 인연이 되었으니.

　정석은 땀이 식는 것을 느끼며 저만큼 보이는 직지사를 향해 걸음을 재촉했다. 직지사는 신라 눌지왕 때 아도 화상이 도리사(桃李寺)를 개창하면서 함께 지었다고 전해진다. 특히 전하는 말에 따르면 도리사에 있던 아도 화상은 손가락을 곧게 펴서 지금의 직지사 터를 가리키며 '저 곳에 절을 지으라'고 해서 직지사(直指寺)라는 이름이 생겼다고 한다.

　만봉스님이 머물고 계신다는 허름한 암자는 빈집처럼 적요하기 그지없었다. 빈뜰에는 담홍색 명아주꽃이 흐드러지게 피어 있었다. 정석은 헛기침을 몇번 하고는 큰소리로 외쳤다.

　"객승, 문안드리옵니다."

　"……."

　"객승 문안드리옵니다!"

　계속해서 대답이 없자 정석이 난감한 표정으로 돌아서는데 삐걱하며 문여는 소리가 들렸다. 만봉스님이었다.

　"거기 누구시던고?"

만봉스님은 눈을 가늘게 뜨고 자기를 찾아온 젊은 스님을 유심히 바라보았다.
"아, 예. 해인사 퇴설당에서 온 수좌이옵니다, 스님."
"하이고? 이거 경봉당이 왔구나, 으응? 공부하는 중 경봉당이 왔어."
"저를 아직도 기억하고 계시옵니까, 스님?"
"기억하다 마다! 아, 절간 기둥에다 머리를 찧어가면서 공부하던 수좌를 내가 어찌 몰라보겠는가. 자, 어서 들어가세!"
"아니옵니다, 스님. 절부터 받으십시오."
만봉스님은 절을 올리려는 정석을 말리며 손을 내저었다.
"아아. 절은 무슨 절. 어서 들어가기나 허세."
그러나 정석은 그만 맨땅에 넙죽 엎드려 큰절을 올리는 것이었다.
"아 그만, 그만. 됐어. 아니 그저 한번이면 됐네. 이 사람아! 자자, 어서 올라서시게."
"저. 그보다도 스님. 먼저 스님께서 허락을 내려주셔야지요."
만봉스님은 의아한 표정으로 정석을 멀뚱히 바라보며 물었다.
"아니 허락이라니! 날더러 무슨 허락을 내리라고 그러시는가?"
"사실은 저 해인사에 더 이상 머물 수가 없어서 스님을 모시고 한철 공부할까 하여 이렇게 찾아뵈었습니다."

"그럼, 다니러 온 게 아니고 공부를 하러 왔단 말이신가?"
"예."
"그럼 어서 들어가서 옷부터 갈아입게."
"옷부터 갈아입으라니요, 스님?"
"아, 새로 발심했으니 이 누더기 헌옷 벗어놓고 새옷으로 갈아입으란 말이지."
"허락해 주셔서 고맙습니다, 스님. 정말 고맙습니다."

정석은 흔쾌히 자신을 거두어 주신 노스님이 너무도 고마워 두 번 세번 고개를 숙였다. 김천 직지사까지 물어물어 만봉스님을 찾아오기는 하였지만, 스님이 자신을 받아들일지에 대해서는 솔직히 자신이 없었던 터였다. 만봉스님은 자기 마음에 들지 않는 수좌는 딱 잘라 거절하여 내쫓는 것으로 유명한 스님이었기 때문이었.

만봉스님은 손수 새 옷을 한 벌 내주시며 갈아입게 해주었다. 그뿐만이 아니었다. 스님은 정석이 입고 왔던 헌누더기를 가시고 나가서 빨래까지 하는 게 아닌가. 깜짝 놀란 정석은 급히 샘으로 달려가 빨래하는 스님을 뜯어 말렸다.

"아이고 스님! 왜 이러시옵니까? 제가 입던 옷은 제가 빨아입도록 하겠습니다. 자, 어서 이리 주십시오."
"허허! 이거 왜 이러시는가. 자네 옷은 내가 빨아줄테니 자넨 들어가서 가만히 앉아나 계시게."

"아니됩니다, 스님. 이러시면 우리 법도에 어긋나는 일이옵니다."
 만봉스님은 정석의 간곡한 만류에도 그저 싱긋이 웃으며 빨래를 계속해 나갔다. 땟국물에 절은 누더기 옷에서 꺼먼 물이 꾸역꾸역 나오는 것을 보자 정석은 면구스러워 견딜 수가 없었다.
 "이 사람아, 내가 아무에게나 옷을 빨아입히는 줄 아는가?"
 "예에?"
 "나는 중 노릇 제대로 하지 아니하고 수좌 노릇 제대로 하지 않는 자에게는 죽 한 그릇도 내놓지 않는 성미야."
 "아, 예. 그야 저도 익히 들어서 잘 알고 있사옵니다만."
 "자네는 장차 한소식 크게 전해줄 사람이요, 큰일을 너끈히 해낼 큰그릇. 내 그래서 자네를 반가히 맞았고 기꺼이 옷을 빨아주는 것이야. 내 말뜻 알아듣겠는가?"
 "부끄러울 뿐이옵니다, 스님."
 "내 해인사에 들렀을 때 자네를 유심히 봐두었지. 그래, 그만한 발심이면 일대사를 어찌 요달하지 못할 것인가. 내 말 명심해서 더욱 분발하시게나."
 "예, 스님. 명심하겠습니다."
 정석은 만봉스님의 어버이와도 같은 마음씀에 콧등이 시큰해져 왔다.
 다음날 아침 공양을 막 마치고 났을 때였다. 밖에서 노스님이 부

르는 소리가 들렸다. 정석이 나오자 스님은 주장자를 들어 직지사 뒷산을 가리키며 말했다.

"저기 저, 저 봉우리 보이시는가?"

"예, 스님······ 잘 보입니다."

"저 봉우리를 태봉이라고 부르지. 잉태할 태 자, 태봉이라고 불러."

"아, 예에. 스님."

"나하고 같이 저 태봉으로 가세. 거기 가면 자네한테 꼭 들려줄 이야기가 있어."

"태봉에요?"

"어서 따라오기나 허게."

스님은 잰 걸음으로 앞장서 산을 오르기 시작했다. 평생을 산에서만 살아온 분이라 그런지 걷는 속도가 그렇게 빠를 수가 없었다.

스님은 태봉 바로 터 밑에 있는 조그미한 공터에서 발을 멈췄다. 스님은 태봉을 쳐다볼 수 있는 위치에 자리를 잡고 앉더니 정석에게도 옆에 앉으라고 일렀다.

"저 태봉에는 말이야. 어떤 어머니와 아들이 도를 깨달았다는 얘기가 전해오고 있다네."

정석은 호기심이 생겨 스님 곁으로 바짝 붙어 앉아 이야기를 재촉했다.

"어떤 이야긴데요, 스님?"
"옛날에 한 홀어머니가 아들 하나를 데리고 살았는데……."
"예, 스님."
옛날에 한 홀어머니가 아들 하나를 데리고 살았다. 여자 혼자 아들 뒷바라지를 하며 살자니 그 고생이란 말할 수 없는 것이었다. 그런데 아들이 어느 정도 성장하자 하루는 어머니가 아들을 불러놓고 엄숙히 말했다.
"너는 이제 출가하여 목련존자처럼 되어라. 그래서 불쌍하고 어리석은 이 어미를 제도해다오."
아들은 이제껏 함께 살아온 어머니를 떠나기가 싫었지만 어머니의 간절한 뜻을 저버릴 수 없어 출가를 하게 되었다.
이 아들은 절에 들어가서 행자 노릇을 하게 되었는데 절 살림을 아주 야무지게 열심히 해서 여러 대중들이 다들 기뻐하였다.
삼년 후에 늙은 어머니가 출가한 아들을 보러 왔다. 그런데 어머니는 아들이 절살림이나 하는 것을 보더니 다짜고짜 들고 있던 지팡이로 마구 두들겨 패면서 노발대발하는 것이었다.
"네 이놈! 출가하여 도를 닦아 목련존자처럼 되라고 했더니 부엌데기 노릇이나 하고 자빠졌으려면 그 노릇 집에서 할 것이지 절에는 왜 있느냐?"
그래서 아들은 행자 노릇을 당장 그만두고, 어산스님들한테 범

패와 바라춤과 소리를 배우기 시작했다. 그 아들은 오래지 않아 그 어산스님 중의 우두머리 스님인 인도가 되었다. 아들은 혼자 생각했다.

"내가 이렇게 노력해서 어산스님 중의 우두머리 스님이 되었으니 이번에는 어머니도 몹시 기뻐하실거야!"

아들은 속가에 내려가 어머니를 모셔다 놓고 바라를 치고 춤을 추고 신명나는 굿을 한판 보여드렸다. 그러나 어머니는 웬일인지 이번에도 또 아들을 지팡이로 마구 두들겨 패는 것이 아닌가.

"네 이놈아! 열심히 도를 닦아 목련존자 같은 도인이 되라고 그랬더니 기껏 한다는 짓이 무당 푸닥거리 흉내나 내느냐? 썩 꺼지거라, 이놈아!"

실의에 잠긴 아들은 한동안 고민을 하다가 강원에 가서 열심히 경전을 배우기 시작했다. 밤낮없이 공부를 해대는 아들의 정성이 하늘에 닿았는지 나중에는 으뜸가는 대강독이 되었다. 그래서 이번에는 진정 어머니가 기뻐하시겠지 하고 자신을 하였다. 아들은 한달음에 달려가 어머니를 모셔다 놓고 학인들 가르치는 모습을 보여드렸다.

"그럼 이번에는 기뻐하셨습니까?"

노스님의 이야기를 듣고 있던 정석이 궁금증을 참지 못하고 여쭈었다.

"허허허. 웬걸! 이번에도 또 지팡이를 휘두르면서 닦으라는 도는 닦지 아니하고 기껏해서 아이들 가르치는 훈장질이냐고 또 노발대발 하셨어."

"아니 그럼?"

"아들은 그제서야 어머니가 자신에게 바라는 바가 과연 무엇인지 깨닫게 되었지. 다음날 아들은 아무에게도 알리지 말라고 단단히 당부한 뒤 뒷산 토굴 속에 들어가서 용맹정진을 하기 시작했느니라. 그렇게 한번 들어간 뒤에는 몇 달이 지나도 나오질 않자 어머니가 걱정이 돼 견딜 수가 없었지. 하는 수 없이 어머니는 토굴로 아들을 찾아갔어. 그런데 좌선에 든 아들의 모습은 죽은 사람 형상 그대로였어. 어머니가 그만 놀라서 아이구 내 아들아 하고 외치며 껴안고 통곡을 했는데 바로 그순간, 아들도 도를 통하고 어머니도 도를 통해서 모자가 한날 한시에 견성성불을 했다는 얘길세."

"아! 예, 스님."

스님의 이야기에 감동한 정석은 사뭇 달아오른 얼굴이었다. 이야기를 마친 만봉스님은 정석의 얼굴을 지그시 바라보며 조용히 일렀다.

"견성성불을 하려면 참선수행 그것도 용맹정진을 잘해야 하네. 내 말 알겠는가?"

"예, 스님. 깊이 깊이 명심하겠습니다."

8
절밥을 거저 먹을 건가?

젊은 경봉은 직지사에 머무는 동안 만봉선사와 남전선사의 지도를 받으면서 참선수행을 열심히 해 나갔다. 두 노스님은 매우 자상하고 세심하게 경봉의 정진을 지도해 주었다. 몇 개월이 흘러 수행의 기틀이 잡히자 해인사에서처럼 번뇌와 망상에 시달리는 일은 좀체로 없게 되었다.

그러던 어느 해 여름, 만봉스님이 경봉을 불렀다.
"부르셨사옵니까, 스님?"
"음, 그래. 내가 불렀네. 거기 좀 앉으시게."
"예."
만봉스님은 피나는 수행으로 수척해진 젊은 경봉의 얼굴을 유심히 바라보며 입을 열었다.

"으음. 그동안 공부를 열심히 해왔으렸다!"
"예."
"그러면 얻은 것은 과연 무엇이던고?"
노스님의 이같은 질문에 경봉은 면구스러움에 얼굴이 뜨끈해지는 것을 느끼고 얼른 고개를 숙였다.
"죄송합니다, 스님. 아직 아무것도 얻은 바가 없습니다."
"아직 얻은 바가 아무것도 없다고?"
"죄송하옵니다, 스님."
"절밥을 거저 먹으면 나중에 죽어서 무엇이 되는지 그것은 알고 있으신가?"
"예. 죽어서 소가 되어 갚아야 한다고 하였습니다."
"그럼 어찌 하시겠는가? 살아서 도를 깨달아 밥값을 치를 것인가, 아니면 죽어서 소가 되어 밥값을 치를 것인가?"
노스님의 이 질문은 이제 그만큼 했으면 뭔가 한소식을 얻을 만하지 않는가 하는 질책으로 들렸다. 사실 특별히 내세울 만한 진전은 없었지만 요즘들어 흔들림없는 정진에 부쩍 자신감을 느끼던 경봉이었다. 경봉은 고개를 번쩍 들고 힘을 주어 말했다.
"스님! 반드시 이생에서 도를 깨달아 밥값을 넉넉히 치르겠습니다."
경봉의 기운찬 대답에 만봉스님은 너털웃음을 터뜨렸다. 그러나

노스님은 천천히 고개를 가로저었다.

"허허허. 이것 보시게. 옛날에 부처님이 '나는 의사와 같아서 약을 알려 주지만 먹고 아니 먹고는 너에게 달린 일이요, 나는 너에게 길을 알려 주지만 가고 아니 가고는 너에게 달렸느니라' 이렇게 말씀을 하셨네."

"예, 스님. 알고 있사옵니다."

"내 이미 그대에게 참선수행을 해서 마음 찾는 길을 가리켜 주었으니 더 이상 가르쳐 줄 것은 아무것도 없네. 그러니 이젠 여길 떠나게."

"하오나 스님!"

"그대가 목이 마르다고 해서 우물을 가르쳐 주었거니와 내가 대신 물을 떠서 마셔줄 수는 없는 일 아니겠는가. 그대가 직접 우물에 가서 물을 마셔야 갈증이 없어질 것이 아니겠는가?"

서운하고 아쉬웠다. 직지사에 머문 짧지 않은 시간 동안 자상한 지도를 받으면서 노스님께 마치 육친과도 같은 정을 느껴왔던 경봉이었다. 그러나 다른 한편으로 생각하면 그런 아쉬움은 노스님도 마찬가지일 것이었다. 경봉을 보내고자 하는 뜻은 다른 게 아니라 자신이 가르칠 것은 다 가르쳤으니 여기 서기 운수행각을 다니면서 다른 많은 선지식들을 만나 견문을 넓혀야 하지 않느냐는 노스님의 깊은 배려임을 경봉은 깨달았다.

"예, 스님. 잘 알겠습니다."

그러나 그렇게 말하는 경봉의 얼굴에는 아쉬운 빛이 가득했다. 그러나 만봉선사는 그런 경봉의 표정을 보았는지 말았는지 짐짓 유쾌한 얼굴로 말했다.

"황악산 물맛이 다르고 금강산 오대산 물맛이 다를 것인즉 걸망 하나 챙겨지고 그대가 직접 가보도록 하시게나!"

그렇게 해서 경봉은 그날로 운수행각길에 나서게 되었다. 금강산 마하연에서 한철, 함경도 석왕사에서 또 한철. 그런 식으로 여기저기 떠돌며 한 삼년 동안 정진을 거듭했다. 그 삼년 내내 이 무엇인고 라는 화두를 틀어쥐고서 밤이나 낮이나 앉으나 서나 이 주인공 찾는 일에 매달린 것이다.

이 몸뚱이를 끌고다니는 주인공이 대체 무엇인고. 옷입고 밥먹고 대소변 보는 이 주인이 대체 누구인고. 무거운 이 육신을 이리저리 끌고다니는 이 주인은 대체 누구인고.

때때로 무엇인가 보일 듯 보일 듯 하다가는 그만 보이지 아니했고, 잡힐 듯 잡힐 듯 하다가는 잡히지 아니했다. 어떨 땐 한밤중에 헛것이 보이기도 하고 진땀을 뻘뻘 흘리기도 했다. 그런데 차츰차츰 그 고비를 넘기고 나니 마음이 아주 편안해 지는 것이 공부가 순일하게 잘되기 시작했다. 조급한 생각도 생기지 않고 마음이 차분하게 가라앉았다.

 공부에 확실한 진전이 보이자 이만하면 이제 통도사로 돌아가서 은사스님 모시고 공부를 해도 되겠다 싶은 생각이 들었다. 경봉은 가벼운 마음으로 실로 오 년만에 은사스님과 사형들이 있는 통도사로 돌아왔다.
 그러나 종무소 일이 하기 싫어 도망친 제자 경봉이 오 년만에 통도사로 돌아오자 은사스님은 반가워하기는커녕 노발대발 준엄하게 꾸짖기부터 하시는 것이었다.
 "스님, 경봉이가 돌아왔습니다."
 "때려쳐라! 너는 대체 누구의 허락을 받고 통도사를 떠났더냐?"
 "잘못되었습니다, 스님. 한번만 용서해주십시오."
 "게다가 속히 돌아오라는 편지를 수차에 걸쳐 보냈거늘 답장조차 없었고 순사까지 보냈는데도 도망질을 쳤으렷다!"
 경봉은 불같이 화가 나서 큰소리로 호통을 치는 은사스님 앞에 무릎을 꿇고 머리를 조아리며 용서를 빌었다.
 "참으로 죽을 죄를 지었습니다, 스님. 엄한 벌을 내려주십시오."
 "그래, 니가 그동안 스승의 말을 거역하고 어디 가서 무슨 짓을 하고 있었는지 어디 한번 소상하게 일러봐라!"
 "예, 저……."
 경봉이 잠시 꾸물거리자 은사스님의 호통소리가 다시 날아왔다.
 "허어! 냉큼 다 낱낱이 이르지 못하겠느냐?"

"예. 해인사에서 참선수행을 하던 중 황학산 직지사로 자리를 옮겼사옵고……."
"그리고 또 어디에 있었는가?"
"예. 금강산 마하연에서 한철, 함경도 석왕사에서 또 한철. 그리고 또……."
 도망친 제자가 못된 짓만 하고 돌아다녔으리라 생각했는데 그동안 선방을 돌며 수행했다고 고하자 은사스님의 목소리가 약간 누그러졌다.
"그러면 그동안 내내 선방으로만 돌아다녔단 말이더냐?"
"예, 스님."
"그러면 이번에는 또 무슨 바람이 불어서 통도사로 돌아왔느냐?"
"저. 스님 모시고 공부하려고 그래서 돌아왔습니다."
"내 밑에서 공부하려고 돌아왔다?"
"그렇다면 날 따라 오너라."
"예, 스님."
 은사스님은 경봉을 통도사 산내 암자인 안양암으로 데리고 갔다.
"너는 여기 이 안양암에서 단 한걸음도 나와서는 아니 될 것이야. 내 말 알겠느냐?"

　스승의 허락도 받지 아니한 채 통도사를 떠났다가 오 년만에 돌아온 경봉은 뜻하지 않게 안양암에 갇히는 신세가 되어 언제 끝날지도 모르는 유폐생활을 하게 되었다.
　산속 암자에 높은 담이 둘러쳐져 있는 것도 아니요, 철통 같은 대문이 잠긴 것도 아니었으나 은사스님의 준엄한 한말씀은 결코 뛰어넘을 수 없는 높은 담장이었고 철통 같은 대문이었다.
　"그동안 너는 내 명을 세 번이나 어겼다. 통도사를 떠나지 말라고 일렀는데도 도망질을 쳤고, 돌아오라고 기별을 했는데도 돌아오지 아니했으며, 순사를 보냈을 때도 또 몸을 숨겼어."
　"잘못되었습니다, 스님. 참회하옵니다."
　"이제 더 이상 여러 말 할것없다! 이번에 또 내 명을 어기면 그 때는 용서없이 속퇴를 시켜줄 것이니, 앞으로 내 허락없이 이 안양암 경내에서 단 한걸음도 나와서는 결코 아니 될 것이야! 내 말 명심하겠느냐?"
　"예, 스님. 명심하겠습니다."
　경봉은 아무런 변명도 하지 않고 은사스님의 처분을 그대로 받아들였다. 그러나 내심 섭섭하지 않은 것은 아니었다. 속가로 치자면 통도사는 자신의 고향집이나 마찬가지요, 은사스님과는 부모자식 간이 아니던가. 자식이 허락을 받지 않고 집을 나갔다 하더라도 오 년만에 제 집으로 다시 돌아왔으면 따끔하게 한말씀 나무라고 그만 받아줄 수도 있지 않은가.
 안양암에 가두어놓고 감옥살이를 시키다니 좀 너무하신다 싶기도 하고 서럽기도 했다. 허기야 은사스님이 누굴 시켜서 자신을 밤낮으로 감시하는 것도 아니고, 또 당신이 직접 지켜보시는 것도 아니니 마음먹기에 따라서 나가고 들어오기란 아주 쉬운 일이었다.
 허지만 어디 그럴 수가 있는가? 어르신 말씀 한마디면 그게 법이요, 쇠고랑이요, 대문이나 다름없는 게 아니던가. 경봉은 속으로는 야속하게 생각하면서도 지엄하신 스님의 분부를 거역하지 못하고 몇날며칠을 그저 묵묵히 견디고 있었다. 그러던 어느 날 큰절에 있던 한 수좌가 경봉을 찾아왔다. 그는 빙글빙글 웃으면서 홀로 앉아 정진을 하고 있던 경봉에게 말을 걸었다.
 "이것봐. 안양암 귀양살이 견딜 만하신가?"
 "그야 뭐 견딜 만하고 안하고가 있겠는가. 은사스님 엄명이시니 별수없지, 뭐."
 "그런데 말씀야. 자네, 이 안양암 귀양살이에서 쉽게 풀려나기는 틀린 것 같네."
 "그건 또 무슨 소린가. 쉽게 풀려나기는 틀린 것 같다니!"
 "아 글쎄, 어젯 저녁에 내가 스님께 은근히 말씀을 올리지 않았었겠나?"
 "음, 뭐라고?"

"경봉 수좌 금족령을 이제 그만 풀어주시고 종무소 사무라도 보게 하는 게 어떻겠습니까 하고 말야."

"그랬더니? 스님께서 뭐라고 하시던가?"

그 수좌가 경봉에 대한 금족령을 풀어달라고 청하자 은사스님은 두 눈을 지그시 감고 말했다고 한다.

"그 아이는 안양암에 오래오래 있어야 할 것이니라."

"아니 왜요, 스님? 아직도 노여움이 안풀리셨습니까요?"

은사스님은 그 수좌를 한심한 듯이 쳐다보더니 혀를 끌끌 찼다.

"원, 이런 멍청한 녀석! 너는 내가 화풀이를 하느라고 그 아이를 안양암에 가둔 줄 아느냐?"

"아니 그게 무슨 말씀이십니까요, 스님?"

"그 아이는 참선수행을 해서 견성성불할 아이다. 종무소에서 번거로운 사무나 볼 아이가 아니란 말이야."

"예, 예에? 하오면 스님께서는 그래서 일부러 안양암에 보내셨단 말씀이시옵니까요, 스님?"

"인석아! 그 아이는 참선수행을 하고 싶어서 통도사를 도망쳐 나간 아이가 아니더냐? 그래서 이젠 마음놓고 참선수행을 하라고 서기 가두었느니라. 그러니 누구든지 그 아이를 종무소에 데려다가 번거로운 사무 맡길 생각은 애당초 하지두 말라구 일러라."

그날밤 경봉은 은사스님이 계시는 큰절을 향해 무릎을 꿇고 참회의 눈물을 하염없이 흘렸다. 은사스님께서 그토록 자신을 생각하고 계실 줄은 꿈에도 생각지 못했다. 은사스님이 자기를 미워하여 안양암에 가두는 벌을 내렸다고만 생각하고 어리석게 스님을 원망만 하고 있었으니 죄스럽고 부끄럽기 한이 없었다.
　"스님! 이 어리석은 경봉이를 용서하십시요, 스님! 하늘보다도 높고 바다보다도 넓으신 은혜, 이제야 만분의 일이나마 알 것 같습니다. 이 어리석은 경봉이 일구월심 정진하고 정진하여 대장부 일대사를 반드시 요달하여 기어이 한소식 스님께 올리겠습니다. 반드시 한소식 스님께 바쳐 올리겠습니다, 스님."
　경봉이 안양암 경내에서 단 한걸음도 밖으로 나가지 않고 참선 수행을 하기 시작한지 어느덧 여섯 달이 흘러 겨울이 왔다. 펑펑 쏟아지는 함박눈으로 안양암 경내는 온천지가 다 하얗게 뒤덮였다. 눈은 쓸어도 쓸어도 계속 쌓이기만 했다.
　눈은 하늘을 메우며 까맣게 몰려오다 흰색으로 변하면서 산 위에 내려앉았다. 며칠째 쌓이는 눈의 무게를 못이긴 여윈 나뭇가지들이 툭툭 신음소리를 내며 부러졌다.
　경봉은 뜰에 내려와 이 은백 세계가 펼치는 일대 장관을 감동에 젖어 바라보고 있었다. 대기는 맑고 상쾌하였다. 불어오는 바람은 촉촉하니 습기를 머금고 있었다. 경봉은 움츠렸던 어깨를 쫙악 펴고 심호흡을 해보았다. 가슴이 탁 트이는 게 기분이 새로워졌다.

 이때 인기척이 들렸다. 은사스님이었다.
 "엇! 스, 스님!"
 경봉은 무의식중에 스님 앞에 달려가 무릎을 꿇었다. 은사스님의 입가에는 보일 듯 말 듯 엷은 미소가 감돌고 있었다.
 "그래. 그동안 참회를 제대로 했느냐?"
 "예, 스님."
 "공부도 게을리하지 않았을테고?"
 "예, 스님."
 "그래 그동안 화두는 잘 잡히더냐?"
 "예, 스님."
 "니 얼굴빛을 보아하니 그동안 공부가 아주 순일하게 잘 되었구나."
 "스님의 은혜 덕분이옵니다."
 "그래, 그동안 찾고 있었던 게 대체 무엇이든고?"
 "예. 이 육신의 주인공을 찾고 있었습니다."
 "그래? 너도 그 소 찾는 일에 매달렸었단 말이지?"
 "예, 스님."
 은사스님은 만족스러운 표정으로 고개를 끄덕이면서 계속 질문을 던졌다.
 "그동안 수많은 조사님들이 이 육신의 주인공을 소에 비유하셨다. 그래 너는 그동안 소의 엉덩이는 구경했느냐?"
"말씀드리기 부끄럽사옵니다만 아직 구경을 못했습니다."
"그러면 소꼬리는 발견했느냐?"
"죄송하옵니다."
"하면 소 발자국은 발견했느냐?"
"예. 발자국을 보긴 보았사옵니다만 몇 걸음 아니가서 그 흔적을 놓치고 말았습니다."
"눈보라가 오락가락 했던 모양이로구나. 이것 보아라."
"예, 스님."
"이 안양암 독살림은 그만하도록 하고 오늘 당장 보광선원으로 옮기도록 해라."
"예, 스님. 분부대로 따르겠습니다."

몇 개월만이던가. 경봉은 감격에 겨워 목이 메어왔다. 제자에 대한 애틋한 정을 감추고 채찍을 휘두를 수밖에 없었던 은사스님의 뜨거운 정을 이제는 알 수 있을 것 같았다. 그 깊은 은혜를 갚는 길은 오직 공부, 공부밖에 없을 것이었다. 한소식 바쳐올리는 길 뿐일 터였다.

은사스님을 배웅하고 돌아서는데 어느새 하늘은 말갛게 개어 있었다. 경봉은 환희에 차서 새파란 하늘을 우러러 탄성이라도 지르고픈 심정이었다.

9
참말로 니 안 미쳤나!

　안양암 유폐생활을 마친 경봉스님은 은사스님의 말씀에 따라 보광선원으로 자리를 옮겼다. 보광선원에서는 많은 대중과 더불어 참선수행을 계속하게 되었다. 안양암에서 혼자 공부하다가 대중들의 구도 열기에 쌓여 공부하게 되니 새로운 자극이 되었다.
　경봉스님은 그 누구보다도 열심히 화두를 붙들었다. 이 뭣고를 화두로 삼아 참선수행을 하고 있던 어느 날이었다.
　함께 수행하고 있던 보우 수좌가 별안간 염불당을 만들자는 제의를 해왔다.
　"아니 염불당을 만들자니 그게 무슨 소린가?"
　"통도사 산내 암자 한 곳에 염불당을 만들어서 승려와 신도가 함께 염불정진을 하게 하자는 뜻일세. 늙은 몸 의탁할 곳이 없어서

구걸행각을 하고 다니는 불쌍한 노인들을 모셔다가 편히 봉양하면 바로 이것이 정진도 되고 포교도 되고 중생제도도 되는 것이니 일거양득이 아니고 또 뭐겠나?"
　경봉스님이 가만히 그 속뜻을 새겨보니 백번 천번 옳은 소리요 좋은 일이었다.
　"흐음! 정진도 되고 포교도 되고 중생제도도 된다? 거 참 좋은 생각을 하셨구만! 허면 같이 힘을 모아 염불당을 만들기로 하세."
　두 젊은 스님은 염불당을 만드는데 합의하고 그 계획을 산중회의에 올렸다. 통도사 산중회의에서도 매우 좋은 의견이라고 찬동하고 극락암에 염불당을 만들라는 허락을 내렸다. 그때 조직한 것이 양로사업을 위한 염불모임, 만일회였다.
　이 일을 계기로 극락암과 인연을 맺게 된 경봉스님은 이 극락암 누각을 염불당으로 정하고 승속이 함께 모여서 법회도 열고 염불정진도 하고 노인들도 봉양하기 시작했다.
　헌데 이 일도 시작해보니 결코 쉬운 일만은 아니었다. 구걸해 먹고 다니는 무의탁 노인들을 십여 명 모셔다 놓고 보니 양식이 엄청나게 들었다. 당초 그일을 시작할 적에는 보우 수좌가 일년에 벼 스무 섬은 책임지고 조달을 하겠다고 장담을 했었다. 그러나 말이 쉽지 그 당시에 벼 스무 섬 조달하기란 쉬운 일이 아니었다.
　그래서 할수없이 경봉스님이 양식을 구하러 나서게 되었다. 스

　님은 통도사 산내 암자를 하나하나 찾아다니면서 먹고 남는 양식을 얻어오기 시작했다. 어떤 암자에서는 먹고 남은 양식이라고 하며 내주었고, 또 어떤 암자에서는 좋은 일 하는데 부족하나마 힘을 보태겠다면서 자신들은 끼니를 걸르면서도 양식을 보태주었다.
　그 일을 처음 시작했을 때가 1925년 3월 초열흘. 한 이년 부지런히 양식을 얻어다 모으니 나중에는 노인들 봉양하고도 쌀이 한 오십 가마가 남았다. 그래 여기저기서 시주금, 모연금 들어온 걸 합하여 제위답까지 마련하였다.
　극락암에는 늘 승속의 노인들이 한데 모여 앉아 염불하는 소리로 가득했고 인정이 넘쳐흘렀다. 말 그대로 극락세계를 이루었다고나 할까.
　그러나 경봉스님은 염불정진과 중생구제 사업만으로 만족할 수는 없었다. 낮이면 번잡한 구제사업에 애쓰다가도 밤이 되면 늘 홀로 가부좌를 틀고 앉아서 남모르게 참선삼매에 젖어들곤 했다.
　그러던 1927년 12월의 어느 날.
　드디어 경봉스님이 몽매에도 기다리던 황홀한 한순간을 맞이하게 됐다. 오랜 참선수행의 결실을 맞이하게 된 것이다. 무려 스무하루 동안 잠도 자지 않고 용맹정진을 단행하던 12월 12일 월요일 음력 동짓달 열아흐렛날이었다.
　첫 견성의 황홀한 순간을 맞이한 경봉스님은 그 짜릿한 환희의 순간을 이렇게 읊었다.

종소리 목탁소리에 급히 문을 나서니
푸른 하늘 바다련 듯 구름 한점 없구나.
한빛이 삼천계를 터져 비추니
나와 건곤을 분간키 어렵구나.
사람마다 스스로 나아갈 문이 있건만
여러 생을 삼독의 구름 속에 갇혀서도
잠깐 사이에 마음을 비워 옛집에 돌아가니
산하와 범부 성현을 어찌 따로 구별하리.

이날 경봉스님은 하룻밤 사이에 무려 두 번씩이나 황홀한 순간을 맛보았다. 그런데 그 다음날 새벽 2시 30분. 기이하게도 세번째 깨달음의 한순간이 경봉스님을 또다시 찾아왔던 것이다. 이 세번째 깨달음이야말로 전신을 부르르 떨게 만드는 견성중의 견성이요, 몸과 마음의 개화요, 깨달음의 극치였다.

그만 훨훨 날고만 싶은 심정이었다. 하늘에서는 꽃비가 쏟아지는 듯 온천지가 환히 빛났고, 공중에 떠있던 달덩이가 품안에 안기는 기분이었다. 대장부 일대사를 꿰뚫었으니 더 이상 바랄 것이 무엇이 더 있겠는가. 경봉스님은 하얗게 얼어붙은 산야를 맨발로 뛰

어다녔다. 혀 끝에서는 온갖 싯귀가 무궁무진하게 흘러나왔다. 경봉은 눈덮힌 영축산을 향해 두 팔을 크게 벌리고 서서 큰소리로 시를 읊었다.

내가 나를 온갖 것에서 찾았는데
눈앞에 바로 주인공이 나타났네.
허허! 이제 만나 의혹없으니
우담바라 꽃빛이 온누리에 흐르누나.

"하하하하하……"
경봉스님은 얼음판을 뒹굴며 울고 웃고 하다가 각고의 세월을 거쳐 이제야 만나게 된 주인공과 문답을 나누었다.
"쯧쯧! 무정한 내 주인공아…… 이제야 만나다니 어찌 이리 늦었는가."
"허허! 내가 그대 집에 있었건만 그대 눈이 밝지 못해 이렇게 늦었다네."
"으응? 허허허허……."
출가득노 이십 년만에 드디어 당도한 깨달음의 세계.
이제 경봉스님의 마음엔 티끌 한 점 붙을 곳이 없었고, 의심 한 가지 남아 있지 않았다. 그 깨달음의 세계에는 사람도 물질도 걸림이 없었고, 나도 없고 너도 없고 대상조차 없었다.

그리하여 스님은 혼자 묻고 혼자 답하며 이제사 찾은 그 주인공과 더불어 덩실덩실 기쁨의 춤을 추었던 것이다.

"영리한 주인공, 내 주인공아! 그대 말이 그러하고 그러하니 오늘은 날씨도 따뜻하고 바람도 화창하여 산은 층층하고 물은 잔잔하며 산꽃은 웃고 들새는 노래부르니 우리 손 마주 잡고 태평가나 불러보세!"

이 깨달음의 기막힌 경계를 뉘라서 알아줄 것인가. 이 깨달음의 기쁨을 어느 누가 짐작이나 할 수 있을 것인가.

깨달음을 얻은 그 다음날, 경봉스님은 극락암에서 열린 화엄살림법회 법상에 올라가 설법을 하게 되었다. 스님은 주장자로 법상을 세 번 내려치고는 열기를 뿜는 눈동자로 대중들을 바라보며 법문을 시작했다.

"여기 모인 대중들은 다들 잘 들어라. 대체 무엇이 화엄경 법문이던고! 하나, 둘, 셋, 넷, 다섯, 여섯, 일곱! 대방광불화엄경! 사람마다 얼굴을 지니고 있고 그 얼굴에 눈이 둘이요 귀가 둘이요 콧구멍이 둘이요 입이 하나이니 하나, 둘, 셋, 넷, 다섯, 여섯, 일곱! 이 일곱 가지 문이 모두 화엄경이요, 옷입고 밥먹고 잠자는 일상생활이 곧 화엄경 도리니라. 그대들은 과연 이 도리를 알겠는가!"

이날 주장자를 치켜든 경봉스님은 실로 육두문자까지 써가면서

입에 담지 못할 쌍소리 법문을 마구 퍼부어댔다. 이러니 스님의 깨달음의 세계를 상상도 할 수 없던 다른 사람들은 경봉스님이 실성을 한 것이 아닌가 하여 걱정들이 태산 같았다. 그러나 정작 당사자는 태연하기 그지없었다.

뿐만 아니라 이 사실이 알려지자 큰절에서는 스님의 속가에 급히 사람을 보내어 스님을 정신병원에 입원시키는 게 어떻겠느냐고 권하기까지 하였다. 이 소식을 듣고 밀양에 살고 있던 경봉스님의 육촌형이 부랴부랴 극락암으로 달려왔다. 육촌형은 경봉스님과 하룻밤을 함께 지내면서 넌즈시 말을 건넸다.

"다들 니보고 미쳤다고 안그러나! 참말로 니 어찌된 것이고?"

경봉스님은 대수롭지 않다는 표정으로 껄껄 웃으며 대답했다.

"미치기는 내가 왜 미쳤단 말입니까. 나를 미쳤다고 그러는 그 사람들이 어리석은 것이지요."

"그래도 마 다들 그카드라. 참선수행을 너무 지독하게 하다가 머리가 돌았다고 말이다. 마, 그 뭐라카든고? 그래 맞다. 법 법 자, 미칠 광 자 법광이라카드마는!"

"형님께서는 조금도 걱정하지 말고 고향으로 돌아가십시요. 이 경봉이는 셜코 미치지 않았을 뿐더러 법광도 아니니까요."

"참말로 희안하데이! 나하고 시방 이바구하는 거는 멀쩡한데 와 들 다 미쳤다고 그러나 말이다!"

"어리석은 중생들이 내 말귀는 못 알아먹고 나를 미쳤네, 법광을 일으켰네 그러고들 있습니다마는, 참으로 이 눈으로 보면 이 세상 어리석은 중생들이 제정신이 아닙니다. 불쌍한 중생들, 가엾은 중생들. 정작 제정신을 찾아야 될 사람은 바로 이 세상 중생들이란 말입니다."

"아이구마! 야가 이 또 무슨 소리 하고 있노? 아, 그라모 니가 미친 게 아이라 다른 사람들이 다 미쳤단 말이가?"

육촌형은 말도 안된다는 듯 눈을 크게 뜨고 소리쳤다. 경봉스님의 입가에는 쓸쓸한 미소가 어른거렸다. 견성오도의 오묘하고 깊은 경지를 알 리 없는 육촌형이 아니던가. 경봉스님은 생각에 잠긴 얼굴로 조용히 입을 열었다.

"형님. 왜 다들 나더러 미쳤다고 하는지 그 까닭을 알고 있습니다."

"아이 그럼 대체 무슨 까닭이고?"

"내가 도를 깨달은 뒤 말을 너무 함부로 마구해댔지요. 육두문자도 쓰고 쌍소리도 하고 그래서 저들이 나더러 미쳤다고 그러는 겁니다."

"아이고마! 이런 소릴 하는 걸 보니 미친 것은 아니구마는! 니 참말로 정신 말짱하노? 으이!"

육촌형은 아직도 경봉스님의 말이 미덥지 않은 모양이었다. 경

봉스님은 나직히 한숨을 쉬었다. 산을 타고 불어오는 세찬 겨울바람에 문짝이 덜컹덜컹 흔들렸다. 눈보라였다. 침묵에 잠긴 두 사람은 문풍지를 흔드는 거친 바람소리에 귀를 기울였다. 이윽고 경봉스님이 먼저 입을 열었다.

"저 소리를 들어보십시요. 창 밖에 저 바람소리도 제대로 듣고 제대로 구분합니다. 다만 나는 바로 저 바람소리도 화엄경 법문이라고 말했습니다. 이 세상 모든 것, 이 세상 모든 소리, 그게 모두 다 화엄경 법문이란 말입니다."

육촌형은 갑갑하다는 듯 체머리를 흔들며 경봉스님의 말을 가로채었다.

"야야야! 마, 난 무식해 가지고 뭣이 법문인지 화엄경인지 그런 소린 마 귀신 씨나락 까먹는 소리니까, 그런 소리는 말고, 니 참말로 병원에 안가도 괜찮노?"

"염려하지 마십시요, 형님. 앞으로 저들이 못알아먹는 소리는 안할 작정입니다."

육촌형은 마침내 고개를 끄덕였다. 그에게는 창 밖의 바람소리도 화엄경 법문이라는 설명보다 저들이 못 알아먹는 소리는 안할 참이라는 말이 훨씬 더 알아듣기가 쉬웠다.

"으음……."

"어린 아이 손에다 꼭꼭 쥐어주듯이 그런 법문만 들려주면 더 이상 날더러 미쳤다는 소리는 하지 않을 것입니다."
 "니 참말이제, 잉? 참말로 앞으로는 귀신 씨나락 까먹는 소리 안 하겠다 그 말이지, 으잉?"
 "염려마시고 돌아가십시오, 형님. 이 경봉이는 더 이상 미쳤다는 소리 듣는 일, 하지 않을 것입니다."
 말을 마친 경봉의 입에서는 가느다란 한숨소리가 새어 나왔다. 출가한 육촌동생이 미쳤다는 소리에 걱정이 되어 이 눈보라치는 겨울에 극락암까지 달려온 속가 형님보다도 법광이니 뭐니 하는 소문들을 퍼뜨린 지각없는 사람들의 처신이 못내 안타까웠다.
 그런 소문들이 허황하고 그릇된 것이라는 사실은 스님이 삼소굴 일지에 또박또박 적어놓은 기록을 보면 충분히 알 수가 있다. 깨달음을 얻은 지 얼마후, 1928년 1월 19일자 일지를 보면 이렇게 기록되어 있다.
 "신평에서 아침먹고, 절에 와서 낮에 차를 마시고, 보광별원에 계신 은사님께 와서 수선의 길과 육조선사의 설법의 말씀을 적어드리고 나왔다가 저녁차를 마시고 다시 은사님께 가뵈오니 스님께서 두통으로 신음하시며 언어불통 상례에 드신 지라 이날 은사스님의 열반이 가까운 줄 비로소 깨닫고 선정에 든 후 경을 읽었다."

 바로 그런데 그 다음날 새벽이었다. 더 정확히 말하자면 1928년

 양력 1월 20일 새벽 0시 20분. 깊은 정적에 쌓여 있던 삼소굴에 갑자기 다급한 목소리가 울려퍼졌다.
 "스님, 스님! 큰일 났습니다요, 스님! 주무십니까요, 스님!"
 잠결에도 불길한 생각이 스친 경봉스님은 황망히 문을 열고 나갔다. 어스름한 달빛 사이로 행자 아이가 서 있는 것이 보였다.
 "아니 무슨 일이더냐?"
 "별원에 계시던 노스님께서 열반에 드셨습니다요, 스님."
 "뭣이?"
 경봉스님의 입에서 탄식이 새어나왔다.
 "아! 스님께서 기어이 열반에 드셨단 말이더냐?"
 오랫동안 병환에 시달리고 있던 은사스님의 상태가 최근 급격히 나빠지기에 열반이 가까워 오는 것을 예견하고는 있었으나 이리도 빨리 일이 닥칠 줄은 몰랐다. 이 추운 겨울에 급하게 뛰어오느라 옷도 제대로 챙겨 입지 못한 행자 아이는 이를 딱딱 부딪치며 말했다.
 "조금전 자시에 열반에 드셨습니다요."
 "으흐음!"
 경봉스님은 신음소리를 내며 어두운 하늘을 쳐다보았다. 검은 하늘에 걸린 흰 달이 얼음장처럼 차가운 빛을 발하고 있었다.
 "오호라! 와도 옴이 없으며 달이 창강에 비침이여! 가도 감이 없음이여! 허공 밖의 국토로다!"

경봉스님은 행자 아이를 따라 은사스님이 누워계신 별원으로 천천히 걸음을 옮겼다. 어머니가 돌아가신 후 처음 만난 은사스님과의 인연은 부모자식의 관계를 이미 넘어선 것이었다. 출가한 때가 1907년이었으니 이십 년도 훨씬 더 넘는 세월이 아니던가.

경봉스님은 은사스님 영전에 꿇어앉아 정성을 다해 화엄경 독송을 하였다. 여러 승속이 참여한 가운데 성대한 다비식이 거행되었다. 그러나 경봉스님은 다비식을 마친 뒤에도 은사스님을 위해 매일매일 화엄경을 독송해 올렸다.

10
한 노인은 떠나고 까치는 울고

깨달음을 얻은 지 얼마되지 않아 은사스님이 열반에 드시자 경봉스님은 애통한 마음을 가다듬고 다시 보임공부에 들어갔다. 참선 수행을 통해 깨달음을 얻어 옥을 찾았다면 보임공부는 바로 그 옥을 더욱 더 갈고 닦아 찬란하고 아름다운 빛을 발현케 하는 공부라고 할 수 있다.

스님은 보임공부를 통해서 새로운 깨달음을 얻을 때마다 그 감회를 삼소굴 일지에 시로 남기었다. 또한 글 쓰는 것을 대단히 즐긴 스님은 가까운 도반이나 여러 선지식과 끊임없이 편지를 주고받았다. 이렇게 삼소굴 일지나 편지를 통해 남겨진 그 시 세계는 승속을 떠나 뒷날 매우 뛰어난 작품이라는 평가를 받기도 했다.

보임공부를 통해 어느 정도 자신의 깨달음에 확신이 생긴 스님은 자신이 깨달은 경지를 담은 오도송을 적어 당대의 선지식 방한암 스님, 김제산 스님, 그리고 백용성 스님, 효봉스님께 보내어 점검을 받았다.

특히 스님은 오대산에 머물러 계시던 방한암 스님과는 남다른 교우를 나누고 있었다. 본래 방한암 스님의 은사 석담스님과 경봉스님의 은사 성해스님은 사형사제지간으로 매우 가까운 사이였다. 절집안 풍속으로 볼 적에도 한암스님과 경봉스님은 사촌사형제간인 셈이었다.

당대의 각 선지식들에게 깨달음의 경지를 담은 오도송을 보낸 후 얼마 안 있어 마침내 첫 답장이 날아왔다.

"스님, 스님! 스님 안에 계시옵니까?"

"아, 그래 무슨 일이던고?"

"예. 저 오대산 상원사에서 스님께 서찰을 보내오셨습니다요."

오대산 상원사라는 소리를 듣자마자 경봉스님의 얼굴엔 반가운 기색이 완연했다. 스님은 환한 미소를 지으며 손을 내밀었다.

"오! 한암선사께서 나에게 답장을 보내오신 모양이로구나. 아침부터 까치가 그렇게 울어대더니! 그래, 어디 보자!"

"보내온 글과 게송 네 글귀를 읽어보니 글이 모두 진지하고 구절구절에 활기가 넘칩니다. 대장부 남아가 후오백세 뒤에 출현할 줄

을 어찌 기약인들 하였으리오. 우러러 찬탄하여 마지않으며 뛸 듯한 기쁨을 무어라 형언할 수 없구려. 이와 같이 깨달은 사람의 분상은 마치 커다란 불덩어리와 같아서 무엇이 닿기만 하면 타버리니 어찌 한가로운 말과 방편으로 지도할 수가 있겠소이까. 그러나 깨달은 뒤의 조심은 깨닫기 전보다 더 중요합니다. 깨닫기 전에는 깨달을 거라도 있었지만, 만일 깨달은 뒤에 수행을 정일하게 하지 않고 게으름을 피게 되면 여전히 생사에 유랑하여 영원히 헤쳐나올 기약이 없는 것이오. 흔히 옛사람이 깨달은 뒤에 이름을 숨기고 자취를 감추어 오래오래 성스러운 기틀을 기른 까닭도 바로 여기에 있습니다. 어쩌다 사람을 대하면 지혜의 칼을 휘둘러서 마군을 항복받았고, 어쩌다 사람이 오면 벽을 보고 돌아앉았습니다. 그렇게 하기를 삼사십 년, 또는 평생토록 산에서 나오지 않기도 하였지요. 예전에 상상의 큰 기틀을 지닌 분들도 그렇게 하였거늘 하물며 말엽의 우리들이야 일러 무엇하겠소이까."

한암스님의 글월은 구구절절 경봉스님의 오도송에 대한 찬탄이었다. 또 한암스님은 역시 사촌사형제간의 막역한 사이답게 옛성현을 예로 들어 오도 후에도 보임공부를 철저히 할 것을 간곡히 당부해 주었다. 각별한 정이 넘치는 한암스님의 편지를 받고 나자 경봉스님은 기쁘기 한량없었다. 피가 섞이지 않고도 육친의 정을 느낄 수 있음이란 바로 두 사람을 두고 하는 말처럼 여겨지기도 했다.

또한 조선 독립선언 33인 가운데 한 분이신 백용성 스님은 친히 이러한 글월을 보내오셨다.

"보내온 글 잘 받았소이다. 공무도 분주한 가운데서도 값을 헤아릴 수 없는 보배의 창고를 발견하였구려. 만약 여러 생애에 반야의 종자를 심지 않았다면 어찌 능히 이와 같을 수 있으리오. 대각의 성리, 그 자리는 이름도 모양도 없지만 빛을 보고 소리를 들으면 깨달아 아는 그 무엇이 나타나는 것. 원래 깨달음이라고도 할 수 없는 그 깨달음이 가히 깨달음으로 나타나는 것이오. 시각과 번각이 하나의 몸이요, 근본과 지엽의 둘이 없으니 둘이 없는 그 성품이야말로 참된 본성이 분명한 것. 이 참된 본성은 범부에게 있다 하여 줄어드는 것이 아니요, 성현에게 있다 하여 늘어나는 것이 아니지 않소이까. 목우자께서 이르시되 마음은 마음의 자리에 머무르고 대상은 대상의 자리에 머물러 있다, 때때로 마음과 대상이 서로 맞서더라도 마음은 대상을 취하지 아니하고 대상은 마음에 오지 않으니 저절로 망념이 일어나지 않게 될 뿐 아니라 저 도에도 걸림이 없게 된다고 하셨소이다. 스님이 습기를 잘 헤아려서 진심직설에 있는 열다섯 가지 공부하는 방법 가운데 어느 것이든 선택하여 보

임하도록 하시오."

백용성 스님은 이미 경봉스님과 참회상자의 인연을 맺고 있었다. 참회상자란 인연을 맺기 위하여 선을 전해준 제자를 말한다. 용성스님은 글월을 통해 참회상자의 인연을 맺은 제자를 위해 보임을 위한 구체적인 방법까지도 자상하게 제시해주었다.

경봉스님은 용성스님의 자상한 배려에 그만 콧등이 시큰해졌다. 편지를 읽고 난 경봉스님이 이슬 맺힌 눈으로 조각구름 떠가는 하늘을 말없이 올려다보자 용성스님의 편지를 가지고 온 수좌는 자신이 무슨 큰죄라도 진 듯이 몸둘 바를 모르는 것이었다.

수좌는 조심스럽게 경봉스님을 불렀다.

"스님! 무슨 안좋은 소식이라도."

그러나 수좌를 돌아다보는 경봉스님의 입가에는 평소와 다름없이 싱낭 같은 미소가 어른거리고 있었다. 경봉스님은 어리둥절해하는 수좌의 눈을 뚫어져라 바라보며 조용히 입을 열었다.

"이것보아라!"

수좌는 황급히 고개를 숙여 대답했다.

"예, 스님."

"너 아직 진심직설을 읽지 못했느냐?"

"아, 아직 읽지 못하였습니다."

별안간 '진심직설' 얘기를 꺼내자 수좌는 더욱 얼떨떨해져서 말까지 더듬었다. 평소에 수좌들을 대함에 있어 엄격한 편이었던 스님이 이런 질문으로 자신에게 사사로운 관심을 보여주니 더욱 얼떨떨하였다.

"수행하는 사람은 마땅히 읽어야 할 것이니 이 진심직설은 보조국사 지눌스님이 지으신 것인데 이 우주 자연에서 근본되는 것이 무엇인가를 소상히 밝혀주고 나아가 어떻게 하면 이 참마음을 밝혀 사람다운 사람이 될 수 있는가를 가르쳐주는 내용이니라. 하룻밤 잠을 못 자는 한이 있더라도 이 글은 반드시 보아두도록 해야 할 것이다."

"예. 스님 말씀 명심하여 반드시 마음에 새기도록 하겠습니다."

"진심직설에는 열다섯 가지 가르침이 있는데 첫째가 진심정신, 진심을 바로 믿는 일이니라."

"예."

"화엄경에 이르시기를, 믿는 마음이야말로 모든 도의 근원이요 공덕의 어머니라 하셨으니 신심이 모든 선근을 성장시키고 양육하는 것, 모든 선근을 일으키고 자라게 해서 더욱 더 훌륭히 되게 한다. 모든 선한 마음씨, 선한 생각, 선한 말, 선한 행동들이 다 믿음으로부터 생겨난다는 말이다."

"명심하겠습니다."

 "수행자는 바로 이 참된 마음을 바로 믿어야 올바른 수행자가 되는 것이요, 불교신자는 부처님 가르침을 믿고 의지하고 실천해야 자기도 복받고 남에게도 복을 주는 것. 그러니 참된 마음을 바로 믿는 것이 그 첫째라 할 것이다."
 "명심하여 공부하겠습니다."
 경봉스님의 가르침에 감격한 수좌는 거듭거듭 고개를 숙이며 머리를 조아리는 것이었다.
 경봉스님은 용성 큰스님이 내려주신 가르침에 자극받아 더욱 열심히 공부하게 되었다. 물론 진심직설이야 그 전에도 읽어보지 않은 바는 아니었으나, 큰스님이 그 진심직설을 통해 뜻하는 바는 깨달음을 얻은 뒤에도 만족하거나 자만하지 말고 더욱 더 보임공부를 철저히 해서 깨달음의 경지를 더욱 확실히 하라는 암시였기 때문이었다.
 진심직설의 열다섯 개 가르침 중에 제일 첫번째인 진심정신이 바로 그것이었다. 편지를 전해준 수좌에게 즉석법문을 해주었던 것도 다 용성스님의 후학에 대한 자상한 가르침을 널리 퍼뜨리기 위해서였다.
 경봉스님은 거처를 잠시 자장암으로 옮겨 심신의 상태를 새로이 하고 보임공부에 매진했다. 자장암은 역시 통도사 산내 암자 중의 하나로서 그 창건 유래는 대대로 공부하는 스님들에게 커다란 귀감이 되었다.

　이 자장암을 최초로 창건한 신라 자장스님께서는 부모님과의 사별로 더욱 무상을 느끼고 영원한 생명을 찾아 서라벌에서 이곳까지 오게 되었다고 전해진다. 자장스님은 공부하는 중에 잠이 올 때면 자기의 몸에 가시를 감아 잠을 쫓았으며 선덕여왕이 나라의 장래를 위하여 국사를 맡아달라고 간청하는 것도 일언지하에 거절하였다. 불자로서 대도를 성취하기 위해선 세속의 부귀영화 같은 것은 없는 것으로 생각하고 계속되는 국왕의 요청을 거절한 것이다. 이에 조정대신들은 '어명을 거역한 죄로 저런 중은 모가지를 잘라야 한다'고 극언을 서슴지 않았다.

　왕명을 받은 자장스님께서는 '생로병사의 이치를 알지 못한다면 계율이라도 지켜야 하니 죽음에 무슨 두려움이 있을까. 계를 지키며 하루를 살지언정 계를 파하고 백 년을 살 수 있더라도 그것은 원치 않는다'고 대답하였다. 죽음 앞에서 의연한 스님의 행동을 보고 사신은 두려움에 떨며 목을 베지 못하고 돌아갔다.

　그후 자장스님은 한나라의 국왕이긴 하나 여자에게서 그런 말을 들은 것이 기분이 좋지 않다 하여 흘러가는 냇물에 더러운 말을 들은 귀를 씻고 커다란 바위에 '세이석(洗耳石)'이란 글을 새겨 후세 중생들에게 수행의 인고에 귀감이 되는 글을 남겼다.

　경봉스님은 솔잎을 씹으며 자장 동천이라 불리는 그 냇가를 거

닐다가 '세이석'이라는 글씨가 희미하게 남아 있는 그 바위를 발견하였다. 고인의 고승다운 풍모가 그 희미한 흔적을 통해 천삼백 년의 세월을 뛰어넘어 경봉스님의 마음자리에 아리도록 전해져왔다.

경봉스님이 자장암 은거를 마치고 극락암 삼소굴로 돌아온 지 며칠이 지나서였다. 그날은 양력으로 4월 12일 수요일이었는데 아침부터 까치 우는 소리가 시끄러웠다.

어젯밤부터 내리기 시작하던 봄비가 새벽녘에 일어나보니 말끔히 그쳐 있었다. 비에 씻긴 산야가 한폭의 그림처럼 아름다웠고 습기를 머금은 대기는 촉촉하고 싱그러웠다. 계곡에서는 풍성히 불어난 물줄기를 산아래로 기운차게 흘려보내고 있었다.

아침 공양을 마친 경봉스님이 느긋한 마음으로 뜨락을 거닐고 있을 때였다. 시자 아이가 큰 보따리 하나를 조심스레 품에 안고 서둘러 걸어와서 스님을 불렀다.

"스님, 스님!"

"음, 그래. 무슨 일이던고?"

"예. 스님의 가사장삼을 가져왔습니다."

"가사장삼은 왜?"

"오늘 포광스님 모친 다비식이 있다고 그러시지 않으셨사옵니까요?"

"오오! 참 그렇구나!"

포광스님 모친께서 돌아가셨다는 연락을 받고 그럼 다비법문은 내가 맡겠노라고 자청했던 경봉스님이었다. 안그래도 쉴 짬도 없이 바쁜데다 요즘은 보임공부를 하느라 눈코뜰 새가 없었으니 무리도 아니었다.

"참, 스님께서두!"

시자는 밉지 않게 웃으며 스님의 처소에 가지고 온 보따리를 얌전히 밀어넣었다. 경봉스님은 생각에 잠긴 얼굴로 뒷짐을 진 채 오락가락 거닐다가 문득 입을 열었다.

"한 노인이 세상을 떠나 다비하는 날인데 까치는 여전히 법문을 하는구나."

"무슨 말씀이시온지요, 스님?"

시자 아이가 어리둥절한 표정으로 묻자 경봉스님은 눈이 시리게 푸른 하늘을 올려다보며 설명을 하는 것이었다.

"한 노인이 세상을 떴는데도 해는 그대로 뜨고 바람은 그대로 불고 까치는 그대로 우짖고 있다는 말이다. 무슨 말인지 알겠느냐?"

이날 김포광 스님의 모친 다비식장에 참석한 경봉스님은 엄숙한 눈빛으로 대중들을 바라보며 다비법문을 설하였다.

"오늘 입적하신 영가여. 인간의 생사가 괴롭던가, 즐겁던가! 생이란 뜬구름 흘러오는 것 같고, 살아감은 밝은 달을 따라가는 것과

같은 것! 여기에서 버얼건 화롯불 속에 연꽃이 피어나고, 큰 바닷물 밑에서 찬바람을 일으킨다면 산하대지와 꽃과 풀들이 이 모두 보리좌이니, 이제 가고 오고 하는 주인공은 과연 어디에 있는가. 쯧쯧. 어제 밤비에 꽃이 졌는데 새는 춘정을 못이겨 우짖네. 가고 옴이 본래 공적한데 휜달만이 홀로 비추누나."

경봉스님이 극락암에 머물고 계시던 1920년대만 해도 통도사 소유의 전답이 굉장히 많았다. 통도사는 인근 농부들에게 이 많은 전답을 나누어 경작케 하여 거기서 매년 들어오는 소작료로 적지 않은 규모의 절살림을 꾸려가고 있었다.

그런데 소작료의 책정은 해마다 가을이면 농사가 잘되었나 못되었나를 살펴서 통도사 측에서 정하곤 했는데, 농사가 잘됐나 못됐나를 평가해서 소작료를 더 받기도 하고 덜 받기도 하는 이 풍습을 '간평'이리 불렀다.

스님들이 직접 나가서 그해 벼농사의 풍흉을 가늠하고 공정하게 소작료를 매기는 일은 생각처럼 쉬운 것이 아니었다. 들판의 벼이삭만 보고서 풍흉을 짐작할 수 있다면 좋겠지만 엄밀한 판단을 내리자면 소작인들의 이야기도 들어봐야 하고, 그해에 가뭄이나 병충해는 없었는지도 따져봐야 했다.

그러나 그 무엇보다 큰절 통도사의 재정이 거의 대부분 소작료에 의지하고 있었으므로 절살림이 최소한도 유지될 수 있는 만큼의 소작료를 받아내야 한다는 고충 또한 없지 않았다. 그래 간평을 마치고 나면 이래저래 말들이 많은 것이 상례여서 어느 스님이든지 선뜻 그해 간평을 맡지 않으려 했다.

그러니 자연 간평을 맡는 스님은 순번에 따라 정해지게 되었다. 경봉스님도 역시 예외는 아니었다. 여러가지 번거로움에도 불구하고 경봉스님은 이 간평일을 조금도 마다하지 않고 순순히 응낙했다.

경봉스님이 몇해째 간평을 맡고 있었을 때였다. 이날은 스님이 직접 나가서 그해 벼농사가 잘됐나 못됐나를 직접 평가하는 날이었다. 가을 들판에는 누렇게 익어가는 벼이삭이 물결처럼 출렁거리고 있었다. 스님은 아침 일찍부터 시자를 불렀다.

"이것 봐라. 금년 벼농사가 어찌 됐는지 간평을 하기로 한 날이 바로 오늘이렷다?"

"예, 스님. 오늘이옵니다. 논둑에는 벌써 농부들이 나와 있는 것 같습니다."

농부들이 벌써 나와 기다리고 있다는 말에 경봉스님은 서두르며 말했다.

"내 그럼 간평하러 가봐야겠으니 거기 있는 그 주장자 좀 이리 가져오너라."

"아유! 스, 스님!"
시자는 주장자를 가져올 생각은 않고 스님 앞을 바삐 막아서며 말했다.
"왜 그러느냐?"
"저 금년엔 스님께서 간평을 안 하시는 게 좋을 것 같습니다요."
"음? 뭣이라고! 날더러 간평을 나가지 말라니 그건 또 무슨 소리더냐?"
"소작인들 사이에 이상한 소문이 쫙 퍼져 있다는데요, 스님."
"소문이라니! 무슨 소문 말이더냐?"
"예. 저, 경봉스님이 간평을 나오시면 간평을 하나마나라구요."
"내가 간평을 하면 하나마나라고? 그게 무슨 말이냐?"
"저……."
"어허! 뜸들이지 말구 얼른 고하거라!"
"스님께서 간평을 나가시면 소삭료가 확 술어든다 그런 말씀이옵니다요."
경봉스님이 올해에도 간평을 나가면 소작인들 사정 얘기를 다 들어주고 소작료를 많이 매기지 않을 거라고 사하촌 농민들 사이에 소문이 쫘악 퍼졌다는 그런 얘기였다. 경봉스님의 얼굴에 싱긋이 미소가 피어올랐다.
"인석아! 쓸데없는 소리 그만하고 너도 따라가고 싶으면 어서 앞장 서!"
"예, 스님."
불호령이 나지 않은 것만 해도 다행이라 시자는 주장자를 챙겨 들고 스님 뒤를 쫓아갔다.
"스님! 큰절 스님들 귀에 그런 얘기가 들어가면 무슨 말씀이 나오실지 그것이 걱정이옵니다요, 스님."
"나이도 어린 녀석이 벌써부터 그런 눈치만 살피고 있구나! 다시는 그런 소리 하면 못쓴다."
산아래 드넓게 펼쳐진 논에는 온통 황금빛 물결이었다. 경봉스님은 눈 아래로 내려다 보이는 넓은 논을 바라보며 잠시 멈춰 서서 혼잣말을 했다.
"흐흠! 올해 간평도 잘해야 할 터인데! 절살림도 생각해야 하고, 농민들 생계도 생각해야 한다. 허허! 쉬운 일이 아니로다."
그때 스님의 말을 옆에서 듣고 있던 시자가 생긋 웃더니 냉큼 나서며 끼어들었다.
"그럼 금년 농사 간평은 제가 한번 해보겠습니다요, 스님."
경봉스님은 시자아이의 당돌한 말에 어이가 없는지 허허 웃기부터 하였다.
"허허허. 그래? 어디 네 녀석 눈대중이 얼마나 정확한지 한번 봐야겠구나! 아, 어서 앞장서래두!"

"예, 스님."
 시자는 경봉스님 말을 곧이 곧대로 믿고서 신이 나서 껑충껑충 뛰어 산을 내려갔다.

11
너 대체 머리는 뭐하러 깎았느냐?

 그해 벼농사가 풍작이냐 흉작이냐 아니면 예년수준이냐를 판가름하는 것은 다 간평을 나간 스님의 재량에 달려 있는 문제였다. 간평을 하러 온 스님이 직접 논을 둘러보고 평가를 하기에 따라서 그해 소작료가 올라가기도 하고 내려가기도 하였다. 그러니 소작인들은 누구나 간평할 때만 되면 전전긍긍할 수밖에 없었다. 큰절 논을 부쳐먹고 생계를 잇는 가난하기 짝이 없는 그들로서는 앞으로 일년 동안의 생계가 달린 일이기도 했다.
 일찌감치 논두렁에 나와 삼삼오오 짝을 지어 간평나오는 스님을 기다리는 소작인들의 모습은 초조하기 그지없었다. 다들 신경이 곤두서서 두런두런 이야기들을 나누다가도 간혹 영축산을 바라보며 산을 내려오는 스님들의 모습을 눈으로 더듬어보기도 했다.

경봉스님이 시자를 거느리고 모습을 나타내자 제일 먼저 스님을 본 농부가 반색을 하며 손뼉을 쳤다.
"아이고마! 이번에도 경봉스님이네요!"
손뼉치는 소리를 듣고 고개를 돌리던 옆의 농부들도 황급히 고개를 숙이며 합장을 하였다. 이번에도 경봉스님이 간평을 내려온데 대해 다들 기쁨을 감추지 못하는 표정이었다.
"아이고 스님! 이제 나오십니꺼? 마, 그동안 자주 찾아뵙지 못해 정말 죄송시럽십니다."
"허허허. 그래 집안은 다들 무고하신가?"
"아 예, 그 마 저······ 부처님 덕분에 별고없습니다, 예."
경봉스님은 흐뭇한 미소를 지으며 참새가 떼를 지어 날아다니는 들판을 바라보았다. 맨발의 사내아이 하나가 길다란 막대기를 들고 다니며 훠이 훠이 외치며 새를 쫓고 있었다. 서너채의 농가의 담장구실을 해주는 몇 그루의 감나무에 익어가는 감들이 매달려 있는 것이 먼발치로 보였다.
"그래, 금년 농사는 잘된 셈이던가, 못된 셈이던가?"
소작인들 중에서 가장 나이가 들어 보이는 중년 사내 하나가 나서더니 염소수염을 매만지면서 말했다.
"아. 그야 마, 스님께서 살펴보시는 그대로 아닙니까? 아 그 빌어먹을 늦장마 때문에 이거 다 지은 밥에 코 빠진 격이라요."

"으흠. 늦장마 때문에 소출이 줄어들게 됐다 그런 말씀이던가?"
"아, 예. 스님, 이기 저, 보시다시피 저 지경 아닙니까, 예?"
곁에 있던 시자가 아무래도 안되겠든지 불쑥 끼어들었다.
"아닙니다, 스님. 늦장마가 지긴 했어도 여기는 높은 지대라 물이 잘 빠져서 그런지 농사가 아주 풍년인데요?"
나이든 소작인이 당황한 표정으로 소리쳤다.
"아, 아이고! 젊은 스님두! 아, 이 농사 보구 풍년이라카믄 우예 되겠는교? 아 금년 농산 마 그 놈의 그 늦장마 때문에 망친깁니다. 흉년이라요, 스님!"
시자는 나이든 소작인에게 눈살을 찌푸리며 짜증을 내었다.
"아이 참, 아저씨두! 아, 이 탱글탱글 잘 여문 벼를 보십시요. 이만하면 풍년이지 이게 어째서 흉년이란 말입니까?"
"하이고! 아이고마! 참말로 젊은 스님이 농사나 제대로 지어 보싯는교?"
소작인은 말도 안된다는 듯 손을 내저으며 어찌할 바를 모르다가 가까운 논에 내려앉은 참새떼를 가리키며 큰 소리로 말했다.
"마, 저, 저거 보이소! 금년엔 마, 저 참새떼까지 어찌나 극성인지 에이, 휘어이! 휘이!"
곁의 소작인들까지 모두 고개를 끄덕이며 손을 내저었다.
"휘어이! 휘어이!"

경봉스님은 말없이 소작인들에게 쫓겨 일제히 날아오르는 참새떼를 바라보았다. 나이든 소작인은 슬쩍 경봉스님의 눈치를 살피다가 목소리를 눅이고서 혼잣말인 듯 중얼거렸다.
"빌어먹을 놈의 그 참새떼까지 극성 아입니꺼. 저놈의 참새 저거, 한 마리가 한 줄씩만 처먹었어도 아마 수십 가마는 먹었을 겁니다예."
"그래, 금년 소출은 얼마나 될 것 같으신가?"
경봉스님의 질문이 본격적으로 이어지자 나이든 소작인은 금새 말을 못 꺼내고 겸연쩍은 표정으로 우물쭈물하였다.
"저 그게……."
그때 다시 시자가 냉큼 나섰다.
"아, 스님! 제가 살펴보니 두 섬 반도 더 나오겠는데요?"
소작인은 화들짝 놀라며 말도 안된다는 듯 손사래를 치고 나섰다.
"아, 아이고! 이 무슨 말씀을 그리 하십니꺼? 아, 작년 같이 대풍년인 해에두 두 섬을 못 묶었는데, 거 마 금년 농산 잘해야 한 섬 묶을까 말깝니다예."
"그러면 금년 소출은 한 섬밖에 안되겠다, 그런 말씀이신가?"
"아, 예. 스님."
소작인이 고개를 끄덕이는데 시자가 얼른 스님 앞에 나섰다.

"아, 말도 안됩니다, 스님! 이건 말도 안되는 소립니다요, 스님."

그러나 시종 온화한 미소를 띠던 경봉스님의 얼굴이 굳어지면서 눈썹이 꿈틀하였다. 여간해선 좀체로 없는 일이지만, 눈썹이 저리도 무섭게 꿈틀거린다면 그건 스님이 화가 났다는 증거였다. 곧이어 날카로운 호령이 시자에게 날아왔다.

"허허! 내 너한테 물었느냐?"

"……."

시가는 무안한 듯 얼굴을 붉히며 멀찍이 물러나자 경봉스님의 얼굴이 다시 본래대로 평정을 되찾았다. 나이든 소작인을 바라보는 스님의 부드러운 목소리가 다시 이어졌다.

"그래, 어서 대답을 해보시게. 금년 소출이 그래 얼마나 되겠는고?"

말참례를 하던 시자가 스님의 꾸지람을 듣고 물러나지 민망해진 소작인은 안절부절 말을 더듬었다.

"아, 예. 그기 마 아직 지가, 지가 생각할 적에는요. 마, 저 늦장마도 있고 참새떼도 있고 하, 한 섬 반으로 잡아주시면 마, 적당할 것 같습니나, 스님."

"한 섬 반씩이라."

경봉스님은 소작인의 얼굴에서 눈을 떼지 않고 조용히 읊조렸다.

"아, 예. 스님."
스님은 천천히 고개를 끄덕였다.
"그럼 그리 정하세. 한섬 반씩일세."
멀찍이 물러났으나 이쪽 얘기에 귀를 기울이고 있던 시자가 말도 안된다는 듯이 펄쩍 뛰며 스님께로 내달아왔다.
"스님! 아, 아니 스님!"
나이든 소작인은 자기 말을 곧이곧대로 믿어주는 경봉스님의 처분에 몹시 감격하며 연방 고개를 숙이며 울먹였다.
"고맙십니다, 스님! 이 참말로 고맙십니다."
시자는 애타는 목소리로 발을 동동 구르며 다시 스님을 불렀다.
"아니 스님!"
그러나 경봉스님은 시자의 목소리를 못 들은 척 돌아서 앞장서 걷기 시작했다. 몇 발자국쯤 걸음을 옮기던 스님은 문득 돌아서서 입을 쩍 벌리고 망연히 서 있는 시자를 큰소리로 불렀다.
"아, 그만 돌아가자!"
경봉스님이 그해의 벼농사 간평을 소작인이 바라는 대로 후하게 정해주고 오자 절안에서는 대뜸 불평의 소리가 터져나오기 시작했다. 그러나 정작 당사자인 경봉스님은 이 사실을 아는지 모르는지 천연덕스럽게 자기일을 계속하고 있었다.
절사정을 잘 아는 한 젊은 수좌가 이 문제로 상의를 하기 위해

경봉스님을 찾아왔다.
"저, 스님. 저 금년 벼농사 간평 말씀입니다요."
"금년 벼농사 간평은 이미 저 아래 논두렁에서 마쳤느니라."
"저, 그래도 그렇지요, 스님! 스님께선 그 소작인 엄살에 깜빡 속아 넘어가셨습니다요."
태연히 젊은 수좌의 말을 받아넘기던 경봉스님은 소작인 엄살에 속아 넘어가셨노라는 말에 불쾌한 기색을 감추지 못했다.
"날더러 속아 넘어갔다고?"
"예, 스님. 금년 벼농사 소출은 아무리 적게 잡아두 마지기 당 두 섬 이상은 봐야 하는데 그 소작인이 늦장마니 참새떼니 핑계를 대면서 엄살을 떠는 통에 스님이 깜빡 넘어가신거라구요."
"쯧쯧쯧……."
경봉스님이 딱하다는 듯이 자신을 보며 혀를 차자 젊은 수좌는 의아하기 짝이 없었다.
"아니 왜요, 스님?"
"인석아! 너 대체 절밥을 몇 해나 먹었느냐?"
"예. 저 오 년째 됐습니다요."
"그래, 오 년씩이나 절밥을 먹은 녀석이 한다는 수작이 겨우 그래 그 모양이냐?"
"무슨 말씀이시온지요, 스님?"

젊은 수좌는 진정으로 영문을 모르겠다는 표정이었다. 경봉스님은 차분하게 타이르듯 말을 이었다.

"인석아! 삭발출가한 수행자가 그렇게 잇속만 밝히면 못쓰는 법이야."

"아, 아닙니다요, 스님! 제가 잇속을 밝히는 게 아니옵구요. 아, 그렇게 소출을 낮게 잡아주시면 결국 사찰 양식이 수백 가마 손해보게 될 것이라, 그래서 말씀을 올렸을 뿐입니다요, 스님."

경봉스님은 아무리 해도 말귀를 못 알아듣는 젊은 수좌가 딱하기 짝이 없었다.

"허허, 이 이 녀석이 이거! 그래도 말귀를 못 알아먹고 헛소리를 하는구나. 애, 인석아."

"예, 스님."

"그렇게 잇속이나 챙길 양이면 저기 저 양산 장터에 나가 가지고 장삿꾼이나 될 일이지, 대체 뭣하러 머리를 깎았느냐?"

"하지만 스님."

"너 이녀석! 대체 출가수행자의 본분이 무엇인 줄 알고나 있느냐?"

"……"

젊은 수좌는 출가수행자의 본분 운운에 그만 가슴이 뜨끔해져서 고개를 숙였다.

"출가수행자는 부모형제도 다 버렸니라. 부귀영화도 다 버렸어. 입신양명하고 출세를 하려면 벼슬길로 나가야지 삭발출가를 왜 했단 말이더냐? 그렇지 아니하냐?"

"그, 그야 그렇습니다요, 스님."

"모름지기 출가수행자는 덜 먹고 덜 입고 덜 쓰고 안 가지는 게 본분이니, 이해타산을 헤아리고 잇속을 챙기는 것은 도리가 아니다. 만일 어떤 승려가 있어 감투를 차지하려고 혈안이 되거나 재물을 움켜쥐려고 발버둥을 치거나 사리사욕을 채우려고 추태를 부리면, 이는 참다운 승려가 아니요 승려로 둔갑한 마군이니라. 내 말 알아들었느냐?"

"예에……스님."

그제서야 경봉스님의 깊은 뜻을 헤아린 젊은 수좌는 깊이 고개를 끄덕였다.

"소작료 간평은 시나산 일이니 더 이상 한마디도 입 밖에 내서는 안될 것이다."

그러나 경봉스님이 그 해 벼농사 간평에서 소출을 너무 낮게 책정해준 사실은 결국 큰절에까지 알려져 큰 파문을 일으키고 말았다. 큰절에 계시던 통도사 조실스님은 노발대발해서 급히 경봉스님을 불렀다. 경봉스님은 마치 이런 말썽을 예견하기라도 한 것처럼 태연한 얼굴로 조실스님 앞에 섰다.

"이것 보시게, 경봉."
"예, 스님. 말씀하시지요."
"그대는 대체 간평을 어떻게 했길래 한 섬 반으로 했단 말이던가?"
"소작인의 말이 그러하기에 그대로 허락해 주었습니다."
 큰절 조실스님은 경봉스님의 태연자약한 대답에 아연실색하여 당혹감을 숨기지 못했다.
"어허. 이, 이런! 아, 소작인들이야 어떻게든 한 됫박이라도 덜 내려고 엄살을 떤다는 걸 어찌 몰랐단 말이던가?"
"그렇다고 출가수행자가 되가지고 소작인과 소출을 놓고 다툴 수야 없는 일 아니겠습니까, 스님?"
"허허! 이 사람 이거 이거, 큰일날 사람이구만! 아, 마지기당 벼 한 가마씩을 낮게 책정을 해주면 우리 통도사가 벼 몇백 가마를 손해보게 되는지 그대는 계산이나 해 보셨는가?"
 경봉스님은 불같이 화가 난 조실스님의 불호령에도 끄떡하지 않았다.
"죄송하옵니다만 저는 그걸 헤아려본 적이 없는지라 자세히는 잘 모르겠습니다."
"소작인들을 가엾게 여기는 것도 좋고, 인심을 후하게 쓰는 것도 좋은 일이지만 아, 저 많은 우리 통도사 대중들 양식은 대체 어떻

게 충당을 하라는 말이신가, 그래."

"그렇다고 설마한들 우리 통도사 대중들이 굶어죽기야 하겠습니까, 스님?"

"나, 이런! 명년 춘삼월도 되기 전에 통도사 양식 창고가 텅텅 비게 생겼으니 이 일을 대체 어떻게 하면 좋단 말이던가, 음?"

"큰절 살림을 맡고 계시니 걱정이야 되시겠습니다만 그래도 우리 통도사 창고가 비는 게 낫지, 소작인들 양식 항아리가 비어서야 되겠습니까, 스님?"

경봉스님이 오히려 당당히 사리를 밝히며 반문하자 조실스님은 진땀을 흘리며 타이르기 시작했다.

"어허 이 사람이 이거! 말끝마다 소작인들 걱정뿐이구만. 아니 그래, 소작인들 곡식 항아리는 그렇다고 치고, 우리 대중들 양식은 어쩌느냔 말야, 음?"

"노여위만 하지 마시고 제 말씀 좀 들이주십시오, 스님. 옛날 부처님께서는 걸식을 하셨었고 옛 조사님들도 탁발로 사셨습니다. 따지고 보면 저들 소작인들도 우리 통도사 산내 사람들이니 우리 대중이 아니겠습니까?"

경봉스님의 조리있는 말에 할말을 잃은 조실스님은 그만 어찌할 바를 몰랐다.

"어허! 나 이거 참."

망연히 서있던 조실스님은 좋은 말로 설득하기를 포기하고 휑하니 방 안으로 들어가면서 노기 서린 목소리로 소리쳤다.
"앞으로는 행여 소작 간평에 참여할 생각하지 말게!"
"예, 스님. 그렇게 하지요!"
경봉스님의 대답을 듣지도 않은 채 조실스님은 방문을 탁 닫아 버렸다. 이렇게 해서 경봉스님은 앞으로 한동안 조실스님과 껄끄러운 관계가 되게 되었다.
한편 경봉스님이 소작인들의 사정을 헤아려 간평을 해주었다는 소문은 날개가 달린 것처럼 양산 일대에 퍼져나갔다. 스님의 후의를 입은 사하촌 농민들이 여기저기 저잣거리마다 다니면서, 열심히 경봉스님의 대중에 대한 사랑의 실천을 말하고 다닌 건 말할 필요도 없는 일이었다.
그 이후로 경봉스님이 극락암에서 법회를 열고 설법을 하신다고 하면 양산 일대에서는 물론이요, 멀리 울산 부산 마산에서까지 신도들이 구름처럼 모여들어 법당을 가득가득 메웠다. 법당 안은 이렇게 찾아온 신도들의 열기로 한 겨울에도 후끈 달아오를 지경이었다. 경봉스님을 모시고 있던 젊은 수좌들은 사람들 시중을 드느라 정신이 없으면서도 신이 나서 덩실덩실 춤이라도 추고 싶은 심정이었다.
그러나 경봉스님은 신도가 많건 적건 아무런 표정의 변화없이

여전히 특유의 설법으로 재미있는 법문을 들려주는 것이었다. 보임 공부를 통해 깨달음의 경지를 더욱 더 확실하게 다진 스님의 법문은 그 어떤 스님에게도 찾아볼 수 없는 독창적인 재미가 있었다.

경봉스님은 결코 어려운 말로 신도들을 현혹하지 않았으며 불경에 나와 있는 이야기도 자기식대로 재해석하여 신도들이 이해하기 쉬운 길로 인도해주었다. 스님의 법문을 듣고 있노라면 봉사는 지팡이를 얻은 것과 같았고, 가난한 자는 마음의 위안과 앞날에 대한 새로운 희망을 얻었으며, 논 마지기나 있는 부자들은 나눔의 아름다움과 행복을 배웠다.

이 무렵의 어느 날이었다.

경봉스님은 자신이 설법하는 법회에 구름처럼 대중들의 면면을 일일이 살피다가 주장자로 세 번 법상을 내리쳤다.

"딱딱딱!"

경봉스님이 치켜든 주장자가 법상을 무겁게 때리자 법당 안은 일순 조용해졌다. 심지어 어머니 등에 업혀온 아이까지도 두 눈을 말똥말똥 뜨고서 법상에 올라 앉은 큰 도인스님을 뚫어져라 바라보았다.

"오늘은 내가 마음법문을 여러 대중들에게 들려줄 것인데, 아주 재미있는 옛날 얘기부터 한가지 들려줄 것이야. 허허. 옛날 얘기부터 해준다고 그러니까 눈빛이 초롱초롱해지고 두 귀들을 쫑긋 세우는구만 그래, 응?"
"하하하하……."
대중들은 괜스레 자기 옆사람을 둘러보다가 누가 먼저랄 것도 없이 폭소를 터뜨렸다.
"재미있는 옛날 얘기 다들 좋아하지? 응? 왜? 좋아하지 않는다 그런 말이던가? 아, 싫어한다면 그만두지 뭐."
재미있는 옛날 얘기를 그만둔다니까 섭섭한지 무어라고 한마디씩 투덜거리는 소리로 다시 장내가 소란해졌다. 이때 유난히 뚱뚱한 한 아낙이 벌떡 일어나 소리쳤다.
"아유! 좋아합니다요, 스님!"
"하하하……."
법당 안이 다시 웃음판이 되자 경봉스님의 주장자가 또 높이 올라갔다.
"그래, 그래. 뭐 좋아한다고 그러면 해줘야지. 옛날 얘기! 이게 재미도 있고 배울 점도 있고, 아주 일거양득이야. 아, 어렸을 적에 할머니한테 옛날 얘기 들으면 얼마나 구수하고 재미있고 오싹오싹했던고, 음? 자, 그러면 옛날 얘기를 시작하도록 하지. 에, 옛날에 중국 당나라에, 배휴라는 사람이 있었어. 이건 그냥 꾸며댄 이야기가 아니고 역사에 정말로 있었던 얘기야. 옛날 얘기는 옛날 얘기지만 진짜 얘기다 그런 말이지. 그러니까 잘 들어두라구!"

12
마음 법문

옛날 중국 당나라 때의 인물 배휴는 태어날 때 몸이 붙은 쌍둥이로 태어났다. 그래서 그것을 안타까이 여긴 그의 부모는 고민 끝에 날카로운 칼로 쌍둥이의 등을 갈라 정성어린 치료를 하여 겨우 두 자식을 살려냈다.

한꺼번에 태어난 두 아이 중 살이 많이 붙은 아이는 형이 되고 살이 적게 붙은 아이는 동생이 되었다. 바로 이 두 아이 중에 형이 배휴였다. 두 아이는 부모님의 사랑과 헌신 속에서 무럭무럭 성장했다. 그러나 그 행복도 잠시뿐이었다. 배휴 형제가 아직 어릴 적에 양친부모가 두 아이만 남겨놓고 털컥 세상을 뜬 것이었다. 하루 아침에 부모를 잃은 두 형제는 졸지에 고아 신세가 되었다.

그렇게 어려운 환경 속에서도 형제는 서로 의지하며 의좋게 살

앉는데 어느날 배휴의 동생마저 갑자기 집을 나가버렸다. 혼자 남은 배휴는 할수없이 외삼촌 댁에 얹혀사는 신세가 됐다.

그러던 어느 날이었다.

배휴가 외삼촌댁에서 눈치밥을 얻어먹으며 살고 있는데 일행선사라는 당시 꽤 유명한 스님이 길을 가다가 이 집에 들렀다.

일행선사는 배휴를 척 한번 보더니만 미간을 찌푸리며 곁에 있던 배휴의 외삼촌에게 묻는 것이었다.

"저 아이는 대체 웬 아입니까?"

"예, 제 생질되는 아이인데 조실부모하여 제가 데려다 키우고 있습죠."

외삼촌의 설명을 들은 일행선사는 고개를 저으며 대뜸 이렇게 말했다.

"저 아이를 하루 빨리 이 집에서 내보내시오!"

"예에? 아니 저 불쌍한 아이를 어찌하여 내보내라 하십니까요, 스님?"

외삼촌은 집도 절도 없는 불쌍한 고아 배휴를 당장 내보내라는 말에 놀라서 눈을 둥그렇게 뜨고 선사에게 물었다. 그러나 일행선사는 확신에 찬 어조로 이렇게 설명하는 것이었다.

"내가 보아하니 저 아이는 복이 지지리도 없는 아이라 거렁뱅이가 될 아이입니다."

"예에? 거렁뱅이가 될 아이라구요, 스님?"
"그렇소이다. 거렁뱅이가 되어야 할 아이가 이 집에 머물고 있으니 이대로 두면 저 아이 때문에 이 집안이 거지신세가 될 것이요."
"아, 아니! 아니 그러면?"
너무도 놀라운 일행선사의 대답에 외삼촌은 차마 말을 잇지 못했다. 일행선사의 이야기는 거침없이 계속되었다.
"저 아이가 제 복대로 거렁뱅이가 되려면 우선 이 집부터 망해야 할 것이니 그렇게 되기 전에 내보내야 될 것이요."
일행선사는 경고하듯이 이 마지막 말을 외삼촌에게 던지고 바람같이 집 밖으로 사라졌다.
"아니 스님! 스님!"
외삼촌이 정신없이 그의 뒤를 쫓았지만 아무리 찾아봐도 일행선사의 모습은 온데간데 없었다. 선사의 뒤를 쫓다 지쳐서 돌아온 외삼촌은 아무네나 털썩 주서앉으며 홀로 탄식하는 것이었다.
"아 세상에! 이런 청천벽력이 있는가?"
선량한 외삼촌은 혼자서만 끙끙 마음을 앓을 뿐, 나이 어린 배휴에게는 어떤 내색도 하지 않았다.
그러나 이미 기둥 뒤에서 일행스님의 얘기를 다 들었던 배휴는 다음날 외삼촌 앞에 나아가 무릎을 꿇었다.
"외삼촌! 제가 있으면 이 집이 망하고야 말 것이라니 저는 떠나

렵니다. 부디 안녕히 계십시오!"
 이렇게 스스로 외삼촌댁을 물러난 배휴는 자청하여 거렁뱅이 노릇을 하기 시작했다.
 '어차피 거렁뱅이가 될 사람이니 극락에 계신 부모님도 이해하시겠지.'
 배휴는 이렇게 자기 자신을 위로하며 거렁뱅이 노릇을 하였다. 세월은 흘러 일 년이 지나고, 이 년이 지났다. 배휴가 외삼촌 댁을 떠난 지 몇 년이 지난 어느 해 여름이었다.
 그날도 배휴는 동네를 돌며 얻어먹고 지내다가 어느 절간 앞에 있던 목욕소에 목욕을 하러 갔다. 그런데 목욕소 앞에 당도해 보니 누군가가 빠뜨리고 간 보물덩어리가 눈에 띄는게 아닌가.
 주위에는 아무도 없었다. 그저 눈만 질끈 감는다면, 거지 신세에 엄청난 보물을 주었으니 팔자를 고치게 되는 순간이었다. 그러나 배휴는 하루종일 그 보물덩어리를 움켜쥔 채 주인이 나타날 때까지 그 자리에 웅크리고 앉아 기다리고 있었다.
 사실 그 보물은 어느 늙은 어머니가 감옥에 갇혀 있는 삼대독자를 살려내려고 전 재산을 다 팔아 해온 보물이었다. 삼대독자의 어머니는 그 보물을 고을 원님한테 갖다 바치고 아들을 살려내리라 마음먹었던 것이었다. 그런데 불행히도 그 어머니는 아침 일찍 목욕재계하고 불공을 드린 뒤에 고을 원님에게 서둘러 가느라 자기도

모르는 사이에 보물덩어리를 잃어버렸다.

해가 저물 때쯤 해서 한 늙은이가 사색이 되어 허둥지둥 절간 앞 목욕소로 달려오는 것이 보였다. 그 늙은이가 목욕소 앞에서 정신 없이 보물을 찾는데 보물덩어리는 온데간데 없고 웬 거지만 혼자 웅크리고 앉아 있는 것이 아닌가.

"아이구! 이제는 다 틀렸구나! 아이구, 내 아들아!"

늙은 어머니는 거지가 보건 말건 땅바닥에 주저앉아 통곡을 하기 시작했다. 그도 그럴 것이 삼대독자를 구해내려고 온 재산을 다 팔았는데 그만 그 보물을 잃어버렸으니 늙은 어머니의 심정이 어떠 했겠는가.

그때 배휴는 이 늙은이의 통곡하는 소리를 듣고 슬그머니 일어 나 그 늙은이가 그토록 찾던 보물을 건네주었다.

배휴는 이렇게 선한 마음을 지키며 얻어먹고 다니다가 몇 년 후 에 우연히 외삼촌댁에 들렀다.

헌데 때마침 외삼촌 댁에는 몇 년전 '거렁뱅이가 될 아이니 배휴 를 내보내라'고 했던 바로 그 일행선사가 와 있었다. 배휴는 움찔한 마음에 엉거주춤 서 있었다.

그런데 그때 일행선사는 몇 년만에 만난 배휴의 얼굴을 보더니 호쾌하게 웃음을 터뜨리는 것이었다.

"허허허허! 니가 바로 몇 년전 이 집을 나간 그 아이로구나. 얼굴을 보아하니 너는 장차 이 나라의 정승이 될 아이니라!"
 배휴는 눈을 크게 뜨고 일행선사를 바라보았다. 옆에 서 있던 외삼촌 역시 놀라움을 금치 못하고 일행선사에게 이렇게 물었다.
 "예에? 아니 몇 년 전에는 거지가 될 아이라고 하시더니 어찌하여 이번에는 정승이 될 아이라고 하십니까요, 스님?"
 일행선사는 외삼촌의 어리둥절한 마음을 십분 짐작이라도 한 듯이 기분좋게 고개를 끄덕이며 말했다.
 "그땐 이 집에 얹혀살며 어떻게 하면 얻어먹고 살아갈까, 그 마음을 먹고 있었으니 거지가 될 아이였지만, 이제는 이 아이가 어떻게 하면 좋은 일을 할까, 어떻게 하면 남을 도와줄까, 그런 마음을 먹고 있으니 앞으로 틀림없이 정승이 될 것이오."

 "아, 일행선사가 이렇게 척 마음법문을 해주셨다 이런 말인데, 자 그러면 이 거지아이 배휴의 장래는 과연 어떻게 됐을 것인고? 궁금들 허지? 허허허! 내일 또 하지 뭐."
 자기도 모르게 경봉스님의 구수한 이야기의 세계로 이끌려 들어가 법문인지 옛날 얘기인지 분간을 못할 지경에 빠져들었던 대중들은 그 뒷얘기는 내일 들려준다는 스님의 말에 아쉬움 가득한 탄성을 올리며 내일의 법문을 기다리는 것이었다.
 바로 이런 방식이 스님 특유의 마음법문이었다. 옛날 얘기의 교

훈을 통해 대중들은 자신의 마음의 샷된 부분을 깨닫기도 했으며, 자신이 처한 현실에 어떤 마음으로 임할 것인가를 각각 상상해 보기도 하였다.

"자, 다들 정신 번쩍 차리고 생각들을 해봐! 어떻게 하면 무엇을 좀 얻어먹을까, 어떻게 하면 무엇을 좀 얻어갈까, 밤낮 이렇게 얻어먹고 얻어가질 생각만 하면 이게 바로 거지근성이요, 거지근성을 가지고 있으면 결국 거지밖에 안되는 게야. 그때 이 일행선사가 거지인 배휴를 보고 장차 이 나라의 정승이 될 것이다 예언을 하셨는데 과연 거지였던 이 배휴라는 아이는 훗날 당나라의 영의정이 됐어. 지금 세상 같으면 국무대신격이지. 사람이 마음 하나 잘못 먹으면 거지가 되는 것이고, 사람이 마음 하나 잘먹으면 영의정이 된다 이런 말이지. 어떻게 하면 남을 즐겁게 해줄까, 어떻게 하면 남을 이롭게 해줄까, 어떻게 하면 남을 도와줄 수 있을까, 늘 이런 마음을 지니고 늘 그린 행동을 하면 그 사람은 반드시 영의정이 되는 게야. 어디 뭐 영의정뿐이겠는가? 그런 사람이 바로 관세음보살님이요, 부처님이요, 비로자나불이요, 그 사람 가는 곳은 어디든지 다 극락세계가 되는 것이지. 오늘 여기 모인 여러 대중들, 아침에 절에 올 적에 뭘 좀 얻어가려고 맘먹고 왔지? 안그래? 부처님, 부처님! 나한테 복좀 주십시요, 복좀 주십시요! 그래서 여기 계신 이 부처님한테 향피우고 절하고 시주돈 좀 내면서 뭘 좀 얻어가려고 그런 맘먹고 왔어. 얻어가려고 왔단 말이야. 안그래?"
　경봉스님은 잠시 말을 멈추고 날카로운 눈빛으로 대중들을 굽어 보고 있었다. 스님과 눈빛이 마주친 사람들은 웬일인지 황급히 얼굴을 내리깔았다. 아무 생각 없이 단순히 옛날 이야기의 재미에만 취해 있던 몇몇 사람들은 부끄러움에 얼굴이 붉히는 이도 있었다.
　법당 안에 번져가는 숙연한 분위기 속에서 경봉스님은 천천히 입을 열어 끊어진 말을 이었다.
　"그런 생각을 버려! 얻어갈 생각을 말고, 줄 생각부터 해, 이놈들아! 어떻게 하면 가난한 친척 도와줄 수 있을까, 어떻게 하면 병든 사람 고쳐줄 수 있을까, 어떻게 하면 근심에 쌓인 사람 위로해 줄 수 있을까. 늘 그런 생각을 가지고 늘 그렇게 실천하면서 살아가노라면 그 사람은 하는 일마다 다 잘되게 돼 있어. 무슨 소원이든지 다 이뤄지게 돼 있어. 그게 복이지, 다른 것이 복인가!"
　법문을 마친 스님은 주장자를 세 번 내리치고 법상에서 내려왔다. 그러나 스님이 법상을 내려온 뒤에도 대중들의 얼굴에 서린 감동의 빛은 좀처럼 사그라들지 않았다.
　1929년 3월 18일, 경봉스님이 한소식 했다는 이야기를 전해들은 백학명 선사가 서신을 보내왔다. 전라도 정읍 백양사에 머물고 계시던 항명스님은 서신 속에서 경봉스님에게 다섯 가지 질문을 던졌다. 경봉스님의 경지에 대한 일종의 시험과도 같았다. 그러나 경봉

스님은 이 다섯 가지의 질문을 한번 척 보고서 거침없이 답을 내놓았다.

"눈이 와서 온누리를 덮었거늘 어찌하여 소나무만 홀로 푸르게 서 있는가?"

"벌떡 누우니 발이 하늘을 가리킵니다."

"부처의 몸이 법계에 충만하니 어느 곳에서 자기를 보겠는가."

"만약 대장부의 기개가 살아있거든 여우의 의심을 품지 마십시요."

"굼벵이가 매미가 되려고 하나 되지 못할 때 또한 말해보게. 과연 이것이 무엇인가?"

"순금은 맹렬한 불속에서 이루어집니다."

"물이 큰바다로 들어가면 필경 어느 곳에서 싱거운 맛을 찾겠는가."

"입맛은 잃지 않으셨소이다그려. 그러면 짠맛은 어디서 나왔습니까? 짠맛 난 곳을 가져오십시오."

"서로 아는 이가 천하에 가득한데 누가 제일 친한 사람인고?"

"어찌하여 원수같은 놈은 묻지 않으십니까? 천리를 내다보고자 할진대 다시 한층을 더 올라 가십시요. 하하하하하."

대선사들의 선문답 속에 담긴 오묘한 뜻을 어찌 속속들이 알 수가 있을까마는, 견성오도한 선사들은 이러한 선문답을 주고받으며 자신의 선지를 밝혀나갔다고 한다.

  이 무렵 경봉스님은 또다시 오대산 월정사 상원암에 머물고 계시던 한암선사에게 편지를 보내어 세 가지를 물었다.

  첫째, 하늘을 찌를 듯한 의기를 가진 대장부란 불조가 행한 것도 행하지 않는다 하였으니 대체 어느 곳을 행하여야 하옵니까.
  둘째, 형께서 행하는 곳은 과연 어느 곳이옵니까.
  세째, 형께서는 매일매일 무엇을 하고 계시옵니까.
  이상 세 가지를 삼가 여쭈어 올리오니 답하여 주소서.

  경봉스님이 보낸 이 편지를 접한 한암스님은 얼마 후인 5월 27일에 답장을 보내오셨다.

  충천하는 의기가 두 가지니 사와 정이라. 어떤 것이 삿됨인가. 장부가 스스로 하늘을 찌를 듯한 의기가 있으니 불조가 행한 것도 행하지 않는다. 어떤 것이 올바름인가. 누가 나와서 말하기를 니가 오히려 사와 정에 걸려 벗어나지 못한 게 아닌가 말한다면 다만 그에게 말하기를 내가 걸렸는가 그대가 걸렸는가 묻겠소이다.
  두번째와 세번째의 질문은 첫번째 질문의 소식에 지나지 아니하니 거듭 말하지 않겠소.

　경봉스님이 당대 여러 선지식들과 주고받은 편지는 상당히 많은 분량이었다. 훗날 스님의 상좌 명정스님은 이 편지들을 '화중연화 소식'이라는 한권의 책으로 출간하였다.

13
홍련암 관음정진

1929년 여름에는 통도사 일대에 두 달 이상 지독한 가뭄이 들었다. 논과 밭은 쩍쩍 갈라지고 곡식은 타들어 가는데 8월 15일경 천둥번개가 치더니 급기야 단비가 쏟아져 내리기 시작했다.

온 산야를 태워버리기라도 할 것처럼 기승을 부리던 가뭄은 며칠 간의 단비로 씻은 듯이 해갈이 되었다. 산 아래 무논에서는 농부들이 세차게 내리는 비를 맞아가면서 신바람나게 일을 하고 있는 광경이 펼쳐졌다.

비가 그치자 아침 저녁으로 서늘해지더니 슬그머니 가을이 다가왔다. 영축산을 넘어온 바람이 나뭇잎을 떨구고 지나갈 때마다 풍경이 흔들리며 투명하고 맑은 소리를 냈다. 하늘은 높고 구름 한 점 없었다.

쾌청한 날씨가 계속되던 그 가을의 어느 날이었다. 경봉스님은 방문을 열어놓고 경을 읽고 있었다. 열어놓은 문으로 선선한 바람이 불어와 목덜미를 기분좋게 어루만졌다. 뒷마당으로 툭툭 밤송이가 떨어졌다.
이때 시자의 목소리가 들려왔다.
"스님! 손님이 오셨습니다요, 스님."
"무슨 손님이 찾아오셨다는고?"
경봉스님은 책에서 눈을 떼지 않고 건성으로 물었다.
"예. 해인사에 계시던 전강스님이라 하셨습니다."
"무엇이! 전강스님?"
경봉스님은 전강스님이 오셨다는 말에 자리에서 벌떡 일어나 밖으로 나갔다. 그러나 밖에는 시자 혼자 서 있었다.
"지금 어디 계시더냐?"
"지금 법당에서 참배하고 계십니다."
"그분은 도인스님이시다. 내가 가서 뵈야겠다."
경봉스님은 다소 들뜬 목소리로 이렇게 말하고 시자를 앞세워 법당쪽으로 걸음을 옮겼다.
정전강 스님.
나이 스물 여섯에 도를 깨달아 이미 만공스님의 법통을 잇고 있는 저 유명한 전강스님이 통도사에 오셨다니 기쁘기 한량없는 일이

었다. 참배를 마친 전강스님은 벌써 법당을 나오고 있었다. 역시 듣던 바대로 눈빛이 매서울 만치 형형한 스님이었다.

경봉스님은 활짝 웃으며 다가가 자신보다 나이가 여섯 살이나 아래이지만 일찍이 도를 깨달아 선풍을 드날리고 있던 전강스님에게 예를 갖추고 깍듯하게 인사하였다.

"먼길 오시느라고 고생이 많으셨겠습니다."

전강스님도 마주 고개를 숙이며 말했다.

"영축산의 기개를 보고 나니 고단한 줄을 모르겠소이다. 허허허…… 헌데 듣자하니 기쁜 일이 있다고 하더군요. 스님께서 한소식 하셨다구요?"

"원! 부끄럽습니다."

전강스님은 날카로운 눈빛을 빛내며 은근한 어조로 이렇게 물었다.

"한소식 하신 스님께 내 한 가지 물어봐도 괜찮겠습니까?"

"말씀하시지요."

"스님께서도 마조선사와 남전스님 이야기를 알고 계시겠지요."

"입야타 불입야타. 들어가도 치고 들어가지 아니 해도 치는 그 얘기 말씀 아니십니까?"

"그렇습니다. 아시다시피 마조선사의 제자 남전스님이 마조선사를 찾아뵈었을 때 마조선사께서 동그라미 하나를 그려놓고 남전 스님에게 이 동그라미 안에 들어가도 치고 들어가지 아니해도 칠 것이니 너는 어찌 하겠느뇨라고 물었지요."

"제자 남전스님이 동그라미 안으로 들어가자 마조스님은 주장자로 남전스님을 후려쳤지요."

"그때 남전스님은 대답하기를 스님은 저를 때리지 못하셨습니다라고 말씀하셨지요."

"그러자 마조스님께서는 주장자를 등에 매고 때리기를 그치셨습니다."

두 스님은 시종 미소를 잃지 않고 상대방을 바라보면서 말을 주고받았다. 그러나 부드럽게 주고받는 대화 속에서는 마치 마조스님과 남전스님이 이 자리에 있는 듯한 긴장감이 흘렀다. 전강스님은 빙긋이 웃으며 입을 열었다.

"자, 그러면 스님께선 과연 어찌 하시겠소?"

전강스님은 재빨리 허리를 굽히고 땅 위에다 주장자로 동그라미를 그려놓았다.

"내가 지금 동그라미 하나를 그렸는데 입야타 불입야타라! 스님이 이 동그라미 속에 들어가도 치고 들어가지 아니 해도 칠 것이니 자, 어찌 하시겠소이까?"

참으로 숨막히는 순간이었다. 땅 위에 동그라미 하나를 그려놓고 그 동그라미 안에 들어가도 칠 것이요, 들어가지 아니 해도 칠

것이라니 이거야말로 진퇴양난이 아닌가. 과연 어떻게 답을 해야 주장자로 얻어맞는 것을 면할 수 있는가.

그러나 경봉스님은 전강스님의 질문이 떨어지자마자 조금도 지체없이 들고 있던 부채를 활짝 폈다. 그러더니 동그라미 위에 부채를 부치기 시작했다. 자신이 그려놓은 동그라미를 부채바람으로 날려버리는 시늉이었던 것이었다. 동서고금을 뒤져도 그와 같은 대답은 없었다.

"하하하하."

경봉스님의 경지를 시원하게 인정하는 전강스님의 호탕한 웃음소리가 크게 울려퍼졌다. 암자를 뒤흔드는 듯한 커다란 웃음소리에 놀란 새 한 마리가 푸드득 소리를 내며 날아올랐다.

"하하하하. 입야타 불입야타를 부채바람으로 피하시는군요, 이잉? 이것보시요, 경봉스님!"

"예, 말씀하시지요."

경봉스님은 온화하게 따라 웃으며 대답했다.

"스님과 나, 법 결의형제를 맺으시는 게 어떠시겠소?"

"스님과 나, 법 결의형제를 맺자구요?"

"그렇소이다. 어떻습니까, 스님은?"

"좋습니다. 우리 그렇게 합시다."

법 결의형제를 맺자는 전강스님의 즉흥적인 제의를 경봉스님은 흔쾌히 응낙했다. 두 스님은 마치 오랜 지기처럼 손을 마주 잡았다. 이처럼 처음 보는 순간부터 뜻이 통해버린 전강스님과 경봉스님은 밤이 이슥해지도록 차를 마시며 담소를 나누었다.
 이틀 후인 9월 8일 아침에 전강스님은 다시 걸망을 챙기며 길을 떠날 준비를 하자 경봉스님은 몹시 아쉬운 표정으로 이렇게 물었다.
 "그래, 스님은 곧바로 오대산으로 가겠단 말씀이시오?"
 "그럴까 합니다. 가다가 또 쉬어가고 싶으면 아무 절에나 머물다 가구요."
 경봉스님은 품에서 붓글씨가 씌어진 한지 한 장을 꺼내어 전강스님에게 내밀었다.
 "오대산으로 떠나시겠다기에 내 스님을 위해 시 한 수 지었습니다."
 "아이구, 이런! 나를 위해 시까지 지어주시다니! 어디 한번 직접 읊어주시겠습니까?"
 "그러지요."

 구름가에 발우놓고 이 암자에 지내는데
 우연히 그대 만나 현담을 털어놨네
 밤은 깊어 삼경이나 인적이 없는데

가을물은 하늘에 닿고 달은 못에 가득하네.

전강스님은 감동에 젖은 얼굴로 경봉스님의 손을 잡고 말했다.
"언제고 한번 오대산으로 오십시오. 내 꼭 이 시에 대한 화답을 해드리리다."

경봉스님은 양산 읍내까지 전강스님을 배웅했다. 점점이 사라지는 전강스님의 뒷모습을 바라보는 스님의 얼굴은 십년지기를 얻은 듯한 뿌듯함이 가득 어려 있었다.

경봉스님은 이 전강스님과의 만남을 〈삼소굴 일지〉에 소상히 기록해 두었다.

그 이듬해인 1930년 2월. 며칠째 한파가 밀어닥쳐 모든 것을 얼어붙게 만들더니 한낮의 햇볕이 제법 다사롭게 느껴지던 어느 날이었다. 경봉스님은 양양 낙산사에서 관음정진을 하고 올 요량으로 바랑 하나를 짊어지고 먼길을 떠났다. 양양까지는 부산서 뱃길을 이용해야 했다.

경봉스님은 부산 부두에서 2월 21일 열두시에 출발하는 신라환이라는 배를 탔다. 뱃길은 처음이라 처음엔 배멀미 때문에 몹시 고생을 했다. 갑판에 매달려 토하기도 여러 번, 음식물이라고는 아무것도 입에 댈 수가 없었다. 그러나 차차로 선상생활에 익숙해져갔다.

경봉스님을 실은 신라환은 밤새도록 동해를 거슬러 올라가 그 다음날인 2월 22일 아침 7시 30분에 포항에 도착했다. 거기서 이틀 동안을 더 달려서야 2월 24일 오전 9시 30분경에 강원도 양양군 대포항에 내릴 수가 있었다.

부산에서 대포항까지 꼬박 사흘이 걸린 셈이었다. 낙산사까지는 차를 타고 갔다. 낙산사에 당도하자 비릿한 바닷내음이 물씬 풍겨 왔다. 새파란 하늘과 맞닿은 시퍼런 바다가 시원스러웠다. 낙산사에서 보는 바다는 배멀미에 시달리며 바라본 바다와는 완연히 달랐다.

배 안에서 보던 바다는 그저 어디나 물, 물 뿐이었지만, 낙산사에서 보는 바다는 기암괴석과 산그림자와 어우러져 기가 막힌 절경이었다. 위쪽으로는 금강산의 수려한 절경을 건너다 보고, 아래로는 오대산의 장중한 자락들을 손짓해 부르며 그 가운데 설악산 줄기를 이어받아 바닷가에 자리하였으니 관동 삼대 명산을 한데 배경으로 삼고 있는 셈이었다.

경봉스님은 원통보전을 비롯한 각 성전에 참배부터 드렸다. 그리고 나서 낙산사 주지스님인 함정묵 스님과 함께 의상대를 둘러보고는 곧바로 홍련암에 자리를 잡았다. 바로 이 홍련암에서 관음정진에 들어갈 예정이었다.

저녁 공양을 마치고 홍련암에 홀로 앉아 노을이 지기 시작하는

바다를 내려다보았다. 일몰의 바다는 아름다웠다. 자신이 마치 바다 위에 둥실 떠 있는 듯한 착각이 들 정도였다.

홍련암은 바닷가 기암괴석들의 위에 얹혀 있었다. 파도는 저만큼에서 높이 치솟았다가 홍련암 마루 밑에까지 달려와서 하얗게 부서졌다. 쉬익 소리를 내며 밀려왔다가는 또다시 밀려가는 파도소리를 들으며 의상조사를 생각했다.

신라시대 승려 의상조사는 낙산사를 창건한 인물로 알려지고 있다. 신라 귀족 출신의 승려 의상은 중국 당나라에 유학하여 새로운 불법을 익히고자 하였다. 당시 전쟁의 와중에 있던 삼국 사이의 불안한 정세 때문에 첩자로 오인되는 불운을 겪기도 하면서 그는 끝내 당나라로 공부하러 갔다.

공부를 마치고 10년만에 본국인 신라로 돌아온 의상은 온 나라를 돌아다니며 그의 새로운 뜻을 펼칠 마땅한 장소를 찾던 끝에 마침내 동해변에 있는 지금의 양양 땅에 이르렀다. 이곳 해변에 있는 석굴에 관음보살의 진신(眞身)이 살고 있다고 들었기 때문이었다.

굴은 높이가 백 자나 되게 깎아지른 바위 틈에 있고, 그 아래로 파도가 쉴 새 없이 드나드는 험한 형세였다. 의상은 이레 동안 정결한 몸과 마음으로 관음 진신을 뵙기를 지성스레 간구하였다. 그래도 아무 소용이 없자 그는 정진하던 자리를 박차고 바닷속에 그대로 뛰어들었다.

마침내 그 지성에 감복한 관음은 의상 앞에 그 진신을 나타내었다. 관음은 의상에게 굴 위 산꼭대기에 쌍죽이 돋아날 것이니 거기에다 절을 짓는 것이 좋으리라고 일러주었다. 그 말에 따라 지은 절이 바로 이 낙산사였던 것이다.

결국 의상의 준엄한 구도정신이 이 낙산사를 관음 주처의 도량으로 이루어낸 것이다. 이후로 많은 사람들이 이 낙산사를 거쳐 갔다. 그들은 일심으로 관음을 부르기만 하면 관음은 그 대자비의 원력으로 고통에 빠진 중생을 구해준다는 것을 믿어 의심치 않았다.

그러나 그 무수한 수행자들 중에서 관음의 진신을 본 사람은 거의 드물었다. 의상과 같은 준엄한 구도정신을 가진 자만이 바로 그 주인공이 될 수 있을 것이었다.

경봉스님은 부서지는 파도소리를 들으며 시 한수를 지어 읊었다.

물을 건너 구름 밟으며 봉우리에 오르니
연화와 풍원이 한빛으로 어리었네.
관음보살 친견하기 어렵다 말하지 말라.
큰꿈 깨고 나면 날마다 만나리.

하룻밤 휴식을 취한 경봉스님은 다음날부터 두문불출하며 홍련

　암에서의 관음정진을 시작했다. 일체 바깥 행보를 하지 않고 면벽한 채 파도소리, 갈매기 소리만을 벗하여 계속 정진해 나갔다. 바다 위로 붉게 타오르는 태양이 비치면 아침인가 했고, 어두워지면 밤인가 싶었다.
　일주일이 지나고 열흘이 지나 마침내 3월 7일 밤이었다.
　비몽사몽 간에 눈을 떠보니 푸른 물결 넘실거리는 바다 위를 마치 잠자리 날개처럼 하늘거리는 하얀 옷을 입은 관음이 사뿐사뿐 걸어오는 것이 아닌가. 스님 앞에 나투신 백의관음은 눈부신 미소를 짓고 있었다.
　경봉스님은 너무 기쁘고 놀란 나머지 벌떡 일어났다.
　"아! 꿈이런가!"
　허나 저 푸른 물결 바다를 사뿐히 걸어오던 그 모습은 너무도 생생하였다. 경봉스님의 가슴은 벅찬 감격에 터질 듯이 부풀어 올랐다.
　"아! 하얀 옷을 입으신 백의 관세음보살! 이건 꿈이 아니다! 분명히 내 앞에 나투신 거다! 고맙습니다! 고맙습니다! 나무관세음보살, 나무관세음보살! 나무관세음보살!"
　경봉스님은 가물서리는 촛불 앞에서 관음이 걸어오던 그 자리를 향해 거듭 큰절을 올리는 것이었다.

14
어디서 풋감을 훔쳐와서 홍시라고 우기는고?

경봉스님이 낙산사 홍련암에서의 피나는 정진 중에 관음을 친견했다는 소문이 널리 퍼지자 전국 각지에서 신도들이 몰려오기 시작했다. 평소에 찾아오는 양산 일대의 신도들만 해도 상당히 많은 수에 이르렀는데, 이렇게 각지에서 몰려들기 시작하자 견디다 못한 극락암의 여러 수좌들이 방문객 수를 제한하자고 경봉스님께 말씀드렸다.

그러나 경봉스님은 고개를 저었다.

"안될 소리! 그 사람들은 이 경봉이를 보러 오는 게 아니고, 바로 나를 통해 백의관음을 친견하고자 하는 소망 하나로 그 먼데서 예까지 오는 것이니라. 어떤 손님이든 승속을 떠나 깍듯이 예를 갖

취 대해야 하느니!"
 경봉스님은 스님을 뵙고자 찾아오는 신도들에게 언제나 격의없이 대해주었다. 또한 법을 묻고자 찾아오는 수좌들에게도 꾸밈없이 대해주고 자상한 가르침을 펴나갔다. 아무리 바쁜 때라도 잠시라도 짬을 내어 찾아오는 이들을 하나하나 친견하였고 자상한 조언과 충고를 아끼지 않았다.
 그러나 스님은 아만심에 가득찬 수좌, 길을 잘못든 수행자에게는 한 치의 용서도 없었다. 그들의 아만심이 두텁고 단단할수록 스님이 휘두르는 채찍의 기세는 더욱 매서워졌다.
 바람이 세차게 휘몰아치던 어느 해 겨울의 일이었다.
 "스님, 스님! 계시옵니까요, 스님!"
 "그래, 무슨 일이더냐?"
 "예. 저 범어사에서 왔다는 수좌가 스님을 뵙겠다 하옵니다요."
 "범어사에서 왔다면 누구라고 하던고?"
 "예. 저 법명은 밝히지 않고 그냥 스님을 좀 뵈었으면 합니다요."
 "그래애?"
 선지식을 친견함에 있어 미리 자신의 법명을 밝히는 것은 기본적인 예의였다. 그러나 경봉스님은 수좌 시절엔 실수를 할 수도 있는 법이라 이해하고 곧 시자에게 일렀다.

"그럼 이리 데려오너라."
"예, 스님."
이윽고 한 낯선 수좌 하나가 시자의 안내를 받으며 걸어왔다.
"그래, 그래. 추운데 어서 들어오시게."
수좌는 경봉스님께 삼배를 드리고 스님 앞에 앉았다. 가까이서 보니 얼굴도 해사한 편인데다 제법 영리하게 생긴 수좌였다. 경봉스님은 미소를 지으며 수좌를 편히 앉게 하고는 부드러운 음성으로 말했다.
"그래, 범어사에서 왔다고 그랬던가?"
"아, 예. 범어사에서 몇철 공부를 했습니다만, 본디 범어사 중은 아니옵니다."
"음. 그래? 헌데 이 추운 날씨에 무슨 일로 여기까지 나를 찾아오시었는고?"
"아, 예. 제기 범어사에서 공부를 하다가 문득 도를 깨달았기로 스님께 인가를 받고자 해서 이렇게 찾아뵈었습니다."
"도를 깨달으셨다고?"
"그러하옵니다. 한없는 묘한 이치를 일시에 꿰뚫었지요."
수좌는 자신있는 태도로 대답했다. 스님은 쓴웃음을 지으며 말했다.
"그대가 한없는 묘한 이치를 일시에 꿰뚫었다고 했으렷다?"

"예. 그렇습니다, 스님."
"허면 대체 어떻게 꿰뚫었는고?"
"예에? 어떻게 꿰뚫다니요, 스님?"
그 수좌는 눈을 꿈뻑꿈뻑 하면서 의아한 듯 물었다. 꿰뚫었다면 꿰뚫은 줄 알지 어떻게 꿰뚫었냐니 무슨 질문이 그런가 하는 표정이었다.
"동쪽에서 서쪽으로 꿰뚫었는가, 서쪽에서 동쪽으로 꿰뚫었는가?"
"하! 그, 그건 저……."
"막대기로 꿰뚫었는가, 송곳으로 꿰뚫었는가?"
"그, 그건 말씀입니다, 스님."
그러나 그 수좌가 변명을 하기도 전에 주장자가 매섭게 날아왔다.
"딱!"
"아앗!"
"어서 당장 일러보아라! 한없는 묘한 이치를 일시에 꿰뚫었다고 했거늘 어떻게 꿰뚫었느냐?"
경봉스님의 호령소리가 좁은 방 안을 위잉 울렸다. 그러나 수좌는 사태를 파악하지 못하고 더듬거리며 똑같은 말을 중얼거렸다.
"아, 예. 저 그, 그건, 그건 말씀입니다."

다시 주장자가 날아왔다.
"딱딱!"
"흡!"
"제가 꿰뚫었다고 해놓고 어떻게 꿰뚫었는지 그것도 모른단 말인가!"
"아 그야, 제가 분명 꿰뚫기는 꿰뚫었습니다마는."
"딱!"
"너 이놈!"
불같이 화가 난 경봉스님의 고함소리와 함께 어깨고 옆구리고 팔이고 할것없이 주장자가 무섭게 날아왔다.
"업! 아아!"
"어디서 익지도 않은 풋감을 훔쳐 따가지고 와서 홍시라고 우기는고?"
"아. 풋감을 훔쳐왔다고요?"
"당장 법당에 가서 철야 참회정진을 해야 할 것이다! 냉큼 내 앞에서 물러가거라! 어서!"
정신을 차릴 새도 없이 여기저기 마구 얻어맞은 수좌는 이것 저것 생각할 겨를도 없이 불기 하나 없는 법당으로 쫓겨갔다. 자칭 도를 깨달았다고 거드름을 피웠던 그 수좌는 꼼짝없이 그날밤 밤새도록 철야 참회정진을 해야 했다.

그 다음날 아침이었다. 경봉스님은 아침 일찍 법당으로 시자를 보내 그 수좌를 데려오라 일렀다. 수좌는 온몸이 꽁꽁 얼어 턱을 덜덜 떨면서 시자의 뒤를 쫓아왔다.
"그래. 밤새도록 부처님께 참회를 했느냐?"
"예, 스님."
수좌는 떨리는 목소리로 조그맣게 대답했다. 자세히 살펴보니 참회정진을 하면서 몹시 울었는지 눈물자국이 아직도 남아 있었다. 경봉스님은 조금 누그러진 목소리로 타이르듯 말했다.
"수행자들이 짓고 있는 죄가 실로 여러 가지지만, 그 가운데서도 도를 깨우치지 못한 자가 도를 깨쳤다고 거드름을 피우는 것이 가장 큰 죄니라."
"예, 스님."
"보통학교에 다니는 아이가 구구법도 배워마치기 전에 학교공부를 다 배워마쳤다고 거드름을 피우면 어찌 되겠는고?"
"큰 잘못을 저질렀습니다, 스님."
"요즘 사람들은 건방지기 그지없어서 농사를 일년만 짓고 나면 제가 농사의 대가나 된 듯이 큰소리를 지고, 대패를 한철만 만지고 나면 제가 세상에서 제일가는 대목수나 된 듯이 미쳐 날뛰고 있다."
"잘못되었습니다, 스님."

"귓가에 삭두물도 마르지 않은 녀석이 큰스님 행세를 하고, 도인 스님 행세를 하려들다니!"

"잘못했습니다, 스님."

수좌는 땅바닥에 엎드려 경봉스님께 무수히 빌었다. 수좌의 얼굴에서는 이제 어제와 같은 교만과 아만심은 찾아볼 수 없었다. 경봉스님은 미리 준비한 돈을 건네주며 조용히 말했다.

"옛다! 노잣돈 여기 있으니 다시 산속에 들어가서 처음부터 새로 시작하거라."

"고맙습니다, 스님! 고맙습니다."

수좌는 돈을 받고 나서도 일어설 줄을 모르고 계속 스님 앞에 머리를 조아리고 있었다.

법회가 열리지 않는 평상시에도 간혹 불자들이 개인적으로 찾아와 경봉스님의 법문을 듣고 가는 일이 적지 않았다. 요즘말로 표현하자면 개별적인 인생상담을 하고 간다고나 할까. 경봉 스님은 찾아온 이들의 사사로운 고민을 자기 일처럼 주의깊게 들어주고 적당한 법문을 해주고는 했다.

하루는 부산에서 사업을 하다가 실패한 한 거사가 극락암으로 경봉스님을 찾아뵈었다. 그 거사는 실의에 잠긴 얼굴로 힘없이 인사를 올렸다.

"스님께선 그동안 편안히 잘 계셨는교?"

"음, 나야 늘 이렇게 여여하네만 보아하니 그대는 얼굴이 몹시 상했네그려."

그는 땅이 꺼져라 깊은 한숨을 내쉬며 말했다.

"저, 두어 달 전에 손댄 사업이 낭패를 해서 죽고만 싶은 심정입니다, 스님."

"사업이 낭패를 해서 죽고 싶은 심정이다?"

"예, 스님."

"흐음. 무슨 일을 어찌했기에 낭패를 보았던고?"

"마, 말씀드리기 부끄럽십니다마는 제 친구 하나가 밀선을 타고 일본을 자주 왕래하는 사람인데 그 친구가 하는 말이 일본에서 물건을 사와 우리나라에서 되팔면 열 배 스무 배 이문이 남는 장사라고 하데요. 그래 거기서 남는 이익을 반씩 나누기로 하고 돈을 대줬는데 그 일이 그만 잘못되는 바람에…… 어휴!"

거사는 새삼스레 원통한 마음이 들었던지 눈에 눈물까지 글썽하였다. 거사의 이야기를 들은 경봉스님은 실소하며 말했다.

"허허. 일확천금을 꿈꾸었다가 일시에 가산을 탕진했구먼 그래, 으이? 허허허허."

"집도 땅도 다 날리고 지금은 마, 거지신세나 다름없게 됐습니다, 스님."

"이런 못난 사람! 자네는 그동안 절에도 부지런히 다니기에 그

만큼 절밥을 먹었으면 지혜로운 안목을 지녔을 줄 알았더니만 절밥을 헛먹었으이! 응? 쯧쯧."

경봉스님이 길게 혀를 차자 부산에서 온 거사는 얼굴을 들지 못하고 기어들어가는 목소리로 중얼거렸다.

"스님 뵐 면목이 없습니다."

"이것봐! 사기꾼에게 사기를 당하는 일이 어째서 일어나는지 자넨 그 까닭을 알고나 있는가?"

"무, 무슨 말씀이시온지요?"

"우리 불가에서는 부처님 당시서부터 지금까지 인과응보를 가르쳐 왔네. 콩 심으면 콩나고 팥 심으면 팥나고, 뿌린 대로 거두고 가꾼 대로 거둔다. 자네, 볍씨 한 알을 심어서 잘 가꾸고 풍년이 들면 벼 몇 알을 거두게 되는지 그것이나 알고 있는가?"

"글쎄올습니다. 마, 헤아려보지 않아서 자세히는 잘 모르겠습니다, 스님."

"이것봐. 볍씨 한 알을 심어서 제 때 가꾸고 거름을 잘 줘서 정성들여 농사를 지으면 벼 이백오십알을 거두게 되는게야. 그게 정상적인 벼농사 수확이란 말이지. 헌데 자네는 어떻게 했는가?"

"지, 지는 마 농사를 짓지 않았는네요, 스님?"

"허허 이 사람! 이거 밀수에 손을 대서 가산을 날렸다고 하더니만 귀까지 벽창호가 됐구만 그래."

부산에서 올라온 거사는 어리둥절한 얼굴로 스님의 얼굴만 바라보고 있었다.
"이 사람아! 지금 난 벼농사 얘기만을 하고 있는 게 아니야. 세상사 모든 이치가 다 그렇다는 얘기지."
"아, 예."
거사는 그제서야 스님 말씀에 수긍이 가는지 고개를 끄덕이면서도 채 의문이 가시지 않은 표정이었다.
"저, 하오나 스님!"
"볍씨 하나를 심으면 기껏 농사가 잘돼봐야 벼알 이백오십 알을 거두게 돼 있는 게 정한 이친데 자네는 허황된 말에 속아넘어갔단 말야. 볍씨 한 알을 심어서 잘 만하면 벼 열 가마를 거둘 수 있다, 이 반씩만 나누어도 다섯 가마니나 되니 이거야 말로 일확천금이 아니고 무엇이겠느냐. 자넨 바로 거기에 속아넘어 갔단 말이야! 그렇지 않은가?"
"마, 그런 셈입니다, 스님."
"사기꾼한테 사기를 당한 사람은 사기당한 그 자체만으로도 사기꾼인게야."
"예에? 아니 사기를 당한 사람도 사기꾼이라뇨, 스님?"
"일확천금 벌겠다는 마음을 가졌으면 그 생각 자체가 불량한 생각이요, 불량한 생각을 가졌으면 아 그게 바로 사기꾼이지 사기꾼

이 따로 있다던가?"

　할말을 잃은 거사는 묵묵히 앉아서 스님의 뒷말을 기다리고 있었다.

　"농사를 짓거나 벼슬을 하거나 봉급생활을 하거나 사업을 하거나 뿌리고 가꾼 만큼만 얻을 생각을 해야지 터무니없이 많은 이익, 터무니없이 많은 몫을 챙기려 들면 그게 바로 사기꾼 마음이요 패가망신의 지름길! 스스로 망할 짓을 하고도 어찌 세상을 원망하고 한탄한단 말이던가?"

　"……."

　거사는 자책감에 사로잡혀 연방 한숨을 토했다.

　"집도 땅도 다 날리고 거지 신세가 됐으니 죽고 싶은 심정이라고 그랬던가?"

　"예, 스님."

　"따지고 보면 사람은 누구나 다 거지신세로 태어났네. 실오라기 하나도 없이 이 세상에 나왔단 말야."

　"마, 기건 기렇습니다마는……."

　"날아가버린 재산 연연해 하지 말고 우선 제정신부터 차려야 되겠구만."

　경봉스님은 무슨 생각이 들었는지 밖에다 대고 큰소리로 시자를 불렀다.

"여봐라! 밖에 시자 있느냐?"
"예, 스님. 저 여기 있사옵니다."
대기하고 있던 시자의 목소리가 가까이서 들려왔다.
"이 부산 거사, 정신 번쩍 나게 산정약수터로 안내해 드려라."
"예, 스님. 분부대로 모시겠습니다."
경봉스님은 의미심장한 미소를 지으며 부산 거사에게 말했다.
"어서 따라가봐. 산정약수 한 바가지만 마시고 나면 제정신이 돌아올걸세."
"예, 스님. 마, 다녀오겠습니다, 스님."
부산 거사는 영문을 모른 채 시자를 따라 산정약수터에 올라갔다. 거사는 약수터에 오르자마자 주위를 둘러보았으나 별로 특별한 것은 눈에 띄지 않았다. 올라온 김에 스님 말씀대로 약수나 한 바가지 마시고 가자 싶어서 약수물을 떠마시는데 커다란 바위에 글귀가 새겨진 것이 눈에 띄었다.
바로 경봉스님이 손수 글을 지어 바위에 새겨놓은 것이었다. 이 약수터에 와서 물을 마시고 난 뒤 누구나 한 번씩 이 약수터 바위에 새겨진 글귀를 보게 된다. 부산 거사는 시원한 약수로 목을 축이고 난 뒤 바위 앞으로 다가가 거기에 새겨진 글을 읽기 시작했다.

이 약수는 영축산의 산 정기로 된 약수이다.

나쁜 마음을 버리고 청정한 마음으로 먹어야 모든 병이 낫는다
물에서 배울 일이 있으니 사람과 만물을 살려주는 것은 물이다.
갈 길을 찾아 쉬지 않고 나아가는 것은 물이다.
어려운 구비를 만날수록 더욱 힘을 내는 것은 물이다.
맑고 깨끗하며 모든 더러움을 씻어주는 것은 물이다.
넓고 깊은 바다를 이루어 많은 고기와 식물을 살리고
되돌아 이슬비가 되나니
사람도 이 물과 같이 우주만물에 이익을 주어야 한다.
영축산이 깊으니 구름 그림자가 차갑고
낙동강 물이 넓으니 물빛이 푸르도다.

경봉스님이 목마른 사람들을 위해 바위에 새겨놓은 글귀는 참으로 깊은 뜻을 전하고 있는 것이었다. 이 글귀를 두번 세번 반복해 읽고 나지 부산에서 온 기사는 그제서야 자신을 약수터로 보낸 경봉스님의 자애로운 뜻을 짐작할 수 있을 것 같았다. 그러나 한번 실의에 잠긴 마음은 좀처럼 생기를 찾을 수가 없었다.
"스님, 거사님 모시고 다녀왔습니다."
"어 그래, 수고했느니라. 거사님 이리 들어오시라고 그래라."
"예."
산정약수터에 다녀온 부산 거사가 다시 삼배를 올리고 삼소굴의 경봉스님 앞에 무릎을 꿇고 앉았다.
"그래 물맛이 어떠하던고?"
"예. 속이 아주 후련해졌습니다."
"뱃속만 후련해 가지고서는 병을 못 고쳐. 마음속까지 후련해져야 마음병을 고치지."
"스님!"
"말해보게."
"대체 어떻게 하면 이 답답하고 캄캄한 마음을 고칠 수 있겠습니까, 스님!"
경봉스님은 부산 거사의 절망에 가득 찬 눈빛을 가만히 바라보고 있다가 조용히 입을 열었다.
"자네, 거지 신세가 되고 보니 죽고 싶은 심정이라 그랬지?"
"예."
"옛날에 말이야. 한 부자가 살았었다네."
"예, 스님."
"이 부자가 나이가 들어 죽을 때가 되고 보니, 그동안 안 먹고 안 입고 누구 주지도 않고 아등바등 모아놓은 재산이 그득한데 말일세."
"예, 스님."
"막상 늙고 병이 들어 죽게 되고 보니 문전옥답도 가지고 갈 수

가 없고 고대광실 큰집도 짊어지고 갈 수가 없고 문갑서랍마다 가득한 땅문서, 집문서도 가지고 갈 수가 없고 곳간마다 가득한 곡식도 짊어지고 갈 수가 없거든?"

"예에."

"그래서 이 부자 처자식과 일가친척들을 다 불러모아 놓고 마지막 유언을 했다네."

"뭐라고요, 스님?"

"내가 죽거든 관 양쪽에 구멍을 내어 내 상여가 나갈 때 양쪽 손을 상여 밖으로 내놓고 가거라, 이렇게 말일세."

"양쪽 손을 관 밖으로 내놓고 상여를?"

"그 부자가 왜 이런 유언을 남겼는지 자네 알겠는가?"

부산거사는 고개를 흔들며 말했다.

"잘 모르겠습니다, 스님."

"마누라야, 자식들아, 일가친척들아 그리고 세상사람들아! 재산 많은 부자였지만 세상 떠나 땅속에 묻히러 갈 적에는 나 이렇게 빈손으로 간다, 그것을 마지막으로 보여주고 싶었던 게야."

"아! 그라이까 스님!"

"공수래 공수거, 빈손으로 왔다가 빈손으로 가니 인생은 태어날 적에도 무일푼이요, 떠날 적에도 무일푼. 따지고 보면 이 세상 모든 사람이 다 거지 신세를 타고난 셈! 어찌 자네만 거지 신세가 됐다고 한탄한단 말이던가?"

"부끄럽사옵니다, 스님."

"산정약수를 마시고 왔으면 산정약수처럼 사람과 만물을 살려야 하고, 갈 길을 쉬임없이 나아가야 하고, 어려운 구비에선 더욱 힘을 내야 할 것이야."

"예, 스님. 스님 말씀 명심하여 더욱 분발해서 열심히 살겠습니다."

"그래, 그래. 암, 그래야지. 예서 한 며칠 푹 쉬면서 다시 재기할 수 있는 힘을 얻어보시게."

부산 거사는 극락암에서 며칠을 머물렀다. 그는 매일 아침 저녁으로 산정약수터에 올라가 경봉스님이 바위에 새겨놓은 글귀를 읽고 또 읽어 나중에는 외울 정도가 되었다. 차차로 쾌활해지더니 가기 전날 저녁에는 밝은 얼굴로 웃기까지 하였다.

거사는 심기일전해서 절을 떠나게 되자 삼소굴로 경봉스님을 찾아와 작별인사를 올렸다.

"지는 마 이제 부산으로 돌아가겠습니다, 스님. 편안히 계십시요."

"그래. 오늘은 자네 얼굴에 생기가 도니 보내는 마음도 한결 가볍구만."

"이 모든 게 다 스님의 법문 덕분이옵니다, 스님."

"집에 돌아가서도 물을 마실 적에는 물에서 배운 일을 잊지 마시게."

"아 예, 스님. 결코 잊지 않겠습니다, 스님."

부산 거사의 밝은 얼굴을 대하니 경봉스님의 마음은 흡족하기만 했다. 경봉스님은 거사에게 불쑥 흰 봉투 하나를 내밀었다.

"저 이거, 어떤 신도가 나 약 사먹으라고 놓고간 돈인데 얼마 안 되지만 자네가 가지고 가게."

경봉스님 약 사드실 돈을 가져가라니 부산 거사는 펄쩍 뛰었다.

"어이구! 아닙니다, 스님. 아닙니다요!"

그러나 경봉스님은 짐짓 화를 내며 호령을 하는 것이었다.

"어허! 이건 부처님이 주시는 것이니 식구들 양식이라도 사가지고 들어가게."

거사의 눈자위가 벌개지더니 굵은 눈물이 볼을 타고 주르륵 흘러내렸다. 거사는 울먹이면서 떨리는 손으로 경봉스님이 내어주시는 그 봉투를 받았다.

"고맙습니다, 스님. 고맙습니다. 흐흐흑!"

15
돈이 바로 부처님일세

경봉스님은 큰절 통도사와 극락암을 오르내리시며 후학들을 지도하는 틈틈이 자신을 찾아오는 신도들에게 살아있는 법문을 통해 인생의 바른 길을 열어주었다.

경봉스님은 그 바쁜 중에도 밤이면 늘 삼소굴에 홀로 앉아 정진에 정진을 거듭하였다. 또한 멀리 있는 선지식들과 끊임없이 선문답을 주고받으며 선지를 밝혀 나갔다.

당대의 선지식들이 주고받은 무수한 선문답.

그 오묘한 문답 속에 담겨진 깊은 뜻을 세속의 사람들이야 어찌 다 짐작할 수 있을 것인가마는 아무튼 우리의 대선사들은 서로 선문답을 주고받고 하는 사이에 당신들의 깨달음의 세계를 넓혀 나갔다.

1931년 4월 17일이었다. 극락암 뜨락에는 달콤한 꽃향기가 퍼져 나왔고 제세상을 만난 새들이 만개한 기화요초 사이를 날아다니며 즐겁게 지저귀는 화창한 봄날이었다.

경봉스님은 창을 활짝 열어놓고 다음날에 있을 법회준비에 여념이 없었다.

아무리 간단한 법문일지라도 대중이 쉽게 이해할 수 있도록 미리 공들여 준비하는 경봉스님이었다.

아까부터 삼소굴 주위를 배회하며 스님께서 일을 마치기를 기다리던 제자 하나가 다시 한번 문틈으로 스님의 동정을 엿보았다. 아무리 간단한 법문일지라도 대중이 쉽게 이해할 수 있도록 미리 공들여 준비하는 경봉스님이었다. 기다리다 지친 제자는 마침내 갑갑증을 이기지 못해 헛기침을 한번 하고 큰 소리로 스님을 불렀다.

"스님, 안에 계시옵니까요?"

"그래. 무슨 일이더냐?"

"제가 어제 말씀드렸지 않습니까요? 오늘은 제가 스님을 모시고 읍내에 꼭 가야할 데가 있다고 말씀입니다요."

"어 그래? 그래, 오늘 꼭 가야한단 말이더냐?"

경봉스님은 여전히 책에서 눈을 떼지 않은 채로 말했다. 벌써 며칠 전부터 읍내에 가실 일이 있다고 조르는 것을 계속해서 미루다 어제는 제자와 단단히 약속까지 했던 터였다.

"예. 꼭 가주셨으면 합니다요."

"그래. 마 한번 약조를 했으니 가주기는 가주겠다마는 대체 무슨 일로 나를 청한다는 게냐, 그래? 혹시 그집 대상이라도 돼서 법문이라도 해달라는 게냐?"

"그건 스님 가보시면 아시게 될 것이옵니다만 대상이면 또 법문 한번 해주시지요 뭐."

"그래, 알았다. 중이 법문 해달라는 거야 마다할 수 없지."

어떤 집에서 무슨 일로 스님을 모시는 지도 모르는 채 경봉스님은 제자가 가자는 대로 읍내에 나가게 됐다. 그런데 이상하게도 스님을 모시고 나간 제자가 인도한 곳은 읍내 치과의원이었다.

"아 아니! 이 녀석아. 여, 여기는 이빨 고치는 치과 병원이 아니냐?"

"예. 바로 보셨습니다요, 스님. 바로 이 치과병원에 모시고 온 것입니다요."

"아니 인석아! 나를 어째서 이 치과병원에 데려와?"

"스님. 스님께선 이제 의치를 해넣으셔야 합니다요. 자! 어서 들어가십시요!"

"허허, 이 녀석! 이 절살림 망해먹을 녀석일세. 아, 인석아. 틀니 하는데 벼가 수십 가마 들어간다던데 그런 돈이 어딨다고 틀니를 하라는 게야! 내사 싫으니 그만 돌아가자!"

스님은 돈걱정부터 하면서 제자를 나무랐다.
"아이 참 스님두! 아 스님 의치해 넣을 돈, 절돈은 한푼도 축내지 않을테니 염려마십시요. 돈은 여기 따로 있습니다요."
제자는 경봉스님을 안심시키려는 듯 슬그머니 허리에 매어 찬 전대를 보여주었다. 두툼한 돈뭉치를 본 경봉스님은 눈이 휘둥그래졌다.
"아니 너 인석! 그 많은 돈 대체 어디서 난 게냐, 음?"
"울산 신도님이 저한테 맡기고 가셨습니다요. 스님께 이 돈을 드리고 가면 이빨은 해넣지 않으시구 또 엉뚱한 사람 줘버릴 거라구요!"
"에끼! 이 녀석! 아, 내가 아무에게나 돈을 막 주는 줄 아느냐? 줄 만한 사람이니 주는 게지. 너 인석! 그 돈 냉큼 이리 내놔, 어서!"
경봉스님이 눈을 부릅뜨고 호령을 하는데도, 제자는 재빨리 전대를 숨기며 뒷걸음질을 쳤다. 아닌게 아니라 경봉스님은 신도들에게서 가욋돈이 들어올 때마다 하나도 남김없이 가난한 신도, 형편이 어려운 신도들에게 나눠주곤 했다.
경봉스님의 그 자애로운 마음에는 존경의 염을 품지 않을 수 없었지만 이빨 해넣으시라고 드린 돈까지 다른 사람을 주어버리는 데는 어이가 없을 따름이었다. 그래서 제자들은 따로 모여서 이번 의

치 해넣는 일만은 좀더 강경한 방식으로 추진하기로 했던 것이다.
"이 녀석아! 그 돈 냉큼 못 내놓겠느냐?"
"안 됩니다요, 스님! 이번만은 이 돈, 못 드립니다요, 스님!"
경봉스님은 그 많은 돈을 들여서까지 의치를 해넣을 필요야 없지 않냐고 제자에게 으름장을 놓고, 달래보기도 하면서 끝까지 우겼지만 쇠심줄같이 질긴 젊은 제자의 고집을 당해낼 수가 없었다.
경봉스님은 옥신각신 실랑이를 벌이다가 마침내 진이 빠져 제자에게 힘없이 말했다.
"아, 인석아. 내가 소뼈다귀를 씹어먹는 사람도 아니고 소갈비를 뜯어먹을 사람도 아닌데 그 많은 돈을 들여서 틀니를 해넣어 봐야 무슨 소용이 있다고 이러느냐."
"아니옵니다, 스님. 더 늦으시기 전에 의치를 해넣으셔야 합니다. 자, 어서 들어가십시요, 스님."
"아 글쎄 음식 먹는 거야 이가 없으면 잇몸으로 산다고 그랬느니라."
"스님께선 잘 모르시겠지만요 스님 치아 빠진 데가 어디 한둘입니까요? 스님 법문하실 때 말씀이 자꾸 새서 무슨 말씀인지 헷갈린다구요, 스님!"
"뭐, 뭣이라고? 내 법문이 새서 헷갈려?"
경봉스님은 빠진 이빨 때문에 법문이 새서 듣기에 헷갈린다는 말에 놀라서 입을 다물지 못했다. 그 모습을 본 제자는 이 기회에 더 밀어부쳐야겠다는 생각으로 다시 한마디를 덧붙였다.
"예, 스님. 그러니 저희 대중들이 스님의 법문을 제대로 알아 듣기 위해서라도 이번엔 기어이 스님 의치를 어거지로라도 해넣어 드리기로 했습니다요."
경봉스님은 제자의 말에 허허 하고 웃음을 터뜨렸다.
"허허 이녀석들, 이거! 스님 스님 해가면서 욕보일 녀석들이네, 으이! 허허허……."
스승을 아끼는 제자들이 이렇게까지 나서는데야 경봉스님도 마냥 싫다고 할 수만은 없었다. 어버이에 대한 정보다도 더한 제자들의 간절한 정성에 마음 한자리가 뭉클해지며 애써 가르친 보람이 느껴지기도 했다.
"허허허허. 이것 참!"
이렇게 해서 경봉스님은 결국 그날 의치를 해넣기로 하였다. 며칠 걸려서 의치를 해 넣으신 경봉스님은 제자가 내미는 거울을 바라보며 쑥스러운 듯이 자꾸 웃었다.
"내가 해인사 직지사에서 참선공부할 적에 그놈의 졸음 쫓으려고 엄동설한에 얼음을 물고 있었더니만 그래서 내 이가 이렇게 빨리 부실해졌어. 너희들은 얼음을 물고 졸음 쫓을 생각일랑 아예 하지도 말아라. 공연히 큰돈을 입에다 버렸으니 이 빚을 어느 세월에

갚을 것이야 그래?"

"아유 원 참! 스님두. 아유 그렇게 의치를 해넣고 나시니 한 이십년은 더 젊어 보이십니다요, 스님. 하하하."

"에끼 이 녀석! 아, 이십 년 더 젊어 보이면 날 어디로 뭐 장가를 보낼거냐, 이 녀석아? 으잉?"

"하하하하."

이렇게 활짝 웃으며 치과에서 걸어나오는 두 사람의 발길이 무척이나 가벼웠다.

경봉스님은 참선수행을 오래 하신 스님 같지 않게 세상을 바라보시는 눈이 무척이나 현실적이었다. 하루는 한 울산 신도가 스님을 찾아뵙고 담소를 나누다가 문득 돈에 대해서 어떻게 생각하시냐고 어쭈었다.

"돈이라구?"

"에, 스님."

"그래, 그 돈이 어떠 하냐니 무엇을 알고 싶으신 겐가?"

"아, 예. 어떤 사람은 돈을 가리켜 원수 같은 돈이라카고, 또 어떤 사람은 돈을 가리켜 선녀 같다고 하니 이게 대체 돈이란 건 좋은 것입니까, 나쁜 것입니까?"

"허허 이 사람 참! 별 싱거운 것을 다 묻고 그러네."

"아이고 스님! 이게 싱거운 것이 아닙니다요, 스님. 절에 와서 스님네들의 법문을 들으면 돈 욕심 버려라 재산 욕심 버려라 하지만, 아 속가에 내려가 보십시오. 당장 돈 없으면 하루인들 버티겠습니까? 그러니 저 같은 속인들은 어찌해야 할지 이래도 걱정 저래도 걱정 그렇습니다요, 스님."
"이 사람아 자넨 그럼……."
경봉스님은 방을 한번 둘러보다가 윗목에 놓여있는 주전자를 손가락으로 가리키며 말했다.
"이 물 말이야 물! 사람이 마시는 물!"
"예, 스님."
"거 물이나 불이나 이로운 것이던가 해로운 것이던가?"
"그야 뭐 물이나 불이나 다 이로운 것입지요."
"그러면 물에 빠진 사람한테도 물이 이롭더란 말인가?"
"그야 뭐, 그땐 그 물이 웬수 같겠죠."
"불도 그렇지. 집에 불이 나서 홀랑 타버리면 아 그래두 불이 이롭단 말인가?"
"그럴 경우에는 마, 불이 해로운 것입죠."
울산 신도는 뭐 그런 당연한 질문을 하느냐는 듯이 경봉스님의 질문에 간단히 대답했다. 스님은 미소를 지으며 고개를 끄덕였다.
"그래, 이 사람아. 물이든 불이든 잘 쓰면 이로운 것이고 잘못 쓰면 해로운 것이야."

"아하! 그러니까 마 저 돈도 쓰기에 따라서 이롭기도 하고 해롭기도 하다 마 그런 말씀이시군요."

"그렇다네. 돈은, 재물은 말이야 어쩔 때는 부처님도 되고 관세음보살님도 되는 게야."

"옛? 돈이 부처님도 되고 관세음보살님도 된다꼬요?"

돈이 부처님도 되고 관세음보살님도 된다는 스님의 말에 울산 신도는 놀라움을 감추지 못했다. 경봉스님은 경악으로 화등잔만 해진 울산 신도의 눈을 뚫어지게 쳐다보면서 계속해서 말을 이었다.

"굶어죽게 된 사람에게 양식을 팔아주면 돈이 바로 부처님이요, 병든 사람 약을 사주면 돈이 바로 부처님이요 관세음보살이다, 이런 말이지."

그제서야 울산 신도는 고개를 끄덕이며 한마디 덧붙였다.

"마, 나쁜 일에 쓰면 마귀가 되겠군요."

"그러엄! 호화방탕에 쓰고 투전에 쓰고 도둑질하고 빼앗고 죽이고 그러면 그땐 돈이 바로 마귄 게야. 옛날 그 어떤 선비가 읊어놓은 글 한수가 있으니 한번 들어보시겠는가?"

"예, 스님."

"돈이란 무엇이던고? 천하를 주행해도 어디든지 환영이네. 나라와 집 일으키는 데 그 힘이 막중하고 갔다간 돌아오고 왔다가는 또 가며 산 것을 죽이고 죽을 것도 살리네. 구차히 구하려면 장사힘으로도 안되고 잘만 쓰면 무지랭이도 명사가 되네. 부자는 잃을까 겁내고, 가난한 이는 얻기가 소원이니 얼마나 많은 사람들이 이것 때문에 백발이 되었던고."

울산에서 온 신도는 감탄하며 소리쳤다.

"아이구마! 참말로 그럴 듯하네요, 스님."

"허허허허……내가 한마디 덧붙이자면 '세상사람들아, 기왕에 가진 돈 한푼이고 열푼이고 그 돈을 부처님으로 알고 써라' 이 말이네. 좋은 일 하는 데 써라 이 말이야. 내 말 아시겠는가?"

16
주지자리 하나에 지옥이 삼천 개

경봉스님은 출가승려들을 대할 때나 신도들을 대할 때나 전연 권위를 내세우는 일이 없었다. 뿐만 아니라 경봉스님은 자신보다 나이가 어릴지라도 도가 깊고 오랜 수행을 거쳐온 스님들에 대해서는 언제나 극진히 떠받드는 것을 잊지 않았다.

1931년 양력 11월 19일의 일이었다.

"스님, 스님! 스님, 안에 계시옵니까요?"

"음, 그래. 무슨 일이던고?"

"예. 저 조금 전에 큰절에서 수좌들이 올라왔었는데요. 하두 꽤씸한 소리들을 하기에 스님 주무신다고 그러고 그냥 돌려보내 버렸습니다요."

큰절 수좌들에게 무슨 얘기를 들었는지 몰라도 씨근거리며 대답하는 시자의 기색이 영 석연치가 않았다. 경봉스님은 걱정스런 목소리로 물었다.
 "아니 그건 또 무슨 소리더냐. 괘씸한 소리를 하다니!"
 "세상에 원 염치도 없는 사람들이지! 아, 글쎄 큰절 보광선원 조실자리가 공석이지 않습니까?"
 "그래. 그래서 그게 어쨌다는 말이더냐?"
 "아, 보광선원 조실자리가 비어 있으면 가까운 데 계신 도인스님을 조실스님으로 모시는 게 마땅한 일이거늘 직지사에 있는 스님을 조실로 모시기로 했으니 스님더러 가서 모셔와 달라고 아, 그 말을 올리러 왔다지 뭐겠습니까?"
 영축산 도인스님이요 양산 일대뿐 아니라 전국의 수좌들이 대선지식으로 모시는 경봉스님을 놔두고, 다른 절 스님을 보광선원 조실로 모셔오겠다니 시자의 감정이 무척 상했던 모양이었다. 그런데 이상하게도 경봉스님은 엉뚱한 데에 관심을 보이는 것이었다.
 "가만! 직지사에 계시는 스님을 보광선원 조실로 모시기로 했다고 그랬느냐?"
 "예. 등잔 밑이 어둡다고 그러더니만 아 글쎄 우리 통도사 문중에서 스님을 조실로 모시면 될 것을 왜 하필이면 직지사에서 꾸어다가 조실로 모신단 말씀입니까?"
 경봉스님은 무엇인가를 잠시 생각하더니 문득 시자에게로 시선

을 돌리고 이렇게 물었다.

"직지사에 계시는 스님이시라면…… 혹시, 정전강 스님을 모시기로 했다고 그러더냐?"

"예. 뭐 그런 것 같습니다요."

퉁명스런 시자의 대답을 들은 경봉스님의 얼굴에 반가운 기색이 완연했다.

"오호! 전강스님을 모시기로 했다면 그건 정말 잘한 일이니라."

"예에? 아니, 스님을 젖혀놓고 다른 절에서 꾸어온다는데 아, 그게 잘된 일이라뇨, 스님?"

"너 이녀석! 무슨 그런 불경스런 말을 함부로 하느냐? 허락만 해주신다면 마땅히 정전강 스님을 모셔야 할 것이야!"

경봉스님이 눈을 부릅뜨고 꾸지람을 하자 젊은 시자는 시무룩해진 얼굴로 이렇게 말했다.

"허지만 그 전강스님은 스님보다도 나이가 일곱 여덟이나 아래시지 않습니까요."

"허어, 너 이녀석! 도를 닦는데 세속 나이가 무슨 소용이 있다고 그런 소리를 하느냐?"

"아유! 그래도 그렇지요, 스님! 나이가 아래라도 어디 한두 살 아래입니까요?"

경봉스님은 딱하다는 눈빛으로 볼멘소리를 하는 시자를 바라보다가 뜰에 서 있는 오래된 감나무를 가리키며 말했다.
 "이 녀석아, 그렇게 나이로 따지자면야 저기 저 서 있는 감나무도 이백 년 됐을 거고 저기 저 절 밖에 서 있는 소나무는 삼백 년도 더 됐다. 그래, 너는 나이가 많으니 저 소나무를 조실스님으로 모시면 좋겠느냐?"
 시자는 말도 안 된다는 듯이 입을 쑥 내밀었다.
 "원 참 스님께서두. 아, 제가 언제 소나무를 조실스님으로 모시자고 했습니까요?"
 그러나 경봉스님은 서둘러 방으로 들어가면서 이렇게 말했다.
 "전강스님은 도가 깊고 선지가 밝으신 분. 기왕에 사중에서 전강스님을 조실로 모시기로 했다면 반드시 내가 가서 모셔와야겠다."
 "아, 아니 스님! 스님께서 직접 가서 허락을 받으시고 모셔 오시겠다구요?"
 "다른 사람을 보내면 허락을 아니 하실 터이니 내가 가야지. 너 어서 내 행장이나 꾸려라."
 당신을 조실로 모시지 아니하고 다른 절에 있는 스님을 조실로 모시기로 했다면 보통스님이라면 어지간히 섭섭하기도 했을 일이었다. 하지만 경봉스님은 전연 그런 기미를 보이지 않았다. 오히려 자신이 직접 전강스님을 모셔오겠다고 나섰다. 극락암의 젊은 스님들은 그저 안타까운 얼굴로 발만 동동 구를 뿐이었다.

경봉스님은 바로 그날, 그러니까 1931년 11월 19일 12시경에 통도사를 출발해서 그날밤은 밀양에서 묶고, 그 다음날 기차를 타고 김천으로 갔다. 전강스님은 그때 김천 시내에 있는 포교당에 머물고 있었던 차였다.

법 결의형제를 맺은 후 처음 만나는 자리이니 두 스님의 반가움이란 이루 말할 수가 없었다. 경봉스님은 전강스님과 이런 저런 인삿말을 나눈 뒤에 넌즈시 통도사 보광선원 조실로 모시기로 했으니 허락하여 주십사 하는 말을 했다.

"허허. 이거 대체 무슨 말씀이십니까! 등하불명도 유분수지 아, 영축산 문중에 경봉스님 당신께서 조실로 앉으셔야지 어쩌자고 이 전강이를 부르신단 말씀입니까. 그건 안될 말씀이오이다."

"아니올습니다, 스님. 나는 아직 조실자리에 앉을 사람이 아니오니 부디 우리들의 뜻을 물리치지 마시고 나하고 함께 통도사로 내려가십시다."

그러나 전강스님은 쉽게 물러서지 않고 강경하게 말했다.

"무슨 말씀을! 내 일찍이 경봉스님의 선지를 익히 알고 있거니와 보광선원 조실자리에는 당연히 스님이 앉으셔야 합니다."

사리에 닿지 않은 일에는 웬만한 설득으로는 도서히 넘어가지 않는 전강스님이었다. 그러나 경봉스님의 고집도 타의 추종을 불허했다.

"이거 말씀드리기 민망합니다만 스님께서 끝까지 우리의 청을 거절하신다면 나도 생각이 있소이다."
"생각이 있으시다니! 허허허. 그건 또 무슨 말씀이십니까?"
"스님을 모시고 오겠다 큰소리를 치고 왔으니 스님이 정 거절하신다면 내가 이 김천 포교당에서 눌러살 수밖에요."
"허허허. 이거 내 발로 걸어가지 않겠다 하면 오랏줄에 묶어서 끌고라도 가실 작정이십니다그려, 예에? 허허허."
"눈 밝으신 스님이라 잘도 보십니다그려. 허허허허."
경봉스님은 자신보다 세속 나이가 훨씬 아래인 전강스님을 기어이 설득해서 통도사 보광선원 조실로 모셔왔다. 이렇듯 경봉스님은 깨달음을 얻으신 이후에도 항상 겸손함을 잃지 않았고 체면치레 하는 일이 없었다.
그뿐만이 아니었다.
1932년 1월 25일경 당시 통도사 주지를 맡고 있던 설암스님이 경봉스님을 찾아왔다.
"아니 주지스님께서 어쩐 일로 이렇게 저를 찾으셨습니까요?"
"내 경봉 자네와 긴히 의논할 일이 있어서 왔네."
"저한테 의논할 일이라니요?"
설암스님은 무슨 말을 하려는지 잔뜩 뜸을 들이면서 경봉스님의 눈치를 살피는 것이 아닌가.

"어서 말씀하시지요, 스님."
"여보게, 경봉. 내가 무슨 청을 하더라도 화를 내시지는 마시게."
"도대체 무슨 말씀이신지요?"
"경봉 자네가 우리 통도사 불교전문 강원 원장 소임을 맡아주셔야겠어."
"예에? 아니 날더러 불교전문 강원 원장을 맡으라니요, 스님?"
불교전문 강원 원장을 맡아달라는 요청은 사실 경봉스님에게도 의외였다.
"불쾌하게 생각지 마시게. 이거 아무리 둘러보아도 맡길 만한 사람이 없어서 그러이."
설암스님은 행여 경봉스님이 이 제의를 못마땅하게 받아들이지 않을까 하여 전전긍긍하는 모습이었다. 그러나 경봉스님은 별다른 기색없이 오히려 주지스님을 안심시키러 애썼다.
"아닙니다, 스님. 주지스님 말씀이 언짢아서가 아니오라."
그러나 삭발출가 입산한 이후 줄곧 참선수행을 통해 깨달음을 얻은 경봉스님에게 강원 원장 자리를 맡으라는 것은 사실상 도리에 어긋나는 일이었다.
더구나 그 당시 불교집안에서는 참선수행하는 스님을 이판승이라고 하고, 주지나 교무, 재무 등 절살림을 맡은 스님을 사판승이라고 부르며, 참선수행을 하는 스님을 수좌라고 하고, 강원에서 경전을 배우는 스님을 학인이라고 부르며 참선수행을 통해 깨달음을 얻는 것만을 으뜸으로 치고 경학을 공부하는 것을 경시하던 바로 그런 시절이었다.
　설암스님은 경봉스님이 말끝을 흐리자 변명하듯 말했다.
　"물론 생각하기에 따라서는 경봉 자네에게 강원 원장 소임을 맡아달라고 하는 게 절집안 도리에 어긋나는 일인 줄은 잘 알고 있네. 허지만."
　"아닙니다, 주지스님. 부처님 법을 공부하고 깨닫는데 어찌 도리에 맞고 안맞고 차별이 있을 수 있겠습니까. 사중의 뜻이 그러하고 주지스님의 의향이 그러하시다면 이 경봉은 이것 저것 따지지 아니하고 원장소임을 맡겠습니다."
　경봉스님은 오히려 주지스님의 곤란한 처지를 위로하면서 강원 원장 소임을 흔쾌히 받아들였다. 이렇게 쉽게 응낙을 해줄 줄은 예상도 하지 못했던 설암스님은 그만 입이 함박만큼 벌어졌다.
　"아! 정말 그래주시겠는가? 과연 경봉 자네야말로 천하에 다시 없는 무애도인일세."
　그러나 문제는 오히려 다른 데서 터졌다. 경봉스님의 문하에 있던 많은 수좌들은 경봉스님이 강원 원장으로 취임하는 것을 반대하고 나선 것이다. 몹시 흥분한 수좌들은 너나할것없이 들고

일어났다.
"절대 안됩니다, 스님!"
"어떻게 이럴 수가 있습니까?"
"스님. 이건 정말 어불성설입니다요!"
삼소굴로 모여든 제자들은 한결같이 강원 원장 취임을 강력하게 반대하고 나섰다. 경봉스님은 그저 빙그레 웃으며 제자들의 말을 하나하나 들어주다가 마침내 입을 열었다.
"허허, 이 녀석들이! 아 대체 무엇이 어불성설이란 말이더냐?"
"그렇지 않습니까요, 스님. 스님을 보광선원 조실로 모신다 해도 시원치 않은 일이온데 아 불교강원 원장 자리를 맡으라니요? 이거야 정말! 아, 정말 스님 대접을 이 모양으로 해도 되는 겁니까요?"
이야기의 방향이 은근히 큰절의 처사를 탄핵하는 쪽으로 쏠리자 돌연 경봉스님의 목소리가 커지기 시작했다.
"어허. 이거 왜들 이러는고? 너희들은 쓸데없는 일에 참견하지 말고 참선수행이나 부지런히 해야 할 것이야."
"허지만, 이건 정말 아니 되옵니다, 스님. 선과 교는 엄연히 하늘과 땅 차이거늘 아 스님께서 어찌 강원 원장으로 가신다 하시옵니까요?"
"어허! 이런 고약한 녀석을 봤는가? 감히 어떤 녀석이 부처님의 교와 선을 차별하라 했단 말이던고?"

"하오나 스님! 옛 조사들께서 이르시기를…….''
"너 이 녀석!''
경봉스님의 호통소리가 방안을 울리자 앞장서 말을 하던 제자는 물론 모여앉아 있던 다른 제자들까지 찔끔하여 꿀먹은 벙어리처럼 아뭇소리도 내지 못했다.
"그만큼 절밥을 먹었으면 세상이치를 헤아릴 만도 하거늘 어찌 이리도 철없는 소리를 하고 있단 말이냐? 내 묻는 말에 당장 대답하렷다!''
"예, 스님.''
"이 세상에 농부가 없으면 농사를 지을 수 있겠느냐, 없겠느냐?''
"그야. 제대로 지을 수 없겠습니다.''
"그러면 이 세상에 대장장이가 없으면 농사를 제대로 지을 수 있겠느냐, 없겠느냐?''
"그, 그야! 제대로 지을 수 없겠습니다, 스님.''
"그러면! 이 세상에 목수가 없으면 집을 제대로 지을 수 있겠느냐, 없겠느냐?''
"제대로 집을 지을 수가 없습니다.''
꾸지람을 들었던 제자가 고분고분 대답을 하자 경봉스님은 다른 제자들의 얼굴을 고루 돌아보며 조용히 타일렀다.

 "농사를 짓는 데는 소도 있어야 하고 농부도 있어야 하고 대장장이도 있어야 한다. 집 한 채를 짓는 데는 목수도 있어야 하고 토수도 있어야 한다. 출가수행자가 수행을 함에 있어서도 불교경전은 부처님 말씀이요 참선수행은 부처님 마음을 배우는 공부이니, 어찌 수행자가 마음만 배우고 말씀을 버릴 것이며, 말씀만 취하고 마음을 버릴 수 있을 것인가. 그래서 나는 평소 부처님 경전도 공부하라 하고 참선수행도 하라는 것. 어느 한쪽을 경시하는 버릇은 버려야 할 것이다. 다들 내 말 알겠느냐?"

 경봉스님은 그 자신이 전생에 걸쳐 참선수행을 주로 하셨으나 결코 교학을 경시하지 않았다. 그리하여 평소의 소신대로 절집안의 통념을 깨고 통도사 불교전문 강원 원장에 취임하였으니 바로 그해 1월 31일의 일이었다.

 불교전문 강원 원장으로 취임한 경봉스님은 강원에 모여든 여러 학인들을 앉혀놓은 자리에서 첫 법문을 설하였다. 학인들은 교와 선을 차별해온 절집안의 관례를 깨고 영축산 도인스님이라 만천하에 이름을 날리던 경봉스님이 강원 법상에 오르자 눈들을 초롱초롱 빛내며 엄숙히 경청하는 것이었다.

 불교선문 상원 법상에 오른 경봉스님은 진지한 눈길로 학인들을 내려다보면서 주장자를 치켜올렸다.

 "여러 학인들은 내 말을 명심해야 할 것이니 농사짓는 사람이 장사하는 사람을 경시해선 안될 것이요, 장사하는 사람이 농사짓는 사람을 깔보아서도 아니되는 법! 출가수행자들도 참선수행을 했다고 해서 교학을 경시해서는 아니될 것이요, 교학을 많이 배웠다고 해서 참선수행을 게을리 해서도 안되는 법. 그래서 출가수행자는 모름지기 계, 정, 혜 삼학을 두루 갖추라고 이르신 것이다. 참선수행을 많이 했다고 해서 계율을 어기고 부처님 말씀을 도외시해서도 아니될 것이요, 교학을 많이 배웠다고 해서 입으로만 부처님 가르침을 달달 외우고 부처님의 마음을 깨닫지 못한다면 이는 참다운 수행자의 태도가 아니다. 가마솥에 다리가 셋이되 하나만 부러져도 제 구실을 할 수 없음과 같으니, 아무쪼록 여러 학인들은 계, 정, 혜 삼학을 두루 갖추어서 한치의 흐트러짐도 없어야 할 것이다."

경봉스님은 주장자로 법상을 세 번 두드린 후 법문을 마쳤다.

경봉스님이 친히 붓으로 기록해 놓은 삼소굴 일지에는 이 당시의 세상형편과 사찰운영 제도를 엿볼 수 있는 내용이 상당히 많이 적혀 있다. 당시 각 도의 교구 본산에서는 주지를 중앙에서 임명하는 것이 아니라, 교구 본산별로 모든 대중들이 참여해서 비밀투표를 통해 주지를 선출했던 것을 알 수 있다.

삼소굴 일지에 의하면 통도사 주지를 선출하는 선거가 실시된 것은 1932년 8월 10일의 일이었다. 선거에 참여한 많은 스님들이 초조한 기색으로 개표 결과를 기다리고 있었다. 진행을 맡은 한 스

님이 법상을 두드리며 개표결과를 발표했다.
 "에, 그러면 주지선거 개표결과를 발표하겠습니다. 김경봉 스님 79점. 황경운 스님 92점. 따라서 황경운 스님이 통도사 본산 주지로 선출되었음을 공표합니다."
 "와아!"
 황경운 스님을 지지한 많은 스님들이 환호성을 질렀다.
 이날 다른 스님들의 추천으로 어쩔 수 없이 통도사 주지선거에 나섰던 경봉스님은 불과 열세 표 차이로 낙선의 고배를 마셨다. 그런데 아무리 타의에 의해 출마했지만, 그날밤 경봉스님은 주지선거에서 차점자로 떨어졌으면서도 즐거워 어쩔 줄을 모르는 표정이었다.
 "물을 다려왔습니다, 스님."
 "어 그래? 어서 들어오너라."
 "어서 차 한잔 따뤄 봐라. 오늘밤에는 차맛이 아주 좋을 것이니라."
 "스님 뵐 면목이 없사옵니다요, 스님."
 시자는 경봉스님이 주지선거에서 떨어진 것이 자신의 책임이라노 뇌는 듯이 기가 숙어 머리를 조아렸다. 그러나 경봉스님은 이 애틋한 시자의 마음을 아는지 모르는지 여전히 싱글벙글이었다.
 "허허. 어서 차나 한잔 따르래도 그러는구나."

"예."

오랫동안 경봉스님을 모셔온 시자는 결코 스님이 세속적인 명예나 지위에 연연하지 않는다는 것을 잘 알고 있었음에도 오늘의 선거결과에 대해서는 대단히 실망이 컸다. 조금만 더 노력했다면 이길 수 있었을텐데.시자는 한숨을 쉬었다.

모든 극락암 수좌들의 기분이 다 이러한데도, 평상시와 다름없이, 아니 오히려 평소보다도 더 즐거워 보이는 경봉스님의 이 범상치 않은 성격이 불만스럽기까지 했다.

경봉스님은 시자의 얼굴 표정만 보아도 그가 지금 어떤 생각을 하고 있는지 온전히 꿰뚫어볼 수가 있었다. 스님은 빙긋이 미소를 지으며 시자에게 말했다.

"너도 거기 앉아 한잔 들도록 해라."

"예."

시자는 스님 앞에 앉아서 빈 찻잔에 찻물을 따뤘다.

"드시지요, 스님."

"그래. 너도 들어라."

경봉스님은 알맞게 우러난 차를 마시며 향기로운 찻내음을 맡느라 코끝을 찡긋거렸다.

"흐흠! 과연 오늘 차맛은 참으로 별미로구나."

"죄송하옵니다, 스님. 일곱 표만 더 얻었으면 스님께서 당선이

되시는 건데."

"허허, 이 녀석! 이거 무슨 소리를 하고 있는 게냐? 아, 인석아! 하마터면 오늘 내가 십년 감수할 뻔했는데 넌 대체 무슨 소릴 하고 있는고?"

"열세 표 차이니 일곱 표만 더 얻었으면 당선 아니겠습니까, 스님?"

시자는 아직도 마음이 풀리지 않았는지 내내 그 얘기뿐이었다. 경봉스님은 고소를 금치 못하며 찻잔을 내려놓고 혀를 차며 말했다.

"허허, 이 녀석! 이거 정말 말귀를 제대로 알아듣지 못하는구만."

"무슨 말씀이시온지요, 스님?"

"얘 인석아. 옛부터 이르시기를 주지자리 하나면 지옥이 삼천 개라고 했느니라."

"주지자리 하나면 지옥이 삼천 개라뇨?"

"주지자리를 맡으면 그만큼 번거로운 일, 잡스러운 일, 귀찮은 일을 많이 겪어야 하니 참선수행을 제대로 할 수 있겠느냐, 경전공부인들 할 틈이 있겠느냐?"

"아니, 허면 스님께서는 오늘 주지 선거에서 떨어지신 게 잘된 일이란 말씀이시옵니까?"

"아, 잘되다 마다! 천번만번 잘 떨어졌지. 아 대중들의 뜻이니 한 번 당선되면 거역할 수도 없는 노릇이고, 아 그 노릇을 대체 어찌할 뻔했느냐? 그리고 절살림이야 경운스님이 열번 백번 나보다도 잘하실 게니 이거야 말로 누이 좋고 매부 좋고지. 하마터면 내가 주지로 당선이 되서 십년감수할 뻔했구만."

"원 참 스님께서두! 그럼 스님께서는 정말 조금두 기분이 언짢으시지 않으시단 말이십니까요?"

시자는 믿어지지 않는다는 표정으로 스님께 물었다.

"기분이 언짢기는! 이 녀석아. 만에 하나라두 나에게 주지자리가 맡겨지면 어떻게 하나, 걱정이 태산 같았는데 떨어지고 나니 세상에 원, 이렇게 개운할 수가 없구나. 자자, 어서 여기 차 한잔 더 따라라."

경봉스님이 이렇게까지 말하며 오히려 자신을 위로하자 시자는 서운함이 좀 풀렸는지 웃는 얼굴로 찻물을 따랐다. 시자의 얼굴을 지그시 바라다보던 경봉스님이 씨익 웃으며 한마디 덧붙였다.

"너도 인석아. 기왕에 삭발출가했거든 행여라도 주지 감투 기웃거리지 말고 수행이나 제대로 해! 내 말 알겠느냐?"

"예, 스님. 명심하겠습니다."

17
닭벼슬보다도 못한 중벼슬

　경봉스님은 절집안의 감투에 연연해 하지 않는 분이었으나 그렇다고 해서 주지를 비롯한 삼직 그 자체를 경시하거나 못마땅해 하는 것은 아니었다. 오래간만에 경봉스님과 마주 앉아 차를 마시게 된 시자는 한동안 화기애애한 기분에 젖어들다가 넌즈시 입을 열었다.
　"저, 스님. 스님의 분부를 그대로 따르자면 출가수행자는 결코 번거로운 소임을 맡아서는 안된다는 말씀이시옵니까?"
　"너는 내 말뜻을 제대로 잘 알아들어야 할 것이야."
　"예, 스님."
　"나는 너에게 감투를 쓰기 위해 기웃거리지 말라고 했지, 결코 소임을 맡아서는 안된다고 말하지는 아니했다."
　"하오면……."

시자는 그 말뜻을 이해해보려고 잠시 이맛살을 찡그리며 생각에 잠겼다가 다시 스님께 여쭈었다.
　"저, 아무리 생각을 해봐도 무슨 뜻이온지 얼른 잘 알아듣지 못하겠습니다요, 스님."
　"출가 수행자 가운데 어느 누구인들 힘든 소임, 귀찮은 소임, 번거로운 소임, 더러운 소임을 맡으려 하겠느냐. 허나 저마다 제각각 공양주 노릇을 아니 하려 들고 부목소임, 원두소임, 주지, 재무, 교무를 다 맡지 아니 하려 들면 대체 절살림은 어찌 되겠느냐?"
　"예. 그러게 말씀입니다요. 그러니 싫더라도 누군가는 그 소임들을 맡아줘야 할 것이 아니겠사옵니까요, 스님?"
　스님은 시자가 바로 알아듣는 것이 기특하여 흡족한 얼굴로 고개를 끄덕였다.
　"그래, 그래. 니가 바로 말했느니라. 일단 대중들의 뜻이 모아져서 소임을 맡도록 결정이 되면 수행자는 싫든 좋든 그 소임을 맡아 정해진 기한까지 충실히 그 직무를 수행해야 한다."
　"하오면 아까 스님께서 당부하신 말씀은……."
　"중벼슬은 닭벼슬보다도 못하다고 그랬다. 그러니 그 하찮은 벼슬을 하려고 넘보거나 기웃거리지 말라는 뜻이다. 대중들의 뜻에 의해 소임이 맡겨지면 성실히 그 직책을 수행해야 하지만, 그 벼슬을 차지하기 위해 간사스런 말을 하거나 간사스런 행동을 하거나

남을 모함하는 일은 없어야 할 것이요, 그런 일에 기웃거려서도 아니 된다는 말이다."

그제서야 스님의 오늘 말씀을 온전히 이해하게 된 시자는 고개를 크게 주억거리며 말했다.

"예, 스님. 스님 분부 깊이 깊이 명심하겠사옵니다."

1933년 1월 2일의 일이었다. 이날 초저녁 무렵, 통도사 종무소에서는 산내 여러 직책에 대한 인사개편 문제를 협의하게 되었다. 이날밤 종무소에 나온 경봉스님은 맡고 있던 불교강원 원장 소임을 그만두시고자 사표를 내놓으셨다.

새로 주지가 된 경운스님은 펄펄 뛰면서 경봉스님의 사직을 만류했다.

"아니 이게 대체 무슨 일이란 말씀이시오? 강원 원장을 그만두시겠다구요?"

"이제 그만 물러날 때가 되었습니다, 주지스님."

"어허! 이거 오해를 해도 단단히 하신 모양인데 오늘 내가 스님을 모신 것은 산내 여러 직책에 대해서 과연 어느 자리에 누구를 앉히는 게 가장 좋겠는지 거기에 대해서 고견을 듣고자 함이지, 강원 원장 자리를 바꾸고자 하는 게 아니오."

"아닙니다, 스님. 오해를 해서 사직원을 쓴 게 결코 아니오라, 이젠 강원 원장자리도 바꾸어야 할 때가 되었기에 그래서 낸 것이오니 다른 염려마시고 받아주십시요."
 그러나 경운스님은 찬바람이 나도록 앉은 자리에서 팩 돌아앉으며 말하는 것이었다.
 "어허! 이거 섭섭하기 그지없소이다그려. 아니 그래 내가 주지 자리 맡은 게 그렇게도 마땅치 않으시단 말씀이시오?"
 경봉스님과 아슬아슬한 경합을 벌인 끝에 새로 선출된 주지 경운스님이 그런 식으로 말하자 경봉스님은 난처하기 이를 데 없었다.
 "어이구 원. 무슨 말씀이시옵니까? 스님께서 주지가 되신 것은 천번만번 잘된 일이라고 여기고 감사히 생각하고 있습니다."
 "진정으로 하시는 말씀이시오?"
 "진정이고말구요."
 "그렇다면 이렇게 하십시다."
 "말씀하시지요."
 "내가 주지 노릇 하는 게 마땅치 아니하면 사직서를 놓고 가시고 내가 주지를 맡을 동안 나를 도와주실 의향이 있으시다면 이 사직서는 거두어 주십시요."
 경운스님의 제안은 거의 경봉스님을 강원 원장 자리에 묶어두려 하는 억지에 가까운 것이었으나 경봉스님은 새 주지스님의 입장을 십분 이해하고 자신의 고집을 꺾고 말았다.
 "알겠습니다. 주지스님 말씀대로 이 사직서 거두어 들이고 강원

원장 소임 더 하도록 하지요."

"허허허. 아 진즉 이렇게 나오셔야지! 아, 이 영축산 통도사에 경봉당이 나를 도와주지 않는다면 내가 무슨 힘으로 주지 노릇을 해나갈 수 있겠소이까, 예에?"

이렇게 해서 경봉스님은 하는 수 없이 통도사 불교전문 강원 원장 소임을 더 맡게 되었다.

그해 3월 2일에는 통도사 원통방에서 산중회의를 열었고, 금강계단에서 전대중이 모인 가운데 통도사 삼직을 투표로 선출하게 되었다. 그런데 이번에는 경봉스님이 감무자리에 당선이 되었다.

경봉스님은 곧바로 감무 소임 사표를 제출했으나 산중회의에서는 전대중이 참여한 투표로 선출이 된 마당에 절대로 사표를 수리할 수 없다는 것이었다.

이번에도 화가 난 극락암 수좌들이 들고 나섰다.

"아 세상에 원! 이럴 수가 있는 것입니까요, 스님! 주지로 모셔도 할까 말까 한 스님이신데 감무 소임이라니 이거 너무하는 처사가 아닙니까요?"

그러나 정작 당사자인 경봉스님은 너털웃음을 웃으면서 말했다.

"사표수리가 불가하다고? 허허허. 이거 내가 벼슬길이 크게 열린 모양이로구나, 으응? 그렇다면 어디, 감무벼슬 한번 해 봐야겠구나, 으응? 허허허."

진실로 경봉스님은 호방하고 걸림이 없는 분이었다. 다른 스님 같았으면 나를 뭘로 알고 겨우 삼직중 하나인 감무 소임을 맡기느냐고 노발대발할 일이었으나, 한번 투표를 통해 선출된 일이고 보니 허허 웃으며 기꺼이 감무 소임을 맡은 것이었다.
　전임자로부터 소관사무를 인계받은 경봉스님은 통도사 사찰답을 경작하던 소작인 마흔 한 명을 소집해서 그들의 고충을 일일이 들어주고, 농사조합을 결성하는 등 열과 성을 다하여 맡은 바 직무에 임했다. 스님의 그런 모습은 많은 대중들에게 깊은 신뢰감을 심어 주었다.
　그리고 마침내 1935년, 다시 통도사 주지를 선출하는 선거날이 돌아왔다.
　"에, 그러면 개표결과를 말씀드리겠습니다. 김경봉 스님 백 스물 여섯 점. 따라서 이번 선거에서 김경봉 스님이 우리 통도사 새 주지로 선출되었음을 공표합니다!"
　사회자는 경봉스님의 당선을 알림과 동시에 주장자로 법상을 세 번 때렸다.
　"와아! 스님, 스님! 기어이 됐습니다!"
　경봉스님을 따르는 많은 대중들의 환호성이 금강계단에 울려퍼졌다. 그러나 당선 소식을 전해들은 경봉스님은 기뻐하시는 기색이 전연 없었다. 경봉스님의 주위로 많은 대중들이 구름처럼

모여들었다.
"스님, 축하말씀 올리옵니다."
경봉스님은 만면에 웃음을 지으며 제 일처럼 기뻐하는 시자의 얼굴을 물끄러미 바라보다가 문득 입을 열었다.
"에이, 이 녀석아! 울어줘도 시원치 않을 일에 축하라니!"
"아니 무슨 말씀이시옵니까요, 스님?"
눈을 동그랗게 뜨며 의아해 하는 시자의 등 뒤에서 다른 제자가 싱글벙글 웃으며 덧붙였다.
"백 스물 여섯 점이면 압도적인 票입니다요, 스님."
그러나 경봉스님은 여전히 시자를 바라보며 말했다.
"너는 이 녀석아, 내가 하는 말 벌써 잊었느냐?"
"무슨 말씀이십니까요?"
"인석아, 내가 그러지 않더냐? 주지자리 하나면 지옥이 삼천 개라고!"
"아휴 원 스님두. 아니 그럼 저도 스님 모시고 삼천 개 지옥을 들락날락 하게요?"
시자의 말에 경봉스님을 둘러싼 대중들이 배꼽을 쥐고 웃었다. 스님도 빙그레 웃음을 지으며 말했다.
"너도 각오를 단단히 해야 할 것이다. 화탕지옥, 한빙지옥. 주지 노릇을 하는 동안 수없이 겪어야 할테니까."

"지옥갈 일 안하면 되지요, 뭐. 주지자리 맡으셨다고 아무나 다 지옥가겠습니까요?"

시자가 자신있다는 듯 우쭐대자 경봉스님은 앞날이 환히 내다보이는 사람처럼 이렇게 말하는 것이었다.

"두고 보아라. 주지 노릇 하자면 소도 보고 말도 보고 오만잡사 다 겪게 될 것이다."

"아니 그럼! 정말 스님께서는 통도사 대본산 주지로 당선되신 게 반갑지 아니하십니까요?"

경봉스님은 혀를 끌끌 찼다.

"이런! 넌 어느 세월에 밥값을 하려고 그러느냐? 너 속가에 있을 적에 집안에서 근심걱정 가장 많이 한 사람이 대체 누구이더냐?"

"속가에서 근심걱정 가장 많이 하는 사람? 아, 그야 아버님이셨죠. 그 다음은 어머님이셨구요."

"그래. 잘 보았다. 식구 몇 안되는 한 집안의 가장도 근심걱정이 그칠 날 없거늘 수백 명의 대중살림을 떠맡았으니 주지자리가 어찌 반갑고, 주지 노릇이 어찌 편할 수 있겠느냐. 가지 많은 나무에 바람 잘 날 없고 식솔 많은 집안에 근심우환 떠날 날이 없느니라."

듣고 보니 진짜 그럴 법한 말이었다. 시자는 진지한 얼굴로 고개를 끄덕이며 입을 열었다.

 "정말 스님 말씀 듣잡고 보니 주지자리가 좋은 것만은 아니겠습니다요. 소작인들 있지, 산판도 있지, 대중들만 해도 수백 명이지. 아, 게다가 선방에 강원에 관공서까지 출입을 하셔야 할 것 아니겠습니까요."
 "그래서 지옥갈 각오를 단단히 해두라고 이르지 않았느냐? 이제부터 너와 나는 영락없이 지옥에 다녀와야 할 것이니라."
 경봉스님은 통도사 주지에 취임하신 후 모든 일을 공정무사하게 처리하기 위해서 절에서 거두어들이는 곡식을 미곡상 아무에게나 팔지 못하게 하고 경매입찰에 부쳐 팔도록 했다.
 스님은 추수때마다 원두를 불러 직접 세밀한 점검을 하였다.
 "곡식이 모두 합해 얼마나 되던고?"
 "아, 예. 거둬들인 벼가 모두 합쳐서 천백여든여덟 가마이옵니다, 스님."
 "등급은 어찌 나왔딘가?"
 "예. 저 일등품은 세 가마뿐이옵고 이등품이 삼백 구십 가마, 삼등품이 육백 다섯 가마, 그리고 등외품이 백 아흔 가마이옵니다."
 "그래? 그러면 우선 오백 가마는 사중 창고에 보관토록 하고 나머지는 언양읍으로 실어 내가도록 하게."
 "예. 그럼 저 언양 어느 미곡상으로 내가도록 할까요?"

원두는 통도사 관례대로 당연하다는 듯이 이렇게 여쭈었으나 통도사 주지 경봉스님은 고개를 흔들었다.
 "어느 미곡상으로 지정하지 말고 경매입찰에 붙여야 할 것이야."
 "예에? 아니 벼를 경매입찰에 붙이라니요, 스님?"
 "어허 이 사람! 조선사람이 조선말도 제대로 알아듣지 못하겠는가? 여러 미곡상들을 다 불러다 놓고 경매입찰을 시켜서 가장 높은 가격을 매기겠다는 사람에게 팔도록 하란 말일세."
 "아니 저, 그건 알겠습니다만 ……아 저, 그렇게 하면 나중에 우리 절에서 급전이 필요할 적에 미리 빌려다 쓸 수가 없게 되옵니다, 스님."
 "앞으로는 아무리 급전이 필요하더라도 미곡상한테 미리 돈 빌려다가 쓰는 일은 없을 것이야."
 "아니 저 하오나 스님!"
 "여러 소리 할것없네! 어서 실어내다가 경매입찰에 붙이도록 하게. 아, 어서!"
 거둬들인 곡식을 난데없이 경매입찰에 넘기겠다고 하자 멍해진 원두스님은 경봉스님의 채근을 받고 나서야 겨우 대답을 올렸다.
 "아, 예. 그렇게 하겠습니다요, 스님."
 역대 통도사 주지스님 중에서 이렇게 획기적인 변화를 몰고온 분은 경봉스님이 처음이었다. 결국 스님의 의견대로 통도사에서 거

두어 들인 벼 가운데에서 오백 가마니는 절 안에 있는 창고에 보관하고, 나머지는 언양 읍내에 내다가 경매입찰을 시키게 됐다.

경봉스님이 쓴 삼소굴 일지를 보면 한 가마당 7원 85전씩에 낙찰되어 박현진이라는 미곡상인이 사갔다고 자세히 기록되어 있다. 이것만 보더라도 경봉스님이 얼마나 꼼꼼하고 빈틈이 없는 분이었는지 짐작할 수 있다.

1937년 1월 29일의 일이었다.

부산에 다녀오마고 출타했던 경봉스님이 웬 궤짝 하나를 짊어지고 돌아왔다.

"어유 스님! 웬걸 그렇게 무거운 걸 들고 오십니까요? 자, 어서 어서 이리 주십시요!"

"그래, 그래. 조, 조심해라. 이게 아주 비싼 귀물이야."

그 궤짝 안에 무슨 보물단지가 들었는지 경봉스님은 궤짝을 시자에게 넘겨주면서도 걱정스러운 빛으로 조심하라고 거듭 당부하는 것이었다.

"어이구! 아니 이게 대체 뭔데 이렇게 무겁습니까요?"

"조심해. 이게 이래 뵈도 벼 다섯 가마 값이다."

이 궤짝 하나가 벼 다섯 가마 값이라니 시자는 놀라 자빠질 지경이었다.

"예에? 아니 이 궤짝 하나가 벼 다섯 가마 값이라구요?"

"그래. 34원에 샀으니까 어김없는 벼 다섯 가마 값이다."
"아니 도대체 이 궤짝 안에 뭐가 들어있는데요, 스님?"
시자가 이렇게 궁금해하자 경봉스님은 아주 비밀스런 사실을 알려주기라도 하는 양 의미심장하게 웃으며 나지막히 말했다.
"이 궤짝 안에 소리가 들어 있다."
"예에? 소리가 들어 있다니요?"
난데없이 이 이상한 궤짝 속에 소리가 들어 있다니, 그 무슨 선문답 같은 말인가. 시자는 도저히 이해할 수가 없었다. 고개를 갸우뚱하는 시자를 바라보던 경봉스님은 어린아이들처럼 뽐내는 표정으로 이렇게 말했다.
"이게 바로 축음기란 말이다, 축음기!"
"예에? 축음기요? 아 그럼 이게?"
"어허! 조심하래두 그래! 벼 다섯 가마 값이라니까!"
"아 예 스님. 조심하고 있습니다요. 저 그러니까 이 궤짝 안에 그 유성기라는 그게 들어 있단 말씀입지요?"
시자도 유성기라는 말은 들어본 모양이었다. 경봉스님은 호기심으로 눈빛이 반짝반짝해지는 젊은 시자의 코앞에 손가락 하나를 갖다대며 근엄한 목소리로 당부했다.
"함부로 손댈 생각, 아예 하지도 마라! 응? 고장나면 고치기도 힘들다더라."

"아 예 스님. 절대로 손대지 않을테니 조금도 염려하지 마십시요. 저 그대신 스님! 오늘밤 한번 틀어주셔야 합니다요."

"그래, 그래. 내 오늘밤 한번 틀어주마. 자 어서 가자!"

그날밤 경봉스님은 수좌들을 불러놓고 이 축음기를 직접 틀어주었다. 스님이 축음기를 어떻게나 조심스럽게 다루는지 다른 수좌들은 축음기 옆에 얼씬도 할 수가 없었다.

누군가 바로 눈앞에 서서 노래를 하는 듯이 생생한 노랫소리가 궤짝 안에서 흘러나오자 모여든 수좌들은 다들 감탄을 금치 못했다. 경봉스님도 막상 축음기 속에서 노랫소리가 들리자 감탄을 금치 못했다.

"허허! 거 참, 신통도 하지! 아 이 궤짝 속에서 노랫소리가 나오니 말이다!"

"아 그러게 말입니다요. 하하하!"

그런데 몇 곡 듣지도 않아서 경봉스님은 얼른 축음기를 꺼버렸다.

"자자자! 이제 그만 틀어. 오래 틀면 판이 닳아서 못 쓰게 된다더라."

한창 즐겁게 노래를 듣던 수좌들은 아쉬움을 감추지 못하며 응석을 부리듯 경봉스님의 팔에 매달려 애원했다.

"아 아유 스님! 조금만, 조금만 더 들었으면 좋겠습니다요!"

"어허! 오래 틀면 고장이 난대두 그래!"

"그럼 스님! 내일 또 틀어주시는거죠?"
"아니, 이 녀석이 이거! 이젠 아주 공부할 생각은 아니하고 축음기 옆에 붙어 있을 생각이냐?"
"어유! 아닙니다요, 스님. 공부두 열심히 하겠습니다요."
다른 수좌들이 일어서는데도 꼼짝 않고 앉아 있던 시자가 조심스럽게 스님께 여쭈었다.
"저, 그런데요 스님!"
"왜?"
"이 축음기가 그렇게나 비쌉니까요? 벼 다섯 가마 값이라고 하셨으니까요."
"그래. 한푼 에누리 없는 34원을 주었다."
그 당시 34원이라면 매우 큰 돈이었다.
"아니, 그렇게 많은 돈은 가지고 나가지도 않으셨잖습니까요?"
"부산에 갔더니 거기 박거사가 보약이라도 지어잡수시라고 넣어주기에 보약 먹은 셈치고 이 축음기 한 대 사왔느니라."
"아유 그럼 스님! 몸보신 대신 귀보신 하신 셈입니다요, 예."
"허허허. 그 녀석! 말도 잘도 지어붙이는구나! 그래, 니 말대로 몸보신 대신 귀보신하게 생겼다, 어이? 허허허."
경봉스님과 극락암의 젊은 수좌들은 삼소굴이 떠나가도록 박장대소를 하였다.

18
감쪽같이 없어진 쇠북

경봉스님은 통도사 주지를 맡으신 이후 늘 통도사 입구에 다리를 새로 놓는 게 소원이었다. 영축산 계곡을 타고 내려온 물줄기가 모여 통도사 입구에 큰 냇가를 이루었는데, 큰비가 올 때마다 물이 불어 사람들을 오도가도 못하게 만들었다.

그러나 비 한 가마에 7원 30전 하던 시절에 수천원의 공사비가 들어가야 할 다리공사였으므로 빈한한 절살림으로서는 엄두도 내지 못할 일이었다. 그러나 경봉스님은 어떻게 하면 절입구에 튼튼한 다리를 놓을 수 있을까 하고 고민에 고민을 거듭하고 있었다.

경봉스님은 일단 당시 부산에 와 있던 나까무라 석공소 주인을 불러다가 다리공사 견적을 한번 뽑아보도록 하였다.

"어, 그러므니까 이 냇물 위에다 돌로다가 다리를 놓으시겠다 이 말씀이시므니까?"

"그렇소! 그러니 대충 다리 놓는 비용이 얼마나 들겠는지 어디 한번 견적이나 뽑아보도록 하시요."

석공소 주인은 냇물의 폭을 재보고 하더니 혀를 내두르며 말했다.

"하! 마, 이 냇물이노 폭이 하두 넓어서 경비가 아주 많이 들겠스므니다."

"글쎄 많은 경비가 들어갈 줄이야 나도 알고 있으니 대충 한번 계산을 해보란 게 아니요?"

"아, 나도 마, 부처님 신봉하는 사람이니까 시주하는 셈치고 특별이노 싸게 실비만 받고 해주겠습니다마는 그래두 마, 이 최소한 육천원은 주셔야 하겠습니다."

"뭐, 뭣이라구? 육천원!"

경봉스님은 쩍 벌린 입을 다물 줄을 몰랐다. 경비가 만만치 않게 들어갈 것은 예상하고 있었으나 그래도 이렇게 큰돈이 들어갈 줄은 생각도 하지 못했다. 육천원! 이 당시 육천원이면 엄청난 돈이 아닌가. 쌀로 따지자면 무려 쌀 오백 가마 값이었으니 스님은 그만 맥이 풀리고 말았다.

통도사에서 일년에 소작료로 거두어 들이는 벼를 통틀어 계산해도 겨우 천여 가마. 그것을 다 팔아야 간신히 공사비가 충당될 만큼 큰 액수였으니 섣불리 공사에 착수할 수도 없는 일이었다.

한번 통도사 입구 다리공사에 마음을 쏟기 시작한 경봉스님은 자나깨나 그 걱정이었다. 겉으로 내색은 하지 않고 있었으나 내심 스님 자신이 주지소임을 맡고 있는 동안에 어떻게 해서든지 새로 다리를 놓아야겠다는 생각이었다.

그러던 어느 날이었다. 오전에 큰절 종무소에 갔다온 경봉스님이 모처럼 한가로운 시간을 가지며 책을 읽고 있는데 밖에서 시자의 조심스런 목소리가 들려왔다.

"스님, 스님! 스님 안에 계시옵니까?"

"으음. 그래 무슨 일이더냐?"

"예. 저 경기도 제물포에서 오셨다는 웬 거사님이 스님을 꼭 좀 친견하고 싶다 하시는데 모시고 와도 괜찮겠습니까?"

"그래. 모시고 오도록 해라."

"예, 스님. 그럼 곧 모시고 오도록 하겠습니다."

경봉스님이 통도사 수지스님이 된 이후로는 질살림에 바빠 일반 신도를 일일이 접견할 시간이 많지 않았다. 그러나 스님은 일부러라도 시간을 내어 일반신도들과 멀리서 찾아온 수좌들을 짬짬이 만나왔다. 가르침을 받고자 찾아온 사람을 결코 내치지 않는다는 평소의 소신 그대로 실천하고 있었던 것이다.

이윽고 웬 거사 하나가 시자의 안내를 받으며 삼소굴로 올라왔다. 거사는 경봉스님께 정중히 삼배를 올린 후에 자리에 앉았다.

"이렇게 큰스님을 친견하도록 허락해 주시니 큰 영광이옵니다, 스님."

"원, 그 무슨 말씀을요? 그래 거사는 대체 뉘시던가요?"

"예. 소생 제물포에서 왔습니다마는."

경봉스님은 껄껄 웃으며 다시 입을 열었다.

"허허허. 나는 거사께 어디서 왔냐고는 묻지 않았소이다. 뉘시냐고 물었지."

"아 예. 저는 성은 전주 이가이고 이름은."

"나는 거사의 성씨를 묻지 아니했고 더더구나 이름을 묻지는 아니했소이다."

당황한 거사는 말을 더듬으며 이렇게 반문했다.

"아, 아니 스님께서 바, 방금 물으셨지 아, 않았사옵니까?"

"댁은 대체 뉘시냐고 물었지요."

"예. 그래서 성씨가."

경봉스님은 빙그레 웃으며 손을 내젓고는 진지한 눈빛으로 말했다.

"아 그만 됐소이다. 그래 그 멀고 먼 제물포에서 여기까지 무슨 일로 찾아오셨소이까?"

무슨 일로 찾아왔냐는 스님의 질문에 거사의 표정이 드러나게 어두워지며 이 먼 통도사까지 방문한 사연을 털어놓기 시작했다.

"말씀드리기 부끄럽습니다마는 소생의 자식 중에 한쪽 다리가 불구인 자식이 하나 있사온데."

"아하!"

"통도사 도인스님께서 불공을 드려주시면 영험이 있을 것이라는 말을 들었기에 이렇게 찾아뵈었습니다."

"으흠. 한쪽 다리가 불편한 아이를 위해서 불공을 드리시겠다?"

"예, 그렇습니다."

조용히 대답하는 제물포 거사의 눈에 이슬이 맺혀 있었다. 불구인 자식을 향한 애틋한 부정이 느껴져왔다. 경봉스님은 고개를 끄덕이더니 번뜩 무슨 생각이 떠올랐는지 눈을 빛내며 거사에게 말했다.

"아! 그렇다면 아주 좋은 수가 있으니 나를 따라 밖으로 나가십시다."

거사는 좋은 수가 있다는 스님의 말에 희색이 만면하여 일은 자리에서 일어났다. 경봉스님이 그 거사를 이끌고 간 곳은 통도사 입구 냇가였다. 경봉스님은 기운차게 흘러내리는 냇물을 손가락으로 가리키며 말했다.

"자, 저기 저 냇물 흘러내려오는 걸 보십시오."

"냇물이 꽤 많이 흘러내려오는군요!"

"저기 저 영축산에서 흘러 내려오는 냇물이니 여름 장마철에는 물이 불어 마치 강물처럼 흐르지요."
"네, 정말 그러겠습니다."
"헌데 이 냇물 위에 놓인 다리가 부실해져서 명년 장마철에 견딜 수 있을런지 그게 걱정입니다."
"흐흠."
"옛날 이 자리에는 통나무 다리가 놓여져 있었다는데 장마만 지고 나면 큰물이 넘쳐서 그 통나무 다리가 떠내려가곤 했다고 그럽니다."
"아 예. 그러실테죠."
"그때 어느 마음 착한 영감님이 한쪽 다리가 불구인 자식을 위해서 바로 이 냇가에 나와 서서 월천공덕을 쌓았다고 전해지는 얘기가 있습니다."
"아니 월천공덕이라면?"
"사람을 등에 업어서 냇물을 건네주기도 하고 통나무 다리를 다시 놓아서 냇물을 건너게 해주는 공덕을 쌓았다는 얘기죠."
"아, 예."
제물포에서 온 거사는 고개를 크게 끄덕였다.
"옛부터 우리 불가에서는 월천공덕을 큰 공덕으로 여겨오고 있습니다."
"으흠!"

"어떻습니까! 바로 이 자리에 아주 튼튼한 돌다리를 놓기 위해서 시주를 모으고 있습니다만, 불공을 따로 들이실 생각 마시고 이 월천공덕에 동참하시는 게 어떠실지요?"

"알겠습니다. 저도 그럼 옛날 그 영감님처럼 다리놓는 월천공덕에 동참하도록 하겠습니다. 저……하온데 시주금은 얼마나 내면 되겠습니까요?"

"월천공덕에 동참하시는데 액수가 무슨 상관이겠소이까? 일원도 좋고 십원도 좋지요."

그러나 거사는 고개를 저으며 이렇게 말했다.

"아니옵니다, 스님. 제 자식 다리 하나를 고쳐달라고 불공을 들이는 것보다 수많은 사람 다리 노릇을 해주는 이 월천공덕을 알게 해 주셔서 정말 얼마나 감사한 일인지 모르겠습니다."

거사가 깊이 고개를 숙이자 경봉스님은 자애로운 미소로 답하면서 말했다.

"부처님이 살아계실 때 많은 사람들이 부처님께 음식을 공양하고 옷도 새로 지어다가 바쳤지요. 그때 부처님은 이렇게 말씀하셨습니다. 나에게 음식을 가져오지 말고, 나에게 새옷을 지어오지 말고, 배고픈 사람에게 음식을 대접하고, 헐벗은 사람에게 옷을 입혀주어라. 바로 그것이 나에게 공양한 것보다 큰 공덕이니라."

"알겠습니다, 스님. 좋은 법문 들려주셔서 정말 고맙습니다."

제물포에서 올라온 거사는 스님이 전해준 월천공덕의 일화에 깊은 감동을 받아 적지 않은 시주금을 내었다. 이 이야기가 널리 퍼지자 여러 신심 깊은 신도들의 시주금이 각처에서 답지하기 시작했다.

결국 경봉스님은 통도사 입구에 기어이 튼튼한 다리를 세웠으니 이 돌다리가 바로 삼성반월교. 이 삼성반월교는 1937년 2월 17일에 착공을 해서 그해 6월 5일에 낙성식을 올렸는데 이때 들어간 비용이 총 오천삼백원이었다. 당시의 물가로 따지자면 많은 액수가 들어간 거대한 불사였다.

경봉스님은 또한 주지직무를 수행함에 있어 한치 한푼의 빈틈도 보이지 않았다.

가을에 거둬들인 곡식을 통도사 창고에 쟁여놓고 있던 현장에 경봉스님이 직접 나타났다. 곡식가마니를 세고 있던 한 젊은 스님이 경봉스님을 보고 소리쳤다.

"스님!"

"어 그래. 내다! 이번에 팔 벼는 얼마나 되던고?"

"예, 천사백 가마입니다요, 스님."

"그러면 미곡상인들에게 연락을 하도록 해라."

"이번에도 또 입찰을 붙이시게요?"

"입찰에 붙이지 않으면 누구한테 팔자는 말이냐?"

"그건 아닙니다만 작년에 낙찰한 언양 그 사람한테 팔면 될 것 같아서요."

한번 거래를 튼 사람에게 팔면 되지 번거롭게 새로 경매를 붙일 필요가 있겠냐는 의견이었다. 그러나 경봉스님은 고개를 흔들며 단호히 말했다.

"안 될 소리다. 같은 곡식이라도 작년 벼 다르고 금년 벼 다른 법! 곡식 시세만 해도 작년 다르고 금년 다르거늘 어찌 작년 그 사람한테 그냥 판단 말이냐?"

"아이구! 원 참 스님께서두. 아 미곡시세야 팔도강산이 뻔한 건데요, 뭐!"

"쓸데없는 소리 말고, 시키면 시키는 대로 경매입찰에 부쳐라! 사중 재산은 개인 것이 아니니 뒷말이 없도록 공명정대하게 처리해야 하느니라."

공과 사를 구별하는 데 있어 누구보다도 엄격했던 경봉스님의 엄한 당부에는 젊은 스님도 변명할 말을 잃고 말았다.

스님의 분부대로 추수한 곡식을 경매입찰에 붙인 결과 이번에는 부산 동래에서 올라온 미곡상 한씨에게 낙찰이 됐다. 삼소굴 일지의 기록에 의하면 이때의 낙찰 가격은 벼 한 가마당 7원 83전이었다.

경봉스님이 공적인 일과 사적인 일을 얼마나 엄격히 구별했는지를 알려주는 또 하나의 일화가 있다.
　비록 삭발출가한 승려의 신분이었지만 경봉스님은 자신의 속가 조상들에 대해서 남다른 효성을 기울이고 있었다. 이미 돌아가신 조상들의 제삿날을 꼬박꼬박 기억해 두었다가 날이 가까워오면 남 모르게 준비를 하여 정성스럽게 제사를 올리는 것이었다.
　그러나 통도사 주지 직무를 맡고 보니 절살림에 너무나 바쁜지라 도무지 제물을 준비할 시간이 없었다. 스님은 생각다 못해 시자를 은밀히 불렀다.
　"스님, 부르셨사옵니까요?"
　스님은 품에서 미리 준비해둔 돈을 꺼내며 시자에게 건넸다.
　"자! 이 돈부터 받아라."
　"아니 무슨 돈이십니까요?"
　"신평에 나가서 제물을 좀 준비해 오도록 해라."
　"제사 지낼 제물 말씀이시옵니까요?"
　"그래. 오늘이 내 증조할머니 광주 노씨 제삿날이니라."
　주지스님의 증조할머니 제삿날이란 말을 들은 시자는 도로 돈을 돌려주며 이렇게 말했다.
　"아, 예. 그러시면 이 돈 그냥 넣어두십시요, 스님. 제물은 제가 알아서 준비하도록 하겠습니다요."
　그러자 경봉스님은 눈을 부릅뜨고 호령을 했다.

"어허, 이 녀석이 이거! 아직도 내 말귀를 못 알아듣는구나."

"말귀를 못 알아듣다니요, 스님? 제가 준비하겠습니다요, 스님."

"아, 이 녀석아! 오늘밤 제사는 내 속가 증조할머니 제사란 말이다. 아, 속가제사를 지내는데 니가 알아서 하겠다니 넌 그래, 절돈을 축내겠다는 말이냐?"

"아이구 참! 스님께서두."

경봉스님의 깊은 마음을 헤아리지 못하는 젊은 시자는 맘속으로 '주지스님쯤 되셨으면 뭘 그리 까다롭게 절돈, 내돈 하고 구분을 하시나 그래' 하는 생각이 스쳐갔지만 또 무슨 불호령을 들을까 무서워 아뭇소리도 못하고 말았다. 말끝을 흐리는 시자의 마음을 헤아리기라도 하는 듯이 경봉스님의 목소리가 쐐기를 박듯이 날아왔다.

"중한 자리에 앉은 사람일수록 공과 사를 분간할 줄 알아야 하느니. 어서 여러 소리 하지 말구 그 돈으로 가서 준비해 와!"

"알겠습니다요, 스님. 분부대로 하겠습니다요."

1938년 5월 21일이었다.

이날 경봉스님은 군청과 경찰서의 득달 같은 성화에 못 견디어 하북학교 모임에 참석하였다. 이 모임은 일본군이 일본지나 반도 소주를 함락한 데 대한 경축행사였다. 일본이 조선을 삼키고 만주를 삼킨 데 이어 대동아전쟁을 일으켜 날로 전쟁이 확대되어 가고 있던 바로 그 무렵의 일이었다.

　모임 내내 기고만장해서 입에 거품을 내물고 떠들어대던 일본 경찰서장의 연설 아닌 연설을 듣고 절로 돌아온 경봉스님은 기분이 몹시 언짢았다.

　그날밤 스님은 시자를 가만히 불러들였다.

　"너는 내일 아침에 산내 암자에 사발통문을 돌려야 할 것이야."

　"무, 무슨 말씀이온지요 스님?"

　별안간 사발통문을 돌리라니 스님의 뜻이 헤아려지지 않아 시자는 눈을 꿈뻑거렸다. 경봉스님은 땅이 꺼질 듯이 한숨을 내쉬며 말했다. 그 한숨소리에 맞춰 더엉덩 하는 범종소리가 산사의 적막을 깨뜨렸다.

　"후우! 머지않아 우리 사찰에도 큰 화가 미칠 것이니 이 일을 대체 어찌하면 좋을지 모르겠구나!"

　평소 스님답지 않은 태도에 시자는 벌컥 겁이 나서 떨리는 목소리로 여쭈었다.

　"무슨 일이온데 이러십니까요, 스님?"

　"종각에 걸려 있는 저 범종을 어찌할 것인고?"

　"무슨 말씀이시옵니까요, 스님? 어, 어디에 무슨 일이 일어났습니까요?"

　"일이야 벌써 일어난 것이 아니더냐! 왜놈들이 갈수록 전쟁을

크게 벌이고 있으니 머지않아 곡식 공출이 심해질 것이요, 쇠붙이까지도 긁어가게 될 것이다."

하북학교 모임에 가서 일본 경찰서장의 이야기를 들은 경봉스님은 특유의 직관력으로 일본이 일으킨 이 전쟁이 몰고올 참화에 대해 예민하게 감지하고 있었다. 그러나 시자는 밑도 끝도 없는 스님의 이야기가 도대체 무슨 말인지 짐작할 도리가 없었다.

"쇠붙이까지 긁어가게 될 것이라니요, 스님?"

"옛부터 난리가 일어나면 쟁기와 보습을 녹여 창과 칼을 만들었으니 불보듯 뻔한 일 아니겠느냐?"

"아니 그, 그러면 스님!"

경봉스님은 하얗게 질린 얼굴로 외마디 소리를 지르는 시자의 얼굴을 바라보며 나직히 중얼거렸다.

"종각에 걸린 큰 범종이야 어디다 감출 수도 없고, 거짓말도 할 수 없고."

"하오나 스님! 저렇게 크고 무거운 종을 어느 놈이 감히 들고나 갈 수 있겠습니까?"

그러나 경봉스님은 고개를 절레절레 흔들었다.

"무지막지한 저 녀석들이야 쇠가 필요하다 하면 깨뜨려서라도 가져갈 것이다. 그러니 너는 산내 각 암자에 사발통문을 돌리되 운반하기 쉬운 종이나 쇠북은 되도록 빨리 떼어서 은밀히 간수하도록 하고 아침 저녁 종을 치지 말고 목탁을 쳐서 대신하도록 해야 할 것이다. 내 말 알아들었느냐?"
"예, 스님. 잘 알겠습니다요."
바로 그날밤, 경봉스님은 시자를 데리고 극락암으로 올라가 대나무 밭 뒤에다 커다란 흙구덩이를 파기 시작했다.
"엿차!"
시자는 땀을 뻘뻘 흘리며 큰 삽으로 구덩이를 파내려갔다. 경봉스님 역시 헉헉 단김을 뿜으면서 시자의 일을 도왔다.
"그래 이만하면 되었다!"
"허억 헉! 스, 스님! 이제 어, 어떡할까요?"
"자, 이걸 가마니로 잘 싸서 그 구덩이 속에 묻도록 해라. 자!"
"예. 근데 스님! 이 쇠북은 임금님께서 우리 극락암에 하사하신 그 쇠북이 아닙니까요?"
"아, 그러게 미리 묻어두자는 게다. 그리고 이건 불보살님과 너와 나 이렇게만 알고 있어야 한다."
"예, 스님. 염려마십시요."
"자 그럼, 어서 가마니로 잘 싸도록 해."
마침내 극락암 쇠북은 흙구덩이에 감쪽같이 묻히게 되었다. 경봉스님은 일을 도와준 시자의 등을 다독여 치하하며 말했다.
"이 쇠북을 다시 파내어 제자리에 걸고 마음껏 칠 수 있는 날이

반드시 올 것이다."

　경봉스님의 예견은 너무나도 정확했다.
　얼마후 조선총독부는 징발령을 내리고 곡식과 철물, 심지어는 솜까지도 공출하게 하는 무서운 수탈정책을 집행하기 시작했다. 우리나라 방방곡곡에 걸쳐 있는 숱한 사찰에서는 아까운 범종을 속절없이 빼앗기는 수모를 당해야만 했다. 이때 없어진 귀중한 불교 문화재는 이루 헤아릴 수 없을 만큼 많았다.
　마침내 일제의 잔혹한 마수는 영축산 통도사 산내 암자에까지도 뻗쳐왔다. 무장한 일본순사들이 절 곳곳을 마구 수색하기 시작했다. 그러나 아무리 뒤져도 쇠붙이란 쇠붙이는 끝내 보이질 않았다.
　화가 잔뜩 난 일본순사가 경봉스님에게 소리쳤다.
　"이것 보시오, 스님! 아니 그래 이 절간에는 쇠붙이로 만든 게 한 가지도 없단 말입니까?"
　"아니올시다. 쇠붙이로 만든 것이라면 몇 가지 있습죠."
　"그럼 어서 내놓으시오! 대체 무엇 무엇이 있소!"
　"보다시피 이 암자는 산속에 들어앉은 암자라 쇠붙이로 만든 큰 물건은 없고, 있다면 그저 수저와 젓가락 몇 벌이 있지요."
　천연덕스러운 경봉스님의 대답에 일본순사는 화가 머리끝까지 나서 버럭 소리를 질러댔다.
　"아니! 이 스님이 이거! 이거 사람을 놀리는 겁니까 뭡니까! 아,

이렇게 오래된 절간에 종이 하나도 없단 말이요?"
 그러나 경봉스님은 동요하지 않고 태연히 대답했다.
 "워낙 가난한 절이라 종 같은 건 없고 세숫대야 만한 쇠북이 하나 있었소이다만 그것도 몇 년전에 어느 엿장수가 들고 간 모양이요."
 성질을 못이긴 일본순사는 제 가슴을 탕탕 두드리며 화를 내더니 제풀에 지쳐서 다시 경봉스님에게 말했다.
 "그렇다면 놋쇠로 만든 밥그릇이라도 다 내놓으시오."
 "아, 우리 암자에서는 놋쇠 밥그릇을 사용하지 아니하고 나무로 깎은 발우를 쓰고 있소이다."
 "아하! 나 이런 참! 이거 이거 절간 절간 해도 이렇게 가난한 절간, 처음 보겠네!"
 기가 막힌 일본순사는 단숨을 씩씩 뿜으며 씨근거리더니 자기 일행을 향해 소리를 꽥 질렀다.
 "야, 이거 재수없구나! 다른 절간으로 가자!"

19
해방의 종소리

요즘에도 양산 통도사를 가자면 신평에서 차를 내려 사시사철 영축산에서 흘러내리는 맑은 냇물을 끼고 들어가게 된다. 통도사 경내로 올라가는 길 양편에는 수백 년 된 아람드리 소나무들이 우뚝우뚝 서 있어 천년고찰의 운치를 더해주고 있다. 낙락장송이 숲을 이루는 풍취있는 솔밭길이다.

이 통도사 산문 앞에 서 있는 낙락장송들도 경봉스님이 없었으면 모조리 다 베어져 없어질 뻔한 일이 있었다. 일제 말기의 일이었다.

하루는 시자가 숨이 턱까지 차올라 헉헉대면서 삼소굴로 달려왔다.

"스님, 스님! 큰일 났습니다요, 스님!"

"어! 아니 너는 무슨 일인데 그렇게 숨이 넘어가느냐?"
"저 나무들을 모조리 베어내고 있습니다요, 스님!"
느닷없이 나무를 베고 있다는 소리에 경봉스님은 답답한 듯이 시자에게 물었다.
"무신 나무를, 누가 베어내고 있단 말이더냐?"
"예. 저 큰절 입구에서 군청 직원들이 순사들까지 데리고 와서 인부들을 시켜 소나무들을 마구 베어내고 있사옵니다요!"
"음! 무엇이라고! 우리 절 입구에 서 있는 그 낙락장송들을 베어내고 있단 말이냐?"
"아유! 예, 스님. 스님께서 빨리 가보셔야겠습니다요!"
통도사를 찾는 사람들마다 침이 마르게 칭찬을 하던 그 낙락장송들을 누가 허락도 없이 베어낸단 말인가. 괘씸하기 그지없는 일이었다. 노기가 치민 경봉스님은 벽력같이 소리질렀다.
"원! 천하에 이런 고약한 것들이 있는가! 어서 그 육환장을 이리 다오!"
경봉스님은 부랴부랴 육환장을 내짚으며 현장으로 달려갔다. 그러나 현장에선 이미 일이 벌어지기 시작하고 있었다. 스님의 눈앞에서 수백 년 된 낙락장송 한 그루가 천지가 진동하는 굉음을 내며 땅바닥에 쓰러졌다. 통도사의 자랑이요 보물이던 소나무가 바닥에 뒹구는 모습을 목격한 경봉스님은 억장이 무너지는 것 같은 마음

의 고통을 느꼈다.

경봉스님은 육환장을 높이 치켜들고 불호령을 내리기 시작했다.

"너 이놈들! 날벼락을 맞아 죽고 싶지 않거든 냉큼 그 자리에서 물러서야 할 것이다! 너희들도 모두 잘 알고 있을 터이지만 이 일대는 모두가 통도사 사찰림. 풀 한포기, 흙 한줌, 돌멩이 하나까지도 다 통도사 사찰 재산이거늘 감히 어느 누가 여기다 손을 댈 수 있단 말이더냐? 내 당장 나가서 군수와 경찰서장과 담판을 할 것이니 모두들 연장을 놓고 그 자리에서 물러나 있어야 할 것이요, 만일 또 다른 나무에 손을 대는 자가 있으면 그 자는 결코 무사히 살아서 돌아가지 못할 것이니라!"

천둥이 치는 듯한 큰스님의 호령에 멈칫한 인부들이 슬금슬금 뒷걸음질을 치며 군청 직원과 순사들의 눈치를 살폈다. 그러나 군청 직원과 순사들도 경봉스님의 하늘을 찌를 듯한 호령과 서슬푸른 위엄에는 찔끔하여 서로 책임을 미루기에 급급할 뿐이었다. 일본인들의 횡포에 넌덜머리를 내고 있던 마을사람들도 겉으로 내색은 하지 않았지만 은근히 큰스님의 입장에 동조하였다.

경봉스님은 곧장 그길로 달려가서 양산군수와 경찰서장을 만나 담판을 벌였다. 당황한 그들은 일단 경봉스님의 노여움을 풀기에 바빴다.

"아, 마, 진정하세요, 스님! 스님의 말대로 그 나무들이 통도사 사찰 재산인 것은 인정합니다. 그러나 우리 대일본제국은 지금 대동아 건설을 위해서 전쟁을 치루고 있소. 이 전쟁은 반드시 이겨야 하고 전쟁에 이기자면 막대한 물자가 필요합니다. 그러니 백 년 이상된 재목은 모두 잘라서 일본으로 보내야 하지 않겠습니까?"
 "그러면 내 한 가지 묻겠소이다."
 "무슨 말인지 어디 한번 해보시오."
 "우리 통도사에는 오백 명 가까운 승려들이 있소."
 "그래서요?"
 양산군수와 경찰서장은 의아한 표정으로 서로 눈짓을 교환하고 그렇게 반문했다.
 "오백 명의 승려들이 죽기를 각오하고 소나무를 지키겠다면 당신들은 저 소나무를 잘라가기 위해서 오백 승려들을 다 쏘아죽일 것입니까?"
 경찰서장의 눈빛이 험악해졌다.
 "아니 이거, 우리를 협박이노 하는 겁니까 뭡니까!"
 "이건 협박이 아니라 사실이 그렇다는 걸 미리 알려두는 것이오. 게다가."
 "게다가 또 뭐란 말이오?"
 "통도사 입구에 서 있는 저 낙락장송들을 베어내기 시작하면 조선사람들의 인심이 흉흉해질 것이오. 그렇게 되면 민란이 일어날

지도 모르는 일. 나 같으면 이런 위험한 일은 하지 않겠소이다."

"아니 그러면 우리더러 어쩌란 말이오? 상부에서는 명령이 빗발 치듯 내려오는데 통도사 승려들이 반대를 하니 명령을 취소하시오 하고 보고서라도 올리란 말이오?"

단순하기 짝이 없는 경찰서장이나 양산군수에 비해 경봉스님은 한수 위였다. 경봉스님은 빙긋이 웃으며 말했다.

"이럴 땐 군수나 서장도 머리를 좀 써야 할 것이오!"

"이건 또 무슨 소립니까?"

"통도사에서 영축산으로 조금만 더 들어가면 거긴 아람드리 소나무가 무진장으로 서 있소. 거긴 민가도 별로 없으니 민심을 동요 시킬 염려도 없고 말이오. 그런데 하필이면 수많은 사람들이 지켜 보는 사찰 입구에서 몇십 그루 되지도 않는 저 나무들을 베어내어 민심을 흉흉하게 할 필요가 어디 있단 말이오?"

"아니 그러니까 저 산 깊숙히 가서 서시 있는 소나무를 베이기면 그거는 반대하지 않겠다 그런 말입니까?"

"어차피 나무를 베어내라는 명령이라면 거기 있는 나무부터 베 어내는 게 민심동요가 없을 거란 말입니다."

경봉스님의 얘기가 딴에는 그럴 듯하게 여겨졌는지 경찰서장은 콧수염을 매만지며 고개를 끄덕이다가 마침내 동의를 표했다.

"예. 좋습니다. 그러면 통도사 입구에 있는 소나무는 베어내지 않고 그대신 무진장으로 서있는 영축산 소나무를 베어내기로 하겠소. 이제 다른 말 안하기오?"
"좋소이다. 통도사 소나무만 건드리지 않는다면 다른 말은 않겠소이다."
그들은 회심의 미소를 지었다. 통도사 입구에 있는 나무 몇 그루를 살리는 대신 영축산에 무진장하게 널려 있는 나무들을 모조리 베어낼 수 있는 방책을 얻었으니 그들로서는 기뻐하지 않을 수 없는 일이었다.
"으하하하! 저 조선의 늙은 중이 제 꾀에 제가 넘어갔스므니다! 하하하하!"
그러나 당시의 군수나 경찰서장은 물론 스님의 문하에 있던 승려들까지도 이 계책이 통도사 입구에 서 있는 낙락장송들을 살려내기 위한 것임은 물론 영축산 산림까지도 보존할 수 있는 기막힌 묘책이었음을 아무도 짐작하지 못했다.
경봉스님은 시자를 시켜 저들의 동태를 살피게 했다.
"스님, 저 다녀왔사옵니다."
"그래, 듣던 대로 공사를 시작했더냐?"
"예. 지금 막 신작로를 내느라고 공사를 시작했다 하옵니다."
"허허허허!"
경봉스님의 느닷없는 웃음소리에 어리둥절해진 시자가 까닭을

물었다.
"왜 웃으시옵니까요, 스님."
"멍청한 녀석들 같으니라구! 으응? 허허허."
"스님! 아니 왜놈들이 신작로 공사를 시작한 게 그리도 우스운 일이시옵니까요?"
"그 자들이 영축산 안으로 들어가 봤으면 아마도 침을 꿀꺽 삼켰을 것이다. 수백 수천의 아람드리 소나무들이 빽빽이 들어서 있으니 그걸 보고서야 어찌 침을 안 삼킬 수가 있었겠느냐?"
"예, 그랬답니다요! 그 많은 소나무들을 보고는 곧바로 신작로를 뚫기로 했답니다요."
"이젠 됐느니라. 통도사 소나무도 살고 영축산 소나무도 살게 되었으니 잘된 일이지."
그러나 시자는 아직도 스님의 깊은 뜻을 이해하지 못했다.
"무슨 말씀이시온지요, 스님? 신작로만 다 뚫고 나면 영축산 소나무는 모조리 다 잘라갈 것이 아니옵니까요?"
"넌, 이 녀석아! 아직도 그렇게 지혜의 눈이 어둡느냐?"
"예에? 아니 지혜의 눈이 어둡다뇨, 스님?"
"저 험한 길에 신작로를 다 뚫자면 아무리 못 걸려도 몇 달은 걸릴 것이니 그동안에는 소나무 한 그루도 못 벨 것이 아니겠느냐?"
"예. 그야 그렇겠습죠. 하지만 신작로만 뚫고 나면."

"입구에서부터 소나무를 베어내기 시작하면 하루에 삼십그루씩만 베어도 석달이면 수천 그루가 없어질 게야. 하지만 저 산속에서부터 나무를 베어내자면 신작로 만드는 데만도 몇 달이 걸리지. 허허! 아마도 몇 그루 베어내지 못하고 그만두게 될 것이니라."

"예에? 아니 그건 또 무슨 말씀이시온지요, 스님?"

경봉스님은 의미심장한 미소를 지으며 하늘을 올려다보았다.

"오동잎이 지는 걸 보면 가을이 문턱에 온 걸 알아야 하고 기러기가 하늘을 날면 겨울이 왔음을 알아야 하는 법! 전쟁은 머잖아 끝나게 될 것이니라."

"예에? 전쟁이 머지않아 끝나게 될 것이라구요, 스님?"

"만주를 먹고 인도지나를 먹고 남양군도까지 먹으려고 미국하고도 전쟁을 일으켰는데 조선땅에 있는 소나무까지 베어내라는 걸 보면 일본은 지금 전쟁물자가 턱없이 모자란단 말이 아니겠느냐?"

"예. 그야 그런 모양입죠. 수저니 젓가락이니 할것없이 빼앗아 가고 있는 걸 보면요……."

경봉스님은 이제서야 말귀를 조금씩 알아듣기 시작하는 시자에게 고개를 끄덕이며 뒷짐을 지고 서서 혼잣말하듯이 중얼거렸다.

"옛부터 전쟁은 물자싸움이라고 했으니 물자가 모자라면 전쟁은 오래 못 가는 법. 머지않아 끝나게 될 것이니 두고 보아라."

경봉스님은 세상만사를 이렇게 훤히 내다보고 있었다. 어쩌면

　도를 통한다는 것은 앞날을 예견하는 능력까지 갖추게 되는 것인지도 몰랐다. 스님은 세상 돌아가는 이치와 도리를 평범한 일상의 변화를 통해 모조리 다 꿰뚫어보는 혜안을 가지고 있었다.
　경봉스님은 통도사 주지직을 내놓은 후 참으로 오랜만에 명산대찰들을 두루두루 돌아다닐 기회를 가졌다. 이 기간 동안 스님은 사십여 일에 걸친 일본여행을 통해 일본의 불교계를 돌아보기도 했다.
　일본여행을 다녀온 경봉스님은 극락암 삼소굴에 들어앉아 참선수행을 계속하고 있었다.
　그러던 1945년 8월 16일.
　경봉스님은 하루 늦게야 우리나라가 해방되었음을 알았다. 극락암 삼소굴에서 이 소식을 들은 스님은 그저 올 것이 왔을 뿐이라는 담담한 표정이었다.
　경봉스님은 제자를 시켜 땅속에 깊이 파묻어 놓았던 임금님의 하사품인 극락암 쇠북을 파내오게 하였다.
　"스님! 쇠북, 여기 파내왔습니다, 스님."
　"그래. 그 쇠북, 전에 걸었던 그 자리에 걸어라."
　"예, 스님."
　제자는 낑낑대면서도 그 무거운 쇠북을 기어코 옛자리에 걸었다. 일본의 수탈정책을 예견한 경봉스님의 지혜로 감쪽같이 극락암 대밭 뒤편에 파묻혀 있었던 쇠북이 조선의 해방을 맞아 제자리에 다시 걸리게 된 것이다. 이를 지켜보던 젊은 수좌들의 얼굴에 기쁨이 넘쳐흘렀다.
"스님, 여기 이렇게 걸었습니다요!"
"그래. 수고했다. 이제 조선이 해방됐으니 쇠북 한번 쳐서 부처님께 알려드려라!"
"알겠습니다요, 스님!"
더웅덩! 더엉……
곧이어 제자가 치는 종소리가 고요한 산사에 울려퍼졌다. 해방의 벅찬 감격을 안고 종소리를 듣고 있던 스님들의 얼굴에 기쁨의 눈물이 흘러내렸다.
경봉스님은 더욱 큰 소리로 제자를 향해 소리쳤다.
"통도사 소나무도 살았으니 한번 더 쳐라!"
"예, 스님!"
더웅 더덩덩 덩덩.
신나게 타종하는 제자의 손길이 더욱 더 빨라졌다. 종소리를 둘러싸고 모여 있던 스님들이 누가 먼저랄 것도 없이 그 종소리에 맞추어 덩실덩실 어깨춤을 추기 시작했다. 다시 한번 경봉스님의 목소리가 울려퍼졌다.
"영축산 소나무도 다 살아 남았으니 쇠북 한번 더 쳐라!"
덩덩 덩덩덩 덩덩덩덩…….

 종소리는 해방 조선의 구석구석을 뒤흔들기라도 할 듯이 숨가쁘게 울려퍼졌다. 영축산의 낙락장송들도 두 팔을 흔들며 조선독립 만세를 부르는 것 같았다.
 영축산 통도사에서 삭발출가한 경봉스님은 해인사 직지사 선방에서 수행한 얼마 동안을 제외하고는 줄곧 통도사에만 머물고 있었다고 해도 과언이 아니었다. 스님은 그 어떤 위급한 상황을 맞아서도 결코 통도사를 떠나는 일이 없었다.
 혹독한 수행기간을 거쳐 극락암에서 견성오도한 이후에도 스님은 결코 자만하거나 명예에 연연하는 법이 없었다. 영축산 도인스님이라는 위명에도 불구하고 경봉스님은 1935년 9월에 통도사 주지, 1941년 3월 15일 서울 안국동에 있는 재단법인 조선불교 중앙선리참구원 이사장직을 맡은 것 이외에는 결코 종단의 다른 감투를 맡으려 하지 않았다. 중벼슬이란 닭벼슬보다도 못하다는 게 평소 경봉스님의 지론이었다.
 1945년 10월, 해방의 기쁨이 채 가시기도 전의 일이었다. 이날 통도사 경봉스님 앞으로 서울에서 보낸 편지 한 장이 배달되어 왔다. 경봉스님은 편지를 가져온 시자에게 말했다.
 "무슨 편지인지 어디 한번 네가 뜯어보아라."
 "예, 스님."
 시자는 편지에 적혀 있는 주소를 자세히 보더니 스님께 말했다.

"서울 안국동에 있는 선학원에서 보냈는데요, 스님?"
"그래? 그 왜정때 중앙선리 참구원이라고 불렀던 것을 선학원으로 개칭했느니라."
그런데 편지를 뜯어 자세히 읽어보던 시자가 돌연 기쁨에 넘쳐 소리쳤다.
"아, 아이구 스님! 경사났습니다요, 스님!"
"건 또 무슨 소리냐?"
시자는 흥분을 감추지 못하고 편지를 스님에게 보이며 말했다.
"이걸 보십시요, 스님! 선학원 이사회에서 스님을 이사장으로 선출했다 하옵니다요."
"무엇이라구! 나를 선학원 이사장으로 뽑았어?"
"예, 스님. 이거 정말 경사가 나도 큰 경사가 났습니다요, 스님!"
그러나 경봉스님은 시자가 내미는 편지를 읽어볼 생각도 하지 않고 탄식부터 하였다.
"어허! 이 스님네들도 참! 아, 나같은 산골중한테 그런 벼슬을 씌우다니! 이거 번거롭게 생겼구나!"
"아이 참! 스님께서두!"
경봉스님은 기뻐하기는커녕 창 밖을 내다보며 걱정부터 했다.
사실 불교계 내막을 아는 사람이라면 스님의 그런 심정을 수긍할

수 있을 것이었다.

　해방후 정국은 어지러웠고, 우리나라 불교계 역시 불교혁신운동의 기치 아래 분열의 조짐이 싹트고 있었다. 경봉스님 같은 큰스님이 그런 기미를 눈치채지 못할 리가 없었다. 스님은 불교계의 앞일이 걱정스러워 긴 한숨을 내쉬었다.

　그러나 거듭되는 선학원측의 요청을 특별한 사유없이 계속 거부할 수만은 없었다. 경봉스님은 할수없이 그 다음해인 1946년 2월 6일 시자를 데리고 부산에서 급행열차를 타고 상경하였다. 서울에 도착한 경봉스님은 2월 10일부터 6일 동안 안국동 선학원에서 선문촬요와 심경을 설법하여 최소한의 예를 다하였다.

　그후 스님은 곧바로 선학원 이사장직에서 물러나 다시 통도사로 내려오고 말았다.

20
뒤돌아보지 말고 똑바로들 가거라

경봉스님이 안국동 선학원 이사장직을 물리치고 다시 통도사로 내려온 직후인 1946년 3월 25일이었다.

스님은 시자를 시켜 통도사 전대중들을 금강계단 앞에 모아놓게 했다. 영문을 모르고 우르르 모여든 팔십여 명의 대중들은 웅성거리며 경봉스님의 말이 떨어지기만을 기다렸다. 이윽고 경봉스님은 대중들을 향해 미소를 지으며 단상 위에 올랐다.

"삽과 괭이를 들고 모이라고 했으니 무슨 일인가 싶어 궁금들 할 게야. 여러 대중들도 다들 아다시피 이 봄은 우리가 해방 후에 처음 맞는 봄이 아닌가. 이 뜻깊은 새봄을 맞이해서 우리 통도사 대중들이 어찌 그냥 보내서야 되겠는가. 아, 그래서 조선독립 기념으로 여러 대중들과 더불어 잣나무와 낙엽송 각각 천오백 그루씩을 기념식수하자고 이렇게 모이자고 그랬어."
　경봉스님의 말이 끝나자 모여선 대중들이 무어라고 한마디씩 하는 것이었다.
　"아, 조용히들 해! 나무를 심을 적에는 정성을 들여야 할 것이니, 이것도 수행으로 알고 어서들 묘목 짊어지고 산으로들 올라 가!"
　팔십여 명의 대중들이 저마다 삽과 괭이를 짊어지고서 삼삼오오 영축산을 올랐다. 그 모습을 물끄러미 바라보던 경봉스님은 곁에서 삽을 나누어주고 있던 제자 하나를 불렀다.
　"저, 이봐라."
　"예, 스님."
　경봉스님은 한켠에 기대놓은 삽을 손가락으로 가리켰다.
　"거기 있는 삽 이리 다오."
　"아유! 스님은 그냥 절에 계십시오. 제가 대신 산에 가겠습니다요."
　"에끼! 이녀석. 너만 복 많이 지으려고 그러느냐? 나도 나무 많이 심어서 복 좀 지어야겠다. 자, 어서 가자! 하하하."
　산속에서 한평생을 보내신 분이어서일까.
　경봉스님은 그 누구보다도 자연을 몹시 사랑하였고 특히 산을 아끼고, 대나무를 아끼고, 나무를 아꼈다. 그래서 경봉스님은 해마다 봄이 되면 의례 대중들에게 산에 나무를 심도록 하는 것이

었다.

기념식수를 끝내고 돌아오는데 제자 하나가 짓궂은 표정으로 이렇게 스님께 여쭈었다.

"스님께서는 해마다 핑계를 잘도 만들어 내십니다요!"

"으음? 내가 핑계를 잘도 만들어낸다니!"

"재작년에는 아무개 스님 환갑 기념으로 나무를 심게 하셨고, 작년에는 아무개 스님 생일 기념으로 나무를 심게 하시더니만, 금년에는 또 해방기념으로 나무를 심게 하셨으니 말입니다요!"

"아, 그거야 무신 핑계를 대든지 간에 산에 나무를 심는 거야 백번 천번 좋은 일이지."

"그럼 명년에는 또 무슨 기념으로 나무를 심게 하실 작정이십니까요?"

"명년? 음, 그거야 명년에는 또 해방 두돌 기념식수를 하면 되지. 아, 핑계없어서 나무를 못 심겠느냐?"

스님의 말을 듣던 제자는 한숨을 포옥 내쉬며 이렇게 말했다.

"하유! 하지만 스님! 그 어린 잣나무를 이제 심어서 대체 어느 세월에 잣을 따먹겠습니까요?"

"쯧쯧! 얘, 이 녀석아! 우리 극락암 앞에 서 있는 저 감나무 몇 년생이나 될 것 같으냐?"

"그, 글쎄요? 한 백 년은 되었을 것 같습니다요."

"그러면, 저 감나무를 심으신 스님은 당신께서 감을 따자시려고 저 감나무를 심으셨겠느냐?"

"아, 글쎄요. 그야 뭐……."

말문이 막힌 제자는 뒤통수를 긁적거리며 말끝을 흐렸다.

"저 감나무를 심으셨던 스님은 이미 오래 전에 열반에 드셨다. 그대신 그 스님 덕분에 너희들이 실컷 따먹고 있어."

"아, 그, 그야 그렇습니다마는."

"너희들도 감나무에서 감만 따먹을 생각 말고 감나무를 심을 생각을 해야 해. 그래야 훗날 누군가 또 이 절에서 수행할 아이들이 따먹을 수 있을 게 아니냐?"

제자는 수행자로서 먼 앞날을 내다보지 못했던 자신의 짧은 생각이 부끄러워 몸둘 바를 몰랐다. 경봉스님은 노을에 물든 영축산 자락을 그윽한 눈빛으로 바라보았다.

"산에다 나무를 심는 것도 그렇다. 산에 밤나무, 감나무, 잣나무를 심어 놓으면 사람이 따먹든 짐승들이 따먹든 이 나라 백성들이 따먹게 될 것이요, 다람쥐든 청설모든 토끼든 노루든 이 나라 짐승들이 먹게 될테니 그 아니 좋은 일이냐! 아, 굶어죽는 것보다야 천번 만번 좋은 일이지!"

"……."

두 사람의 침묵을 헤치고 어디선가 뻐꾸기 소리가 들렸다. 애절

한 그 소리는 슬픈 사람에게는 위안을 주고 즐거운 사람에게는 아늑한 행복감을 주는 것 같았다.

"저 소리를 듣느냐?"

"예, 뻐꾸기 소립니다요, 스님."

"저 소리가 듣기에 어떻드냐?"

"그야, 뻐꾸기 소리는 언제 들어도 기분이 좋습니다요."

"그런데도 저 뻐꾸기가 너에게 값을 달라고 하더냐?"

"에이! 그런 일이야 없습죠, 스님!"

제자는 짐짓 장난스럽게 대답하면서도 예사롭지 않은 스님의 말에 귀를 기울였다. 보통 사람들이라면 그냥 스치고 지나가기 마련인 극히 평이한 일들도 경봉스님은 결코 소홀히 대하지 않는다는 것을 제자는 경험을 통해 잘 알고 있었다.

"뻐꾸기는 아무 대가를 바라지 않고 운다."

"……."

"출가수행자도 저 뻐꾸기 같아야 된다. 따지고 바라고 조건을 붙이고 그러는 것은 세속의 일이다."

경봉스님의 눈을 통해 다시 세상을 보노라면 모든 것이 전연 새로운 빛깔과 깊이로 자신에게 다가오는 것 같았다. 스님은 부처님의 가르침을 불경에서만 찾지 않았다. 스님에게는 모든 사사로운 일상이 법문의 재료요, 가르침의 원천이었다.

"어떻게 하면 더 많이 챙길까, 어떻게 하면 더 많이 가질까, 그 생각을 가지는 바로 그 순간부터 지옥이 생기는 게다."
"예, 스님. 스님의 가르침, 명심하겠사옵니다."
경봉스님의 가르침은 언제나 이렇게 평범한 것들 속에 깃들인 진리를 끄집어내는 것이었다. 제자는 가슴의 한가운데가 따뜻해져 오는 것을 느끼며 언제까지고 스님과 함께 황혼이 지는 영축산의 한자락을 바라보고 있었다.
경봉스님은 늘 대중들에게 인생이 불행해지는 것은 저마다의 욕심 때문이라고 말하곤 했다.
"아흔아홉 섬 가진 사람은 백 섬을 채우려고 안달이요, 구백구십 섬 가진 사람은 천 섬을 채우려고 안달복달이니, 그래서 이 세상은 고달프고 괴로운 게다. 한뼘도 아니되는 사람 가슴속에 들어앉아 있는 이 욕심주머니라고 하는 것은 밑빠진 항아리와 같아 채워도 채워도 채워질 날이 없는 것! 어리석은 사람들은 그것을 모르고 어떻게든 그 욕심주머니를 가득가득 채우려고 발버둥을 친다마는 동서고금을 다 둘러보아도 그 욕심 다 채우고 간 사람은 한 사람도 없다. 채우기는 고사하고 가지고 있던 것도 다 놓고 간다. 사람이 세상 떠날 때 마지막 입는 옷, 그 마포로 만든 수의 말이다, 마지막 입고 가는 그 수의에는 미안하지만 주머니가 없다. 아무것도 넣어 가지고 갈 수가 없는 게야. 천석꾼 부자도 만석꾼 부자도 군수도

경찰서장도 도지사도 장관도 아무 소용 없다. 그 많은 재산, 그 많은 전답, 그 높은 벼슬, 그 많은 감투, 그거 다 모조리 가지고 가고 싶겠지만 마지막 입은 옷에 주머니가 없으니 담아갈 수도 없고, 한 평도 안되는 관 속에 넣어갈 수도 없고, 그러니 이게 모두 다 소용 없는 것. 세상 떠나는 길에 가지고 가지도 못할 것, 그거 어디다 쓸려고 그렇게 발버둥질을 치느냐 말이다. 버리거라! 버리거라! 욕심 하나 버리고 나면 집안이 극락이요, 일터가 극락이요, 이 세상 모두가 다 극락이니라!"

경봉스님의 삼소굴 일지에는 1947년 1월부터 당시 불교계의 숨가쁜 움직임과 심상치 않은 시비가 빠짐없이 기록되어 있다. 이때부터 이미 비구승 측과 대처승 측 간에는 다툼의 싹이 자라고 있었던 셈이었다. 그러나 경봉스님은 이 싸움의 틈바구니 속에서도 초연하게 자기 자리를 지켰다.

이 혼란한 시비의 와중에 있었던 사람들은 경봉큰스님이 어느 한편에 서주기를 바랐다. 특히 불교혁신운동의 바람을 일으켰던 스님들은 틈나는 대로 경봉스님을 찾아왔다.

"경봉스님께서도 불교혁신운동에 가담을 해주셔야겠으니 저, 이 취지문에 서명 날인을 해주시죠."

"나는 이 취지문에 서명 날인할 자격이 없소이다."

"그 무슨 말씀입니까, 스님?"

"따지고 보면 나도 허물이 있는 사람, 내가 감히 누구더러 허물이 있다고 나설 수 있겠소이까?"

"아니 그럼 경봉스님께서는 불교혁신 운동을 근본적으로 반대한다 그런 말씀이십니까?"

"나는 한낱 수행자일 뿐, 불교운동자가 아니오. 찬성이고 반대고 어느 쪽에도 설 수 있는 사람이 아니란 말입니다."

그러나 경봉스님의 이런 말은 그들에게 결코 납득이 되지 않았다. 싸움에 휘말려 있는 사람들은 세상 돌아가는 이치를 거시적으로 보지 못하고 흑이 아니면 백이라는 일도양단의 입장에서 모든 것을 해석했다. 경봉스님은 그저 안타까울 뿐이었다.

서명을 받으러 왔던 스님은 찬성이고 반대고 어느 쪽에도 설 수 없다는 말에 눈살을 찌푸리며 단도직입적으로 말했다.

"아니 그렇다면 결국 혁신운동 반대파의 입장에 선다는 뜻 아니겠습니까?"

"다시 말씀드리거니와 나는 다툼과 시비에는 끼고 싶지 않소이다. 이쪽에서는 이쪽만 옳다 하고 저쪽에서는 저쪽만 옳다 하면 이건 결국 싸움밖에 더 되겠습니까?"

"그렇다면 대체 어떻게 하는 것이 가장 좋은 방법이란 말씀이십니까?"

"이쪽도 양보하고 저쪽도 양보해서 화합할 생각을 해야 일이 풀

릴 것이니 내가 할 수 있는 말은 타협을 잘들 하시란 것뿐입니다."
"으음."
"자, 그럼 나는 그만 내려가 봐야겠소이다."
 경봉스님은 더 이상 시시비비에 말려드는 게 싫어서 통도사 극락암으로 올라오고 말았다. 이때의 심경을 경봉스님은 삼소굴 일지에 시로써 읊어놓았다.

 취한 듯 미친 듯 세상의 말자여
 어리석은 듯 깨친 듯 하니 누가 감히 측량하랴.
 시비와 장단은 그대에게 맡기노니
 우습다 뭇 세정을 내가 벌써 알겠구나.

 경봉스님은 영축산 산자락에 묻혀 오직 참선삼매에만 몰입하였다.
 이해 9월 26일, 통도사에서 해방후 제 2대 주시 선거를 했는데 그 결과 경봉스님이 다시 주지로 선출되었다. 백육십오 명이 투표한 이날의 주지 선거에서 경봉스님은 98표를 얻어 두번째 주지직을 맡게 된 것이다.
 경봉스님이 세상의 온갖 시비를 떠나 오직 영축산 산중에 묻혀 지내는 동안 이땅에서는 6·25전쟁이 일어났다.
 남쪽에 자리잡고 있었던 통도사에는 피난온 승려들의 행렬이 그칠 새가 없었다. 통도사는 한적했던 옛 모습을 잃고 장바닥처럼 북적댔다. 방은 한정되어 있는데 대중들은 많으니 잘 자리가 궁색해졌다. 먹을 것이 없어 전대중들이 아침 저녁 시래기죽으로 연명을 했다.

그러나 오래지 않아 빨치산들이 신불산과 영축산을 주름잡고 인근 마을을 휘젓고 다녔다. 그들은 낮에는 산에 숨어 있다가 밤이면 마을과 절에 내려와 식량과 가축을 약탈해 갔다. 또 젊은 사람들을 마구 잡아다가 약탈한 물건을 수송하는 데 부려먹기도 했다.

큰절에 있던 젊은 스님들은 하나하나 걸망을 챙겨들고 통도사를 떠나기 시작했다. 그러나 극락암의 경봉스님은 남아 있는 젊은 스님들을 보호하면서 끝까지 암자를 지켰다.

그러던 1953년 1월 1일 밤 11시 30분경이었다. 적막한 산사에 거친 발자국소리가 들리더니 무장한 괴한들이 나타났다. 그들은 잠자리에 든 스님들을 총부리로 위협하면서 윽박질렀다.

"손들어! 꼼짝하면 죽인다! 모두 손들고 일어서!"

"엇!"

"빨리빨리 따라나왓! 한방에 모여!"

캄캄한 밤중에 들이닥친 무장괴한 네 명이 스님들을 모조리 한방으로 모았다. 다른 젊은 스님들과 함께 법당으로 끌려간 경봉스님이 괴한들 앞에 나서며 소리쳤다.

"대체 그대들은 어디서 온 누구란 말이든가?"

"보믄 모르갔나! 우리들은 빨치산이다! 종교는 아편이요, 미신! 감언이설로 혹세무민한 자들은 모조리 없애야 돼!"

그들은 당장이라도 방아쇠를 당길 것처럼 경봉스님을 총구로 위협하며 기세등등하게 말했다. 그러나 경봉스님은 의연한 표정으로 계속 말했다.

"이것 보시게, 젊은이! 여기 이 암자에 온 목적이 무엇인지 모르겠지만 잘못 알고 있으시네."

"뭐이? 뭐이 잘못 알고 있다고 기래! 이거이 쌍!"

한 사내가 눈을 부릅뜨고 거침없이 쌍소리를 내뱉었다. 그러나 경봉스님은 눈 하나 까딱하지 않고 말했다.

"그대도 고향에 부모형제가 계실 터! 그대는 부모형제가 무사하길 간절히 빌고 있을 테고 그대의 부모님 또한 자식이 무사하길 간절히 빌고 있을 터! 무사하기를 비는 그 마음이 아편이요 미신이라는 말씀이신가?"

"듣기 싫어! 살고 싶으면 이 절간에 있는 물건 하나도 숨기지 말고 빨리 빨리 내노라!"

"가난한 암자라 내놓을 것이 별로 없네만 소용되는 것이 있거든 마음대로 가져가시게."

조금도 두려워하지 않고 당당히 말하는 경봉스님의 태도에는 그 무엇도 범접하기 힘든 위엄이 흘렀다. 험상궂은 표정으로 스님을 노려보던 사내의 눈길이 흔들렸다.
"이걸 썅!"
사내는 나지막히 욕지거리를 내뱉더니 같이 온 동료들에게 버럭 소리를 질렀다.
"야! 빨리빨리 찾아봐!"
이날밤 빨치산들은 극락암을 발칵 뒤집어놓고 산속으로 사라져 버렸다. 그들이 완전히 사라지자 젊은 스님들이 차례차례 일어났다.
"원! 저런 빌어먹을 자식들 같으니라구!"
경봉스님은 시자에게 없어진 물건부터 신속히 조사하게 했다.
"음, 없어진 것은 무엇무엇이던고?"
"쌀 두뒈박에 돈 십오만원, 내복 한 벌에 고무신 두 켤레, 그리고 또 면도칼 한 개 가져갔습니요."
경봉스님은 고개를 끄덕이며 조용히 말했다.
"사람 상하지 않은 게 천만다행이다. 날이 밝거든 지서에 신고해라."
경봉스님은 1953년 11월 3일 영축산 통도사 극락선원 원로로 추대되었다. 이후 스님은 오직 후학들의 참선수행 지도에만 전념할 뿐 다른 일에는 일체 관여하지 않았다.

그러던 어느 날 경봉스님은 시자를 부르더니 말했다.
"너 이 팻말 두 개를 정낭에다가 붙여놓도록 해라."
"무슨 팻말이시온데요, 스님?"
시자는 팻말에 씌어진 글씨를 흘끔 바라보면서 스님께 여쭈었다.
"하나는 휴급소라는 팻말이요, 또 하나는 해우소라는 팻말이니라."
"휴급소하고 해우소라니요, 스님?"
"아 인석아, 글씨를 보고도 뜻을 모르겠느냐? 휴급소는 말 그대로 급한 것을 쉬어가라 하는 뜻이니 소변보는 데다 붙이도록 하고, 해우소는 말 그대로 근심걱정 버리라는 것이니 큰일 보는 데다 붙이도록 해라."

사찰에서는 화장실을 정낭이라고 부른다. 그러나 남자용, 여자용이라는 팻말을 붙여 따로 구별하는 일은 있어도, 휴급소, 해우소라는 팻말을 써붙여 구별하는 일은 생전 처음이었다. 극락선원을 찾는 사람들은 그것을 보고서 하나같이 어리둥절할 수밖에 없었다.

경봉스님은 이 정낭에 얽힌 이야기로 대중들에게 재미있는 법문을 들려준 적이 있었다.

"여러 대중들은 우리 극락선원 정낭에 갔다가 휴급소, 해우소라는 팻말을 보고 이것이 대체 무슨 소린가 싶어서 고개들을 갸웃갸

웃했을 것이야. 그래서 내 오늘은 이 휴급소, 해우소부터 시원하게 설명을 해줘야겠는데 이 세상에서 가장 급한 일이 무엇이냐 하면 그것은 자기 자신이 누구인지 그것을 찾는 일이야. 그런데도 어리석은 중생들은 자기 자신을 찾는 화급한 일은 잊어버리고 바쁘지 않은 일을 바쁘다고 한다 이거거든. 그래서 내가 소변보는 곳을 휴급소라고 이름 붙였어. 사람이 소변이 마려우면 다른 일이 아무리 다급해도 소변부터 봐야 하는 법. 이 소변을 보면서 쓸데없이 바쁜 마음을 쉬어가라는 뜻이야. 그리고 큰일 보는 것은 어째서 해우소라고 했느냐. 우리 뱃속에 쓸데없는 것이 꽉 차 있으면 속이 답답하고 뱃속이 불편해. 그래서 그 쓸데없는 것을 버리는 곳이 바로 화장실이다 이런 말이지. 뱃속에 꽈악 차 있던 쓸데없는 것, 그거 다 버리고 나면 얼마나 시원하던가. 그러니 기왕에 여기 들어가거든, 뱃속에 들어있는 찌꺼기만 버리지 말고 마음속에 들어있는 쓸데없는 근심걱정 번뇌 망상도 모조리 다 버리고 가거라, 그래서 해우소라고 이름을 붙인 거야. 휴급소에서 다급한 마음 쉬어서 가고 해우소에서 근심걱정 번뇌 망상 다 버리고 가고 바로 이것이 도닦는 일이요 수행하는 것이니 다른 것이 수행이던가. 휴급소에 가거던 급한 마음 쉬어가거라! 해우소에 가거든 온갖 근심걱정 번뇌 망상도 버리고 가거라! 그리하면 그대들의 마음이 편해질 것이니라!"

경봉스님의 법문은 늘 이렇게 평범하고 재미있으면서도 깊은 교

훈을 담고 있었다. 어느 해 여름에는 한 수좌가 극락선원을 찾아와 스님께 인사를 올렸다.

"극락암에는 길이 없는데 어떻게 왔느냐?"

"예에? 아, 길이 없다니요, 스님? 길이 아주 잘 닦여져 있어서 자동차를 타고 왔습니다요, 스님."

수좌의 대답이 끝나기도 전에 주장자가 매섭게 날아왔다.

"딱!"

"으윽!"

"이놈아! 이 극락선원 대문을 나서보아라. 돌도 많고 물도 많으니 돌에 차여서 자빠지지도 말고, 물에 빠져서 옷을 버리지도 말고 가거라!"

"예에?"

그러나 경봉스님의 이 법문을 제대로 알아듣는 사람은 별로 많지가 않았다.

극락선원 문 밖을 나서면 바로 오탁악세, 돌부리가 많으니 걸려서 넘어질 위험이 많고, 더러운 물웅덩이가 많으니 빠지지도 말라는 것으로 스님의 이 말씀이야말로 어떤 인연 어떤 유혹에도 걸리지 말고 수행자의 길을 꿋꿋이 걸어가라는 경책이었던 셈이다.

평소에도 경봉스님은 공부를 마치고 떠나는 수좌들이나 스님을 친견하고 돌아가는 신도들에게 늘 같은 법문을 해주곤 하였다. 수좌들이나 신도들이 스님께 하직인사를 올리고 저만치 솔밭길을 걸어 내려가고 있노라면 스님은 문간에 선 채 그들을 향해 마지막 법문을 하는 것이었다.

"이것들 보거라!"

"왜 그러시옵니까요, 스님?"

"뒤돌아보지들 말고 똑바로들 가거라!"

"예에? 뭐라고 말씀하셨사옵니까요, 스님?"

"뒤돌아보지들 말고 똑바로들 가란 말이다!"

뒤돌아 보지 말고 똑바로들 가거라.

하직인사까지 마치고 잘들 가는 사람을 왜 일부러 불러 돌아보게 해놓고는 '뒤돌아보지 말고 똑바로 가라'고 이르셨을까?

이 말씀은 수좌들이나 신도들이 자신의 인생길을 자신있게 똑바로 걸어가기를 바라는 당부의 말이었으니 오늘날의 우리들도 마음 깊이 새겨야 할 법문이다.

21
물처럼 사노라면 후회없으리

서울서 내려온 기자에게 자신의 팔십 평생에 걸친 이야기를 들려주던 경봉스님은 이제 힘에 부치는지 자리에 누워 이야기를 마무리하였다.

"요즘에는 기력도 없어지고 아이들도 말리고 해서 바깥 일은 되도록 안하려고 그래. 하지만 말이야. 시주님네들 은혜 갚으려면 아직 멀었어. 아, 아무리 늙은중이라도 밥값이야 해야지! 안그런가, 어이? 허허허!"

"스님! 이제 남은 얘기는 제가 대신 하겠으니 그만 쉬시지요."

제자 명정이 다시 강력하게 나서자 이제는 더 고집을 피울 기력도 없는지 경봉스님은 희미하게 미소를 지으며 고개를 끄덕였다.

"그래, 그래. 자네, 이제 남은 얘기는 저 녀석한테 듣게. 이제부터는 나보다도 저, 명정이가 더 잘아는 얘길세. 허허."
 "예, 스님. 걱정 마시고 푹 쉬십시요. 오랫동안 좋은 말씀 들려 주셔서 정말 고맙습니다, 스님."
 기자와 단둘이 마주앉은 명정은 큰스님이 잘 보관하라고 이른 종이보따리를 꺼내어놓고 큰스님을 처음 만나던 무렵의 이야기부터 설명하기 시작하였다.
 경봉스님의 첫상좌가 된 분이 바로 훗날의 박벽안 스님인데 이 벽안스님이 통도사 본사 주지에 취임하던 해 겨울이었다. 작은 암자를 단번에 날려버리기라도 할 듯이 심한 바람이 불어대던 어느 날이었다. 경봉스님이 머물고 있던 극락암 극락선원에 낯선 청년이 찾아왔다. 이 청년은 경봉스님을 뵙자마자 아무 말 없이 넙죽 절부터 올렸다.
 경봉스님은 청년의 얼굴을 물끄러미 바라보았다. 얌전하고 성실해 보이는 청년이었다.
 "그래, 니가 어디서 왔다구?"
 "예. 저 합천 가야산 해인사에서 행자로 있었사옵니다."
 "음. 해인사에서? 그래, 이름은 무엇이던고?"
 "예. 성은 나가이옵구 이름은 덕채라 하옵니다."
 "나덕채라고 했느냐?"
 "예에."

"나이는 몇이던고?"

"예. 만 열 여덟이옵니다."

"흐흠. 그래, 무슨 일로 이 극락암에 오게 되었는고?"

"예. 해인사에 계시는 연산스님께서 노스님을 찾아뵙구 스님 문하에서 출가하는 게 좋겠다 하시기에 그래서 찾아뵈었습니다."

"그러면 내 밑에서 공부를 하고 싶다 그런 말이더냐?"

"예. 그렇사옵니다, 스님."

청년은 스님의 묻는 말에만 군더더기 없이 대답할 뿐 대체로 과묵한 편이었다. 총기 흐르는 검은 눈과 꾹 다문 입매가 진지하고 믿음직한 인상을 주었다. 경봉스님은 이 나덕채라고 하는 청년이 첫눈에 마음이 들었다.

"니 속가는 어디던고?"

"예. 경기도 김포이옵니다."

"허허허허. 그 녀석, 멀리도 왔구나! 너 어디 그 손 한번 이리 내놓아봐라."

경봉스님은 청년이 내민 손을 만져보더니 빙그레 웃으며 말했다.

"보아하니 너는 전생에 많이 닦았으니 조금만 닦아도 중 노릇 잘하게 생겼다. 내일부터 당장 내 시봉을 들도록 해라."

"고, 고맙습니다, 스님! 정말 고맙습니다!"

청년은 기뻐서 어쩔 줄을 모르며 다시 스님께 큰절을 올렸다. 해인사 연산스님의 추천이 있었다지만 이처럼 쉽게 응낙하실 줄을 몰랐던 것이다. 아무나 제자로 거두지 않고 아무나 방부를 들이지 않는, 까다롭기로 소문난 경봉스님이 아니었던가.
 청년은 그날부터 경봉스님의 시봉을 들게 되었다. 그런데 해인사에서 온 이 덕채라는 청년이 극락선원에 머물게 된 지 얼마 되지도 않았을 때였다. 새벽 일찍 일어나보니 밤새 내린 눈으로 온천지가 하얗게 덮여 있었다. 덕채가 언 손을 호호 입김으로 녹이며 절 마당에 쌓인 눈을 열심히 치우고 있는데 삼소굴 노스님이 부르는 소리가 들렸다.
 "이것보아라, 덕채야! 밖에 있느냐?"
 덕채는 빗자루를 던져놓고 부랴부랴 스님께 달려갔다.
 "부르셨습니까요, 스님?"
 "그래. 거 며칠 지내보니 견딜 만하느냐?"
 "예, 스님."
 덕채는 빨갛게 언 손등을 얼른 옷자락 사이로 감추며 대답했다. 가까이 앉아 있던 경봉스님이 그 모습을 보지 못했을 리가 없었다. 그러나 노스님은 희미하게 미소를 지을 뿐 거기에 대해서는 아무 말도 하지 않았다.
 "기왕에 산문에 들어왔으면 공부를 열심히 잘해서 많은 중생을 제도해야 할 것이야."

"예."
"그리고. 너는 훗날 바로 이 극락암 주인이 될 것이니 지금부터라도 이 도량주인으로 자처하고 열심히 해야 할 것이야."
"예, 스님."
"그리고……."
경봉스님은 단단히 묶은 꾸러미 하나를 덕채에게 건네면서 말했다.
"이 종이꾸러미는 반드시 너한테 소용될 물건이니 니가 갖다가 잘 간수하도록 해라. 자!"
"예에."
이날 덕채 행자는 스님이 내주신 종이 꾸러미를 받아들고 나와 조심스럽게 펴보았다.
"아!"
덕채는 나직히 신음을 토했다. 그것은 경봉스님이 자신의 전생애에 걸쳐 써놓은 붓글씨와 여러 선객들과 주고받은 귀중한 서신들이 아닌가. 스님은 당신의 가장 귀중한 재산과 보물을 고스란히 행자에게 내맡긴 셈이었다.
바로 이 행자가 오늘날까지 극락 호국선원을 지키고 있는 명정스님이다.
경봉스님의 세속 나이 일흔일곱이시던 1966년 4월 22일의 일이었다.
 이날 극락암에는 비구니 삼현스님을 비롯해서 서울에서 일부러 내려온 김백초성보살, 그리고 허법양화보살, 비구니 무착스님 등 칠팔 명의 보살들과 비구니 스님이 모여들었다.
 조용하던 산사에 갑자기 보살님들과 비구니 스님들이 모여드니 경봉스님은 무슨 일인가 싶어서 제자 명정을 불러들였다.
 "부르셨사옵니까요, 스님?"
 "그래. 오늘 우리 극락암에서 무슨 큰 제라도 올리게 되어 있다더냐?"
 "아, 아니옵니다, 스님."
 "허면 무슨 일로 저렇게 보살들이 모여들고 비구니들이 모여들었는고?"
 "저 그건 그냥 별일 아니오니 스님께서는 그저 모르신 척 하시는 게 좋을 듯 하옵니다."
 아끼는 제자 명정이 웬일인지 무척 당황스런 기색으로 말을 얼버무리자 노스님은 더욱 궁금해져서 말했다.
 "허허허. 이 녀석이 이거! 무슨 대중공사를 꾸미는 데 날더러 모르는 척 하라는 것인고?"
 "예. 저 말씀드리기 송구스럽습니다만 이달이 음력으로 윤달이라고 그러지 않습니까요?"

"그래, 윤달이라 무엇이 어쨌다는 말이더냐?"
"아 예. 저, 윤달에 수의를 지어놓으면 좋다고들 해서 스님의 수의를 지으려고 다들 모였답니다, 스님."
"무엇이라고? 내 수의를 지으려고 모였다?"
"예, 스님."
제자 명정은 송구스러운 마음에 얼굴을 들지 못하고 모기소리만 하게 대답했다. 경봉스님은 허탈하게 웃으며 먼 산자락으로 눈길을 던졌다.
"허허. 내 벌써 갈 때가 다 되었더라 그런 말이지?"
"아 저…… 그 그게 아니옵구요 스님."
"그래. 기특하고 고마운 일이다. 내가 세상떠날 때 입을 옷을 미리 만들어준다니 정말 고마운 일이다."
"조금도 언짢게는 여기지 마십시오, 스님. 수의를 미리 만들어 놓으면 더욱 더 무병장수 하신답니다요!"
"허허허. 내 나이 벌써 이렇게 됐구나, 으이? 허허허."
사람이 한세상 살다가 마지막으로 이승을 떠날 때 입는 옷 수의.
삼베로 만드는 이 마지막 옷 수의에는 주머니가 없다고 경봉 큰스님은 늘 말했다. 이 마지막 입는 옷에는 주머니가 없으니 돈도 땅문서도 금은보석도 감투도 벼슬도 명예도 담아가지 못한다고 말이다.

그러나 막상 자신의 마지막 옷을 짓는 광경을 보는 노스님의 감회가 어찌 단순할 수 있겠는가. 보살들과 비구니들이 정성들여 수의를 짓고 있던 이날 그 감회를 경봉스님은 삼소굴 일지에 이렇게 담담하게 적었다.

"부산에 사는 제자 이대각심이 작년에 내 수의를 지으라고 옷감을 마련해 비구니 삼인에게 주었는데 이달이 음력 윤달이라고 해서 오늘 내 수의를 짓기 위해 보살들과 비구니들이 모여 와서 옷을 지었다. 의복이라도 수의라고 하니 대중들의 마음도 이상하게 섭섭한 감이 든다 하고, 나도 생각에 본래 거래생멸이 없다고는 하지만 세상인연이 다해가는 모양이니 무상의 감이 더욱 느껴진다. 금년 병오년에서 무진년을 계산하면 39년 간인데 그동안 내가 받은 부고가 무려 육백사십여 명이구나. 이 많은 사람들이 다 어디로 갔는지. 한번 가고는 소식이 없구나. 옛부처도 이렇게 가고 지금부처도 이렇게 가니 오는 것이냐, 가는 것이냐. 청산은 우뚝 섰고 녹수는 흘러가네. 어떤 것이 그르며 어떤 것이 옳은가. 찌찌찌찌. 야반 삼경에 촛불춤을 볼지어다."

그해 가을, 그러니까 1966년 10월 15일의 일이었다. 제자 명정이 또 급보를 가지고 스님께 달려왔다.

"스님, 스님! 전보가 왔습니다."
"무슨 전보가 왔는고?"
"예. 저 밀양 표충사에서 효봉 큰스님이 오늘 아침 열반에 드셨다 하옵니다."
"효봉노스님이 열반에 드셨다구?"
"예, 스님."
경봉스님은 지체없이 명정에게 일렀다.
"그럼 어서 행장을 꾸려라. 내 표충사로 가야할 것이다."
"아니옵니다, 스님. 장례는 서울 조계사에서 모신다 하옵니다."
"그래? 그럼 내가 서울로 가야겠구나."
연로한 몸으로 무리한 여행을 하는 것이 해롭지 않을 리 없었으나 경봉스님은 노구를 이끌고 기어이 상경했다. 스님은 효봉큰스님의 영전에 손수 향을 피워 올렸다. 그리고는 즉석에서 시 한수를 지어 효봉큰스님의 영전에 바쳤다.

새벽해 허공에 솟아 구름이 봉우리에 흩어져도
하늘과 땅 변함없이 옛모습 그대롤세.
종사의 입적 보이심 지금 이러하니
향 사르고 차 달이며 송 한수를 짓네.

효봉큰스님의 장례를 모신 뒤 다시 영축산 극락암으로 내려오신 경봉스님은 1967년 12월 25일 드디어 극락암에 전기불이 들어오게 하였다.

전기가 개통되자 극락암은 해와 달과 무수한 별들이 한데 모여 잔치를 벌이기라도 하는 것처럼 빛천지가 되었다. 칠흑처럼 어두운 산사가 대낮처럼 밝아지자 모여든 대중들은 환한 빛 아래서 서로의 얼굴을 바라보며 환성을 질렀다. 노스님은 손에 손을 잡고 덩실덩실 춤을 추며 기뻐하는 대중들을 인자한 얼굴로 말없이 바라보았다.

이 무렵부터 경봉스님은 하루하루가 아까운 듯 중생제도를 위해 멀고 가까움을 가리지 않고 설법에 더욱 열을 올리었다. 제자들이 몸을 아껴야 한다고 그렇게 간곡히 당부를 드려도 소용이 없었다. 특별한 일이 없는 한, 삼소굴을 찾는 신도들이나 수좌들의 발길을 절대로 막지 말라고 제자 명정에게 특별히 분부를 내리기까지 했다.

하루는 부산에 살고 있는 한 거사가 부인과 함께 경봉스님을 찾아뵈었다. 두 사람은 나란히 인사를 올리고 자리에 앉았다. 그런데 웬일인지 경봉스님은 약수나 한사발 마시고 오라고 부인을 밖으로 내보내는 것이었다.

부인이 시자를 따라 밖으로 나가자 스님은 엄한 표정으로 박거

사를 불렀다.

"이 사람, 박거사! 이제보니 자네 아주 못쓰겠네."

"예에? 무슨 말씀이시온지요, 스님?"

노스님이 대뜸 호령부터 내리자 부산에서 올라온 박거사는 당혹스러운 표정이었다.

"그동안 내가 십수 년을 지켜보아왔는데 말이야. 자네는 누구가 뭐라캐도 다 부인 공덕으로 사업 일구고 산다는 걸 알아야 하네."

"예. 그야 뭐 저도 알고 있사옵니다, 스님."

"자네 부인이 다른 마누라들처럼 설치고 다니며 돈을 직접 벌어들이지는 아니했지만 모든 어려움 말없이 견뎌내고 순종하여 가정이나 사업체의 화목을 이루는 데 공덕을 참 많이 쌓았단 말이네."

"예에, 스님."

"근데 자네는 자네 부인을 아끼고 사랑하지를 않고 있어."

"아유! 아니옵니다, 스님! 아, 제가 왜 아내를 아끼시 않겠습니까?"

"그 쓸데없는 변명 같은 거 할라 그라지 말고 오늘 부산으로 돌아가거든 자네 부인 손가락에 반지 하나 사 끼어줘라."

"반지를 사주라고요, 스님?"

"이제는 밥먹고 살 만하게 됐다고 했으니 마누라 생각도 좀 해 줘야지. 여자란 말이야."

"예, 스님."
"여자란 누구나 반지도 끼고 싶고 좋은 옷도 입고 싶고 목걸이다 뭣이다 치장하기를 좋아하는 게야."
"아, 예. 알겠습니다, 스님."
이제야 노스님의 말뜻을 알아들은 박거사는 싱긋이 웃으며 머리를 긁적거렸다.
"그렇다고 내가 허영떨고 사치를 시키라는 말은 아니네. 분수에 맞게 금반지 하나라도 가끔씩 해주는 거, 그걸 잊어서는 안된단 말이네. 아, 한평생 고생시켰거든 마누라에 대한 고마움도 표시할 줄 알아야 바로 그기 남편된 도리가 아니겠는가."
"예, 스님. 스님 말씀 명심해서 꼭 그렇게 하겠습니다, 스님. 이제 생각해 보니 그동안 제가 마누라한테 너무 무심했었습니다, 스님."
경봉스님은 이렇게 신도들의 가정생활까지도 따뜻한 눈길로 살피고 자상한 법문을 아끼지 않았다. 신도들을 대하는 스님의 태도는 마치 너그러운 아버지와도 같았다. 신도들의 입에서 입으로 경봉스님은 진정으로 '살아있는 자비보살'이다 라는 말이 전해지는 것은 어찌보면 너무도 당연한 일이었다.
경봉스님의 세속 나이 여든 한 살이 되던 1972년 봄이었다. 세월이 흐름에 따라 기력이 쇠약해져가는 것을 몸으로 느낀 경봉스님

은 극락암 삼소굴로 제자들을 불러앉혔다. 노스님은 미소띤 얼굴로 어엿하게 성장한 제자들의 면면을 하나하나 살펴보았다.

"내 나이가 금년에 몇이나 되는지 알고 있느냐?"

"……."

노스님의 느닷없는 질문에 당황한 제자들이 우물쭈물하는데 구석에 앉아 있던 명정이 나서며 말했다.

"올해 여든 하나이신 줄로 아옵니다, 스님."

"음 그래. 내 금년에 여든 하나. 자고로 인생칠십고래희라고 했는데 너무 오래 살았느니라."

"아니옵니다, 스님. 이 도명이 뵙기에는 스님은 아직도 동안이시옵니다."

"도명이 네 눈에는 아직도 내가 동안이라고?"

"예, 그렇사옵니다, 스님."

주름 가득한 경봉스님의 얼굴에 웃음이 떠올랐다.

"허허허. 얼굴이 동안이 아니라 마음이 동심이지, 으이? 허허허. 허나 사람은 누구나 나이를 속이지 못하는 법. 이제 우리 극락암 살림을 너희들에게 맡겨야겠다."

극락암 살림을 제자들에게 맡기겠다는 것은 이제 일선에서 물러나겠다는 뜻이었다. 제자들이 듣기에 민망한 말인지라 다들 수런거리는 가운데 벽산이 나서서 스님께 간절히 여쭈었다.

"아, 아니옵니다, 스님! 스님께서 분부만 해주시오면 저희들이 그대로 시행하겠사옵니다. 하오니 스님께서는……."
그러나 노스님은 제자 벽산의 말을 가로막고 단호히 힘주어 말했다.
"여러 소리들 하지 말고 내 말대로 하도록 해라!"
"예, 스님."
"도감은 벽산이 맡도록 하고."
"예, 스님."
"원주는 도명이 니가 맡도록 하고."
"예, 스님."
"그리고 원두는 명정이 네가 맡도록 해야 할 것이다."
"예, 스님."
호명된 제자마다 스님 앞으로 나아가 공손히 절을 올렸다.
"이제 우리 극락암 살림은 너희들이 주인이니 알아서 잘들 처리해야 할 것이다. 내 말 알겠느냐?"
"예, 스님. 명심하겠사옵니다."
극락암 살림살이까지 제자들에게 맡겨버리고 온갖 것에서 손을 다 놓아버린 경봉 큰스님은 그야말로 아무것에도 걸림이 없는 무애도인이었다. 여든 한 살의 노스님은 티없이 맑은 어린아이처럼 영축산 자락에 안겨 시를 읊으며 유유자적한 시간을 보냈다.

 적지않은 나이로 자신의 시중을 드는 명정에게 안쓰러운 눈길을 던지다가도 여러 가지 오랜 경험에서 우러나는 충고를 해주곤 했다.
 "이것 보아라, 명정아."
 "예, 스님."
 "너는 채소밭 가꾸는 원두를 맡았으니 이 도리를 알아야 할 것이다."
 "예, 스님. 분부내리시지요."
 "채소는 사람 훈김으로 자라고 곡식은 사람 훈김으로 여무는 것. 이 한 가지를 명심해야 할 것이다."
 "명심하겠습니다, 스님."

 서울서 내려온 기자에게 스승이 못다한 이야기를 대신하여 말하던 경봉스님의 제자 명정은 긴 이야기를 마치고 이렇게 덧붙였다.
 "노스님께서는 온화하고 자상한 성품을 가진 분으로 많은 불자들이 기꺼이 어버이처럼 따르고 존경하고 있습니다. 스님께선 화두공부가 안되어 찾아오는 납자들에게 늘 힘을 불러일으켜 주었습니다. 노스님께선 지금도 수좌들에게 이렇게 말씀하시곤 합니다. '바보가 되거라! 사람 노릇 하자면 일이 많다. 바보가 되는 데서 참사람이 나온다. 이 공부는 철저하게 생명을 걸지 않으면 안돼! 아무쪼록 한 생 나오지 않은 요량하고 열심히 공부해야 한다. 나무칼로 물 베듯 하지 말고 단박에 결판지을 일이다!' 이렇게 말이지요. 아시겠지만 팔십이 넘은 고령이심에도 스님은 요즘도 한달에 한번씩 정기법회를 열어 중생을 제도하십니다. 제자된 자로서 바람이 있다면 큰스님께서 그저 건강하시길 바랄 뿐입니다."

경봉스님이 세속 나이 아흔을 넘기게 되자 혼자 힘으로 몸을 가누기가 어렵게 되었다. 그러나 노스님은 시자에게 부축하게 해서 기어이 법좌에 올라 설법을 하곤 했다.
"스님! 제발 이젠 좀 편히 누우셔서 쉬시도록 하십시요."
"무슨 소리냐? 이 늙은 중 부처님 은혜를 갚으려면 아직도 멀었고, 그동안 시주받은 은혜 다 갚고 가려면 아직도 멀었다. 어서 날 부축해서 법상으로 데려가다오. 어서!"
"저 스님! 정말 괜찮으시겠습니까?"
"아, 괜찮다마다! 병든 데 없이 멀쩡한 육신으로 단 하루인들 놀고 지낸다면 부처님 은혜를 어찌 다 갚고 갈 수 있겠느냐? 어서 법상으로 가자!"
스승의 뜻이 이러하니 제자들도 더 이상 어쩔 수가 없어 노스님을 부축하여 법상으로 모시곤 했다. 그뿐만이 아니었다. 구십 노령의 스님 건강을 염려한 제자들이 내방객의 면담을 되도록이면 막으

려고 했으나 경봉스님은 듣지 않고 일일이 만나주는 것이었다.

1981년 정초의 일이었다. 당시 불교신문 편집국장이었던 정휴스님이 경봉스님을 찾아뵈었다.

"스님, 요사이 스님 건강은 어떠하신지요?"

"춘풍춘우지시래 수수산산화시춘. 봄바람 봄비가 때맞춰 불어오니 수수산산이 모두 봄이지."

"스님! 지난 겨울은 참으로 추웠습니다. 걷잡을 수 없는 실의와 절망들이 우리를 앓게 했고 참기 어려운 역사적 시련이 있었습니다. 이 시대에 출가수행인이 해야 할 본분과 사명이 무엇인지 스님께서 한말씀 해주십시요."

10 · 26 사태 이후의 어지러운 정국 속에서 출가수행인들이 해야 할 바를 말해달라는 정휴스님의 질문에 경봉스님은 스스럼없이 대답했다.

"짐승을 쫓는 자는 태산을 보지 못하고 금을 움켜쥐는 자는 사람을 보지 못한다는 고사가 있듯이 우리는 지난날 우리가 만든 아집의 함정에 빠져 고통받는 중생을 바로보지 못했어."

"……"

"일체의 중생이 모두 불성을 구족해 있는 존재라면 우리 이웃에 마음속 깊이 부처님이 자리잡고 계신 것을 알아야 해."

"스님! 우리는 자비를 강조하고 있으면서도 자비 부재를 절실히 느끼고 있습니다마는."

"수행자는 먼저 제 마음으로 자기 성품에 귀의해야 돼. 육조 혜능도 말씀하셨지. 너희들이 중생을 알면 곧 불성을 알 것이요, 중생을 알지 못하면 만겁을 찾아도 부처를 만나지 못하리라. 우리들은 그동안 너무 부처님에게만 집착돼 있었어. 가난한 중생을 존경하고 사랑하는 자비가 있어야 해."

"스님! 스님께서는 언제쯤 가시렵니까?"

"쓸데없는 망상 내지 말어! 그 망상 때문에 생사가 있고 윤회가 있는 게야, 으이? 허허허. 만고에 영구한 영축산은 바람따라 비따라 온 산에 꽃피게 하네."

바로 이것이 정휴스님이 경봉 노스님과 나눈 마지막 대담이었다. 이듬해인 1982년 7월 27일 음력 윤 오월 스무이렛날. 경봉스님은 제자 명정을 가만히 불렀다.

"명정아!"

제자를 부르는 경봉스님의 목소리에 힘이 없는 게 심상치가 않았다.

"스님! 어디 편찮으십니까?"

"그래, 이젠 가야할 때가 됐어."

명정은 스님의 손을 잡고 울먹이며 말했다.

"스님 가시면 보고 싶어서 어쩌란 말씀이십니까. 어떤 것이 스님

의 참모습이십니까?"
"허허허허. 내 참모습이 보고 싶으면······."
"예, 스님."
"야반 삼경에 대문 빗장을 만져보거라. 하하하하."
"아니! 스, 스님!"
"······."
"스님!"

경봉스님이 꿈꾸듯 열반에 든 시각이 오후 4시 25분. 세수는 아흔 하나요 법납은 75년. 경봉대선사의 열반을 알리는 범종소리가 장엄하게 영축산에 울려퍼졌다. 스님의 다비식 날에는 십만 명을 넘는 승속 간의 조문객이 영축산 계곡에 구름처럼 모여들어 큰스님 마지막 가는 길을 끝까지 지켜보았다.

스님은 생전에 '내가 입적한 후에는 놀랄 일이 있을 것'이라고 말한 적이 있었는데 과연 이날 놀라운 일이 벌어졌다. 큰스님의 법구를 모신 연화장 다비장에서 점화한 지 두 시간이나 되었을까. 갑자기 영축산에 컴컴한 먹장구름이 몰려오더니 한 40여 분간 폭우가 쏟아졌다. 수많은 조문객들은 고스란히 비를 맞으면서 '큰스님의 뜻이 내린다'고 이구동성으로 말했다.

경봉스님의 육신이 세상을 떠난 지 이미 많은 세월이 흘렀으나 그의 유훈은 통도사 극락선원을 중심으로 널리 퍼져나가고 있다.

덕숭산 선맥이 호서지방을 중심으로 한국 선불교의 큰 맥을 이루고 있다면 영남지방의 선맥은 경봉스님의 영축산을 중심으로 재편되었다고 할 수 있다.

　벽안, 경산, 성수, 무송, 법연, 효성, 정오, 무송, 혜광, 월성, 지종, 명정, 일진, 능엄, 벽산, 도명, 경일, 지연, 행산, 송암, 서암, 법준, 도오, 법림, 심영, 지천, 활성, 취원, 법기, 제명 등 30여 명의 제자가 스님의 법을 이어받아 오늘도 곳곳에서 큰 가르침을 펴 나가고 있다.

　"물처럼 살거래이.
만물을 살리는게 물인기라.
제 갈길을 찾아 쉬지 않고 나가는게 물인기라.
어려운 구비를 만날수록 더욱 힘을 내는게 물인기라.
맑고 깨끗하여 모든 더러움을 씻어주는게 물인기라.
넓고 깊은 바다를 이루어 고기를 키우고
되돌아 이슬비가 되는게 바로 물이니
사람도 이 물과 같이 우주만물에 이익을 주어야 하는기라.
물처럼 살거래이.
물처럼 사노라면 후회없을기라……."